"……우와아."
"훈련내용을 전하겠어.
장비를 착용하지 않고, 나무 활과 나무 방패만으로
린프트파트 던전을 돌아."
전·세계 1위의
서브 캐릭터 육성 일기 5
~폐인 플레이어, 이세계를 공략 중!~

디 믹스
엘프의 명문 일가의 영애.
스승은 귀천장인 에른데지만…….
실비아 버지니아
기사 가문의 차녀.
마궁술사 타입.
에코 리플렛
조그마한 고양이 수인.
근육승려 타입.
로큰체어
언행이 부드럽고 배려심이 넘친다.
생긴 것과 다르게 대식가.
타이틀전,

앙코
「흑염랑」의 돌연변이종인
「암흑랑」으로 진화한 마인.
앙골모아
사대 원소를 지배하는
정령의 대왕.
세컨드
(사토 시치로)
온라인게임과 똑같은 이세계로 전생하고,
다시 「세계 1위」가 되기 위해 힘쓰는 중.
올라운더 타입.
무라티
토리코로리
마술사의 정점인
「예장」 타이틀 보유자.
로스만
검술사의 정점인
「일섬좌」 타이틀 보유자.
보그
소환술사의 정점인
「영왕」 타이틀 보유자.
개막!!!

"나와— 앙코."
"해치워도
되겠사옵니까?"
"말도 안 돼…….
있을 수 없는 일이야!"

전·세계 1위의 서브 캐릭터 육성 일기

~폐인 플레이어, 이세계를 공략 중!~

사와무라 하루타로
Harutaro Sawamura

일러스트 마로

5

contents

프롤로그 세계 1위의 지위 활용

세계 1위. 과거의 영광이, 지평선 너머에서 아침 햇살처럼 얼굴을 비춘다.

드디어 그 자리를 되찾을 날이 왔다. 긴 것 같으면서도, 짧았다. 뫼비우스 온라인 세계 랭킹 제1위의 자리를 불합리하게 잃고, 한번은 생을 마감했던 내가 다시 그 자리를 차지하는 것이다.

전생과 다른 점은 무엇인가. 생각해보면 끝도 없지만, 가장 다른 점은 바로 동료의 존재다.

그리고 이 세상에서는 한 번 죽으면 끝이다. 게임일 때는 스테이터스의 일부가 영구적으로 하락하는 데스 페널티가 발생할 뿐이지만, 여기서는 다르다. 죽으면 부활하는 시스템이 아니다. 그러니 동료가 매우 중요하다.

마물과의 전투에 있어서, 동료의 유무는 안전성에 있어 하늘과 땅만큼 차이가 난다.

마궁술사 실비아, 방패술사 에코, 대장장이 유카리. 이런저런 일을 통해 동료로 삼은 이 세 여자애와 「퍼스티스트」라는 이름의 팀을 짠 우리는 밤낮으로 던전을 돌았다. 그리고 정령대왕 앙골모아를 소환하면서 던전을 도는 속도는 더 빨라졌다. 게다가 암흑늑대 앙코를 조련했으니, 범에 날개를 단 격이다. 부차적으로 돈도 평생을 써도 다 못 쓸만큼 벌었고, 말도 안 되게 거대한 부지의 집도 샀으며, 수백 명의 하인도 고용했다. 캐스탈 왕국에 내란이 일어날 위기에 처했을 때도 윈필드라는 정령계의 군사를 소환하고 협력해서 제2왕자인 마인을 국왕으로 옹립해 왕국을 존속시켰다.

이 모든 것은 즐거움을 위해서. 그렇다—「타이틀전」을 위해서다!

드디어 시작되는 것이다. 이 캐스탈 왕국에서 반년에 한 번 열리는, 격렬한 정상 결전이……!

너무 기다려져서 견딜 수가 없었다. 이 타이틀전을 제패하는 것이야말로, 세계 1위의 발판이 된다. 드디어, 드디어, 그 시절의 영광에 한 걸음 다가설 수 있다. 나는 흥분에 휩싸여 있다.

그리고 즐거움이 하나 더 있다. 실비아와 에코도 타이틀전에 출전하는 것이다. 그녀들의 육성 과정에서, 타이틀전 출전 경험은 필수 불가결하다. 그 무대의 독특한 분위기를 그녀들이 느껴줬으면 한다. 분명 시합이라는 것을 조금은 이해할 수 있게 될 것이다.

자아, 그럼 슬슬 타이틀전을 위한 준비에 착수할까.

"—당분간은 타이틀전에 맞춰 대인전 훈련을 할 거야. 혹시 이의 있어?"

"잠깐만. 이의라면 차고 넘친다."

우리는 아침 식사를 하면서 회의를 했다. 앞으로의 방침을 전하기 위해 내가 그렇게 말하자, 실비아가 몸을 쑥 내밀며 항의했다.

"나와 에코는 용마와 용왕을 9단까지 올릴 경험치가 부족해. 이래서는 타이틀전 출전 자격조차 없지 않느냐."

"문제없어. 동계 타이틀전까지 한 달 넘게 남았으니까."

"넉 달이나 투자해서 지금까지 올리는 게 한계였거든? 한 달 안에 9단까지 올리는 건 도저히……."

"걱정하지 마. 사흘 안에 9단으로 만들어주겠어."

"……세컨드 님. 불길한 예감이 든다만……."

술을 마시며 나눈 이야기지만, 어젯밤에 한 말을 벌써 잊은 걸까?

"아이솔로이스 던전에서 경험치를 왕창 벌자."

"지, 진심이었느냐……."

실비아는 고개를 푹 숙였다.

"괜찮아. 죽을 때까지 싸우라는 건 아냐. 이제부터 너희에게 필요한 건 대인전 경험이니까, 마물과 싸울 여유 같은 건 없어."

"음……? 그게 무슨 소리지?"

"오늘은 견학만 해. 갑등급 던전이 어떤 곳인지 알아둘 좋은 기회거든. 내일부터는 나와 앙코가 둘이서 던전을 돌 거야."

"그런 게…… 그, 그런가. 가능한 건가."

그렇다. 가능하다. 이것이야말로 내가 앙코를 조련한 이유 중 하나다. 상상을 초월하게 강한 살육 병기에게 부탁하면, 혼자서도 어마어마한 속도로 경험치를 벌 수 있다. 게다가 《암흑전이》와 《암흑소환》의 비정상적인 범용성을 이용하면, 당일치기로 갑등급 던전 공략에 도전할 수 있다. 그렇게 하면 용마와 용왕의 9단 달성 정도는 순식간에 끝나며, 내 타이틀전 출전 자격도 일주일이면 갖출 수 있다.

“저기저기, 타이틀전이 뭐야?”

에코가 갑자기 의문을 입에 담았다.

「어」…… 하고, 나와 실비아만이 아니라 집안일을 하던 유카리마저도 에코를 돌아보았다.

“모, 모르는 거냐?!”

“응, 몰라.”

실비아가 아연실색하며 에코에게 따지듯 물었다. 그러자 에코는 영문을 모르겠다는 듯이 고개를 갸웃거렸다.

“에코. 타이틀을 획득하면, 고향의 수인들이 너를 신처럼 숭배할 거야.”

“대단해!”

“응, 대단하지. 그러니까 타이틀전에 나가.”

“응, 나갈게!”

아무래도 납득한 것 같다.

“잠깐만, 잠깐만, 잠깐만!”

“주인님, 잠시 기다려주시길. 왠지 속이는 것 같습니다.”

“그래. 좀 더 자세하게 설명해줘야 해.”

실비아와 유카리가 그렇게 말했다. 확실히 그녀들의 말이 옳을지도 모른다.

“그럼 설명은…… 실비아, 설명 부탁해.”

“음, 맡겨만 다오!”

어찌된 건지 입이 근질거리는 듯한 표정을 하고 있는 실비아를 지명했다. 유카리는 고개를 끄덕였다.

"잘 들어라, 에코. 우선 타이틀전에 나가기 위해서는 모든 스킬을 9단까지 올려야 한다."

"전부 다?"

"그래. 대 스킬부터 소 스킬까지 전부 말이지. 보병부터 용왕까지 전부란 의미다."

"그러면, 타이틀 받을 수 있어?"

"아니. 토너먼트에서 이기고 올라가서, 현 타이틀 보유자에게 도전해야 한다. 타이틀 보유자를 이기면 타이틀을 얻을 수 있다."

"어려워~."

"으음…… 아무튼 계속 이기고 올라가면 된다. 하지만, 타이틀전 출전만으로도 엄청난 영광이라는 것만은 알아뒀으면 좋겠구나."

"응, 알았어."

흐음, 이 세상에서는 타이틀전에 출전하는 것 자체가 『엄청난 영광』인 건가. 뫼비온은 『상급자의 벽』 같은 느낌이었는데.

"타이틀전 토너먼트는 『결투』로 치러진다. 치명상을 받아도 무조건 HP(히트 포인트)가 1은 남아서 기절(스턴)하도록 되어있으니, 안심해도 되지. 포션은 사용 불가, 다른 종류의 스킬을 사용한 시점에서 실격, 장외도 실격이다. 제한 시간은 한 시간, 최종전만은 무제한이야."

결투란 대국과 다르게 가상이 아닌 PvP(플레이어 버서스 플레이어) 시스템이다. 하지만…… 「치명상을 입으면 HP가 1 남으며 스턴」 룰? 맙소사. 뫼비온의 결투에서도 그런 룰 설정이 있었지만, 타이틀전은 「치명상은 치명상」 룰이었다. 그렇게 해야 분위기가 뜨거워지거든.

현실적인 세계가 되면서, 윤리적으로 문제가 생긴 것이리라. 확실히 타이틀전 운영진도 출전자가 죽으면 곤란하겠지. 긴장감이 옅어져서 조금 아쉽지만, 어쩔 수 없다.

"에코는 방패술을 익혔으니까, 금강전(金剛戰)에 출전할 수 있다. 나는 궁술이니 귀천장전(鬼穿將戰)에 나가지."

"금강전~?"

"아무튼, 타이틀을 탈취하면 다들 『에코 리플렛 금강』이라고 불러줄 거다."

"실비아 귀천장~."

"그래. 실비아 버지니아 귀천장이 돼……. 으흐, 으흐흐."

실비아가 왜 이렇게 잘 아는가 했더니…… 오호라. 타이틀명이 이 애의 중2병을 자극하는 것이다.

"으음, 그런데 세컨드 님은 어느 타이틀에 도전할 거지? 역시 검술이냐?"

"응. 검술과 마술과 소환술에 나갈 거야."

"뭐……."

마음 같아선 【궁술】에도 나가고 싶으나 이번만은 실비아에게 양보하겠다는 말도 할까 했지만, 그녀가 말문이 막힌 채로 굳어버렸기에 관뒀다. 무슨 말을 해봤자 안 들릴 것 같았다.

"그러니 나는 세컨드 일섬좌(一閃座), 예장(叡將), 영왕(靈王)의

3관이야. 호칭은 세컨드 3관일까?"

"세컨드 3관~!"

"응. 3관이야."

"……2관도 전인미답의 일인데, 첫 출전에서 3관인가. 놀랍기는 하지만, 평소와 다름없나."

에코와 이야기를 나누는 사이, 실비아가 부활했다. 내 3관 선언에 경악하고 있었다. 으음~, 기분 좋은걸. 그래, 세계 1위는 항상 남을 경악하게 만드는 존재여야 한다고.

"타이틀은 스무 개가 넘지만, 동계에는 일단 이 세 개만 딸 거야. 하계에는 3관 방위와 5관 탈취를 노려야지. 다 합치면 8관인가."

"팔—."

실비아가 또 굳어버렸다.

"……에, 에코. 착각하지 마라. 이건 세컨드 님이라 가능한 거다. 이 사람이 이상한 거다. 타이틀전이라는 건 출전하는 것만으로도 영광이다. 영광, 이, 맞을 거야."

실비아의 설명을 들은 에코가 알쏭달쏭한 표정을 지었다. 뭐, 무슨 일이든 경험이다. 타이틀에 도전해보고 비로소 깨닫게 되는 것 또한 산더미처럼 있다. 영광이든 뭐든 간에, 모든 건 도전해봐야 알 수 있는 것이다.

"좋아. 그럼 아이솔로이스에 갈까. 30분 후에 출발할 테니까, 준비해둬."

동계 타이틀전까지 이제 한 달 남았다. 우선 빨리 부족한 경험치를 벌어두자.

"아, 맞다. 유카리, 서열전 상위의 하인도 데려가고 싶은데, 후보는 있어?"

"……네?"

"주체를 못 할 정도로 경험치를 벌거든. 이참에 하인도 키우겠어. 키운 하인이 을등급 던전을 돌 수 있게 되면, 밑에 있는 녀석도 키울 수 있을 거잖아?"

"아, 네. 알겠습니다. 30분 후에 맞춰 소집해두겠습니다."

"잘 부탁해."

"—그래서, 모은 게 이 다섯 명이구나."

30분 후. 거실에 모인 것은 실비아와 에코, 그리고 다섯 명의 하인이었다.

"큐베로와 이브, 엘이었지? 그리고……."

"처음 뵙겠습니다, 주인님. 저는 샨파니라고 해요."

"오. 너, 상류층 아가씨 같네."

"여, 영광이에요! 감격이에요! 멋져요~."

샨파니는 가슴 앞에 손을 모으더니, 껑충껑충 뛰면서 기쁨을 표시했다. 감정 표현이 풍부한 애다. 화려한 금발에서 꽃향기가 난다. 겉으로 보이는 패션만이 아니라 내면 구석구석까지 신경을 쓰고 있는 점에서 범상치 않은 노력이 느껴졌다. 인상이 참 좋았다.

"저는 코스모스라고 합니다. 잘 부탁드립니다, 주인님."

"그래, 잘 부탁해. 너는 봉술을 쓰나 보지?"

"네. 봉술은 자신이 있습니다."

코스모스는 흑발 롱헤어의 일본풍 미인 느낌이었다. 으음, 청초해 보이지만 뭔가를 숨기고 있는 것 같았다. 왜 그렇게 생각하냐고? 【봉술】 같은 마니악한 스킬을 쓰기 때문이야.

"얘들이 전부야?"

"코스모스를 대신해 수석 정원사인 릴리가 참가할 예정이었습니다만, 일 쪽에서 문제가 발생한 것 같습니다."

"그래. 고생이 많은걸."

"고생인 건 그녀의 부하들이라고 생각합니다만……. 피눈물을 흘리며 분통을 터뜨렸으니까요."

큐베로가 쓴웃음을 머금으며 대답했다. 「다음 기회에 데려가 주겠다고 전해줘」 하고 말하자, 큐베로는 왠지 기뻐보이는 표정을 지었다.

"그럼 가자~."

나는 그렇게 말한 후, 앙코를 《마물소환》했다.

하인들이 동요한 것처럼 술렁거렸다. 그러고 보니 아직 설명을 안 했던가.

"얘는 내 비밀병기야. 암흑늑대인 앙코지. 아이솔로이스 던전의 시크릿 보스이기도 해."

"……갑등급, 말입니까?"

"그래. 지금부터 갈 아이솔로이스 던전은 원래 앙코가 있던 곳이야."

술렁거림이 정적으로 바뀌었다. 그리고 그 직후, 다들 경악했다.

"갑등급 던전에 가는 겁니까?!"

"뭐야, 유카리한테 못 들었어?"

큐베로만이 아연실색한 표정을 지은 게 아니었다. 하인들 전원의 얼굴이 새하얗게 질렸다. 아니, 이브는 원래부터 얼굴이 새하얘서 질렸는지 알 수 없지만, 그래도 놀란 듯한 느낌이 들기는 했다.

"걱정하지 마. 너희 손가락 하나 못 건드리게 할 거야. 사회 견학이라고 생각해."

이번 목적은 경험치 벌이를 겸해 「하인에게 현장을 보여주는 것」이다. 이것은 언뜻 보면 별일 아닌 듯하지만, 실은 매우 중요한 것이다. 온라인 게임에서는 상급자를 동경해서 행동하게 된다. 구체적인 예를 보여줘서 「저렇게 되고 싶다」고 생각해야, 진심으로 게임에 몰입하는 것이다.

이번 견학을 통해 그들이 나를 동경하게 만들 것이다. 그리고 행동하게 만드는 것이다. 던전을 돌아서 경험치를 번다고 하는, 단순한 작업을 견뎌야 하는 이유를 알려주는 것이다.

"의욕을 내. 향상심을 품어. 그리고 직접 생각해. 너희가 강해지는 데 필요한 정보는 전부 내가 가지고 있어. 알고 싶다면 가르쳐주지. 오늘은 그 첫걸음을 내딛는 거야."

"주인님."

"그래. 전이와 소환을 순차적으로 시작해줘."

"알겠사옵니다."

앙코는 그렇게 대답하더니, 한 명 한 명의 몸에 손을 댄 후에 아이솔로이스로 《암흑전이》했고, 그 후에 전원을 차례차례 《암흑소환》으로 불렀다. 실비아와 에코는 각오를 다진 듯한 표정으로, 하인들은 당황한 표정으로 아이솔로이스의 성문 앞으로 전이했다.

"팀에 참가해."

나는 하인 다섯 명에게 팀 퍼스티스트의 게스트 참가 신청을 보냈고, 다섯 명은 즉시 수락했다.

유카리는 일시적으로 분배에서 제외하고, 팀 안의 경험치 배분 방법을 균등하게 설정했다. 이것으로 나와 앙코만 싸우더라도 얻은 경험치는 여덟 명에게 균등하게 분배된다.

"뒤처지지 말고 잘 따라와."

나는 딱 잘라 그렇게 말하며 걸음을 옮겼다. 적과 마주치기 직전에 앙골모아를 《정령소환》해서, 《정령빙의》시켰다. 그러자 큐베로 이외의 네 명이 또 술렁거렸다.

"소환술인 정령 빙의야. 정령소환 4단에서 해방되지. 익혀두면 여러모로 좋아."

나는 아낌없이 조언을 해줬고, 샨파니가 메모를 했다. 꽤 의욕이 넘치는걸.

"나중에 내가 쓸 변신 스킬의 습득 방법은 실비아와 에코에게 물어봐."

《정령소환》과 《변신》을 번갈아 써서 버프를 계속 유지한 채 싸운다. 던전 공략의 기본이다.

"앙코. 흑염지창."

"알겠사옵니다."

힘을 아끼지 않는다. 처음부터 최고 화력으로 나아간다. 나는 미스릴 롱소드를 허리에서 뽑아든 후, 《비차검술》을 준비하며 내달렸다.

"우훗."

앙코의 《용왕창술》이 문지기인 갑옷 기사 두 마리를 단숨에 날려버렸다. 하인들과 실비아, 에코는 경악했다. 갑등급 마물을 일격에 해치운다. 그것이 얼마나 비정상적인 일인지 이해하고 있는 것이다.

성문 돌파. 그 기세를 몰아, 아이솔로이스의 오래된 성안으로 돌입했다.

"직진, 열 시 방향 적."

"네."

"직진, 세 시 방향 적."

"네."

"한 시 방향 전진, 아홉 시 방향 적."

"네."

공통된 단어로 지시를 내렸다. 방향은 시계로 표시한다. 가능한 한 짧고, 간결하며, 알기 쉽게 말이다.

어디에서 어떤 마물이 나오며, 어떤 공격을 해오는가. 전부 파악하고, 전부 예측하며, 먼저 대응한다. 상대가 아무것도 못 하게 하며 완봉승을 거두는 게 가장 안전하다. 선제공격이야말로 최선의 방어다.

"5초 후 변신, 열한 시 방향 적."

"다음은 어쩌면 좋겠사옵니까."

"B로 가자."

"네."

왼쪽 앞에서 오는 블랙 고스트 셋을 《변신》으로 날려버렸다. 앙코의 「다음」이란 말은 그 후에 어떻게 하는지를 묻는 것이다. 내가 말한 「B」는 플랜B를 의미한다. 미리 온갖 패턴의 대응을 『전법』으로 준비해뒀기에, 일일이 「변신 후는 이렇게 하고, 저렇게 해」 같은 지시를 내릴 필요가 없다. 참고로 플랜B는 변신 중의 무적 8초 동안 내 뒤편에서 앙코가 마물을 공격. 그러고 다 쓰러뜨리지 못한다면 6초 경과 후에 내가 돌격해서 마물을 날려버리고, 앙코가 지원 사격을 날리는 것이다.

"별것 아니네."

이번에는 앙코의 《비차창술》로 쓰러뜨렸기에, 돌격이나 추가타가 필요 없었다.

"한 시 방향 전진, 정면에서 적."

"네."

이렇게 맹렬한 속도로 아이솔로이스를 공략했다.

보스가 있는 천수각에 도달하는 데는 성에 들어온 후로 한 시간도 걸리지 않았다.

"저와 흡사하옵니다."

"그래. 너는 저것의 돌연변이종의 진화형이거든."

아이솔로이스의 보스는 암흑늑대인 앙코처럼 검은 털을 지닌 커다란 흑염랑이다.

"F로 가자."

"알겠사옵니다."

플랜F— 앙코가 《암흑마술》로 선제공격을 날리는 것이다.

검은 안개를 맞고 HP가 1이 된 흑염랑에게 《보병궁술》을 한 방. 순식간에 해치웠다.

"좋아. 잠시 쉰 후에 한 바퀴 더 돌자."

한 바퀴 도는데 한 시간 미만이 걸리니 휴식 시간까지 합쳐서 한 시간으로 잡으면, 《암흑마술》의 쿨타임 3600초에 딱 맞다. 그래서, 아이솔로이스는 고속 파밍이 가능하다.

이야, 오래간만이기는 해도 옛날에 미치도록 돈 덕분에 몸이 기억하고 있다. 이대로 가면 한 바퀴 도는데 45분까지 줄일 수 있을 것 같았다. 그러려면 《암흑마술》에 의지하지 않고 흑염랑을 쓰러뜨릴 필요가 있겠는걸. 어떻게 한다. 《용왕검술》로 밀어붙이는 것도 좋겠지만, 안정성을 생각하면 금각 꼼수 차남이 좋겠다. 좋겠다. 아니, 금각 꼼수 삼남이 좋으려나. 으음…….

"……세컨드 님."

"왜 그래?"

공략법을 고민하고 있을 때, 실비아가 어처구니없다는 표정으로 말했다.

"용마가 7단이 됐다."
"그래? 잘됐네."
"자, 자, 잘 된 정도가 아니다! 엄청난 일이란 말이다!!"
되게 시끄럽네! 귀가 얼얼해졌다.
"자기가 무슨 짓을 했는지 알고 있는 것이냐?! 한 대도 맞지 않고 한 시간 만에 갑등급 던전을 공략했지 않느냐! 그것도 우리를 지키면서 말이다!"
"딱히 지키진 않았어. 마물이 아무 짓도 못하게 미리 박살냈을 뿐이야."
"그게 비정상적이란 말이다아아아앗!"
울부짖었다.
"한 시간 만에 용마가 6단에서 7단으로 올랐다! 하인들은 경험치를 얼마나 받았지?! 보병 정도는 초단에서 고단까지 올릴 수 있지 않을까?!"
"그렇겠지."
"최강이구나!"
"그래."
실비아는 텐션이 너무 상승한 바람에 이상해진 것 같았다. 한편 에코는 「오오~」 하고 기뻐하며 스킬을 보고 있었다. 여전히 마이 페이스한 애다.
"세컨드 님."
바로 그때, 큐베로가 진지한 표정으로 내 이름을 불렀다. 그 옆에는 다른 하인들이 줄지어 서 있었다.

"저희는 이 자리로 데려오신 의미를 똑똑히 깨달았습니다."

……근질근질거린다, 란 표현이 옳을까. 한때 내가 제1궁정마술사단에게 1형의 대미지를 보여줬을 때처럼, 다들 표정에서 의욕이 넘치고 있었다. 아무래도 현장을 보여준 효과가 있는 것 같았다. 정말 기쁘다.

"뭔가 신경 쓰이는 점이 있으면 물어봐. 던전의 공략법이든 뭐든 좋아. 다 가르쳐주겠어."

"네……!"

팀에 들어온 신인에게 선배 행세를 하는 투로 그렇게 말하자, 하인들은 힘차게 고개를 끄덕였다.

"그럼 나는 타임 어택에 집중하고 싶으니까 이만 돌아가도 돼. 아, 실비아와 에코는 남아. 돌아가는 길에 뭐 좀 사러 갈거니까, 그때까지 뒤편에서 지켜보고 있어."

앙코에게 하인들을 돌려보내게 한 후, 다시 던전을 돌기 시작했다.

드디어 때가 된 느낌인걸. 착실하게 경험치를 모아서, 타이틀전 무대에 선다. 드디어 세계 제일의 영역에 발을 들인다. 다시 그 지위를 손에 넣는 것이다.

……목을 씻고 기다리라고, 타이틀 보유자들아. 너희가 무릎 꿇는 날이 멀지 않았으니까.

제1장 집결

아이솔로이스를 돌기 시작하고 일주일이 지났다. 이미 실비아와 에코의 용마, 용왕은 9단이 됐다.

내 【검술】도 용마, 용왕이 9단까지 올랐고, 【마술】도 《번개 속성·4형》, 《번개 속성·5형》이 9단, 【소환술】도 《조련》이 9단이 되면서 각각의 타이틀전 출전 자격을 얻었다.

【마술】에 관해서는 어느 한 속성의 1~5형이 전부 9단이면 출전이 가능하다. 번개 속성은 뫼비온 시절의 나조차도 들은 적이 없는 속성이지만, 그래도 속성으로 인정될 것이다.

……이것으로 일단락됐다고 여기고 싶지만, 타이틀전 준비는 이제부터 시작이다. 나는 제쳐두고, 실비아와 에코는 타이틀전에 처음으로 출전한다. 그러니 현재는 대인전 경험이 압도적으로 부족하다.

타이틀전은 같은 스킬 사용자간의 결투다. 그러니 대련을 하려고 해도 【궁술】은 【궁술】, 【방패술】은 【방패술】을 쓰는 상대가 필요하다. 실비아는 내가 상대해주면 되니 문제없다. 하지만 에코가 쓰는 【방패술】은 내가 습득하지 않았기에 상대를 해줄 수 없다. 자아…… 어떻게 한다?

"윈필드를 불러주겠어?"

고민할 시간이 없기에, 나는 유카리에게 부탁해서 어드바이저를 소환하기로 했다. 나의 군사님, 윈필드의 등장이다.

유카리는 한순간 인상을 쓴 후에 「알겠습니다」 하고 말하면서 고개를 끄덕인 후에 《정령소환》을 했다. 유카리가 윈필드를 소환하기 싫어하는 이유가 있을 것 같지만, 실비아에게 물어보니 「내버려둬라」 라고 했기에 일단 내버려 두기로 했다.

“오~, 세컨드 씨. 오래간만, 이야.”

여전히 느긋한 말투를 쓰는 은발 투블럭 장신 미인 정령은 졸린 듯한 눈을 더욱 가늘게 뜨며 미소지었다.

“오래간만이네. 잘 지낸 것 같아 다행이야. 부르자마자 이런 소리해서 좀 그런데, 상의할 일이 하나 있어.”

“응. 뭐든, 말해봐. 도와, 줄게.”

믿음직하기 그지없다.

나는 윈필드에게 상황을 설명한 후, 에코를 어떻게 훈련시키면 좋을지 의견을 구했다.

“내가, 생각하기에, 세컨드 씨는, 실비아 씨와 에코 씨가, 훈련 시간이 차이가 나는 게, 공평하지 않다고, 느끼는 것 같아.”

아하, 그래. 듣고 보니 그런 느낌이 들었다.

“그렇다면, 동시에 훈련을 개시할 수 있도록, 일단 자기 연마 시간을 가지게 하고, 훈련 개시 때까지, 세컨드 씨가, 방패술을 익히면 되지 않아?”

“맙소사. 그러면 대련 개시까지 일주일은 더 걸릴걸?”

“엄청 많이, 올리지 않아도, 돼. 적당한 수준까지만 올려도, 세컨드 씨라면, 대련 상대가 되어줄, 수 있잖아?"

"……아, 그래. 그러네."

그건 그렇다. 방패술을 고단까지 올리지 않더라도 에코의 상대를 해줄 수 있을 테니, 훈련이 될 것이다.

"습득에 하루, 적당한 랭크까지 올리는데 이틀. 총 사흘 정도, 걸릴까? 꽤, 노력해야겠지만 말이야."

"사흘 정도면 그렇게 큰 로스는 아니겠지."

"그 사이에, 두 사람에게 가르쳐두고 싶은 거, 없어?"

"있어. 너무 많을 정도로. 고마워, 윈필드. 네 덕분에 감이 왔어."

"별~ 말씀을요~."

이야기를 마친 그녀는 「답례 기대할게」라고 말하며 윙크를 한 후에 돌아갔다. 농담 삼아 한 말이라는 건 알지만, 진짜로 답례하고 싶어질 만큼 사랑스러웠다. 하지만 정령에게는 답례로 뭘 건네주면 좋을까?

뭐, 됐다. 지금은 실비아와 에코에게 내가 부재중인 사흘 동안 뭘 시킬지 생각하자.

지금 배워둬야 할 것은 역시 대인전의 비기일까. 가르칠 게 너무 많아서 곤란할 지경이다. 뭐부터 가르칠까. 그래, 대련을 하지 않고 배울 수 있는 내용이라면…….

"화력을 높이는 법?"

"그래."

나는 실비아와 에코를 거실로 부른 후, 강의를 시작했다. 그 내용은 화력을 높이는 법이다. 경험을 통해서만 알 수 있는 실전적인 것이 아니라, 이론적인 부분이다.

"화력에는 종류가 다양해. 순간 화력, 지속 화력 같이 말이지. 이번에는 순간 화력에 대해 가르쳐주겠어."

"순간 화력인가. 그건 순식간에 어느 정도 위력의 공격을 펼칠 수 있느냐는 이야기지?"

실비아는 심성이 성실한 만큼 꽤 관심을 보였다. 한편 에코는 공책에 필기하며 묵묵히 내 이야기를 듣고 있었다.

"틀린 건 아닌데, 더 구체적으로 알 필요가 있어. DPS를 알아?"

"미안하지만, 모른다."

"대미지 퍼 세컨드. 즉, 스킬의 준비 시간과 경직 시간 등의 모든 것을 합친 전투에서 1초에 가하는 평균 대미지야."

"30초간 전력으로 공격할 수 있다면, 그 총 대미지를 30으로 나눈 수치라는 건가?"

"그래. 대국관을 쓰면 일일이 계산하지 않아도 측정이 돼. 오늘은 이 기능을 이용해서…… 이건 DPS와 딱히 관련은 없지만, 자신의 1초간 최고 대미지를 측정하겠어."

"복잡하구나. 1초간의 최고 대미지라고?"

"응. 측정 방법은 여러 가지가 있지만, 이번에는 대국관의 DPS 표시 기능을 『최초 대미지부터 1초간 측정』으로 설정하겠어. 즉, 두 사람은 『첫 공격부터 1초가 경과할 때까지 대미지를 가장 많이 넣는 방법』을 모색해줘."

두 사람은 내 말은 듣고 어리둥절한 표정을 지었다. 어쩔 수 없다. 1초 한정으로 최대 대미지를 측정하는 건 DPS와 관련이 없는데 왜 1초간인 건지도 궁금할 테고, 언뜻 생각하면 타이틀전과 전혀 상관이 없는 것 같으니 말이다.

하지만, 실은 밀접하게 관련이 있거든. 「1초간 얼마나 대미지를 낼 수 있는가」라는 절묘한 조건에 대한 시행착오가 결과적으로 게임으로서의 심오함을 자아낸다. 두 사람이 그 재미를 깨달아줬으면 한다.

"으음……. 무슨 말을 하는 건지는 알겠다만, 그게 의미가 있는 것이냐?"

"어, 왜 그렇게 생각하는데?"

"던전을 돌 때도 생각했다만, 비차궁술이 가장 화력을 낼 수 있지 않으냐. 이미 답이 나온 것 같은데 말이지."

"뭐, 그렇게 느껴질 거야. 하지만 해보고서야 비로소 깨닫는 것도 있어. 오늘 두 사람의 과제는 대국관의 DPS 표시 기능을 이용해서 1초간에 가할 수 있는 최대 대미지를 연구하는 거야. 알았지?"

"알겠다."

"라져~."

실비아는 내키지 않아 하면서, 에코는 힘차게 대답했다. 내가 【방패술】 스킬 습득의 여행을 마치고 돌아왔을 때, 두 사람이 얼마나 진화해있을지…… 지금부터 기대된다.

"힌트를 하나만 줄게. 화력이라는 건 크게 나눠서 머신건, 샷건, 로켓런처 이렇게 세 종류야."

"머신……?"

으음, 이해가 안 되나.

"연속 공격인가, 주변에 흩뿌리는가, 한 점에 힘을 집중시키는가. 이렇게 나뉘는 거야."

"……호오."

아무래도 전해진 것 같다. 실비아는 뭔가를 눈치챈 듯한 표정을 지었다.

"그럼 훈련을 개시해. 두 사람이 내놓는 결론을 기대하겠어."

"음! 그런데 세컨드 님은 어디에 가는 거지?"

"오늘 안에 방패술을 전부 익히고 오겠어."

"……저, 전부?"

"시간이 남으면 경험치도 모을 거야."

"……더는 아무 말도 하지 않겠다."

◇◇◇

"실비아 님, 이제 그만 쉬시죠."

"아니, 조금만 더 해보겠다."

점심 때. 메이드 에스가 식사와 휴식을 권했지만, 실비아는 최대 대미지 연구에 열중하고 있었다. 지금 그녀의 머릿속은 「재미있어!」

라는 마음으로 가득 채워져 있었다.

그렇다. 재미있다. 【궁술】 안에서는 《비차궁술》이 가장 화력이 뛰어난 단발 공격…… 그것은 틀림없는 사실이지만, 조건이 『최초 대미지부터 1초간』일 때는 이야기가 완전히 달라진다.

《보병궁술》이라면 1초에 아슬아슬하게 세 발을 쏠 수 있다. 《보병궁술》 9단이 되면 순수 화력 200%의 공격이 되며, 총 세 발을 쏠 수 있으니 합계 600%다. 그렇다. 이 수치는 《비차궁술》 9단의 600%라는 배율에 필적하는 것이다. 여기서 중요한 점이 바로 『크리티컬』이다. 발동하면 대미지가 세배로 적용되는 크리티컬은 매우 중요한 요소다. 한 발보다는 세 발의 크리티컬 발생 확률이 높다. 즉, 《비차궁술》을 한 발 명중시키는 것보다 《보병궁술》을 세 발 명중시키는 쪽이 크리티컬의 발생 확률이 높기에 견실한 대미지를 기대할 수 있다.

또한 《은장궁술》이라면 1초에 두 발이 한계다. 9단에서 300%의 공격을 하기에, 이 또한 실질적으로 600%다. 이쪽도 활용할 여지가 있는 것 같기에, 실비아는 이렇게 몰두하고 있었다.

"……역시, 대단하세요."

에스는 실비아를 바라보면서 조용히 중얼거렸다. 실비아가 대국관을 장비한 『더미 인형』에 활을 쏴서 정신이 아득해질 정도의 숫자가 DPS로 표시될 때마다, 에스의 내면에서는 감동이라고도 할 수 있는 뜨거운 감정이 부풀어 올랐다. 타이틀전에 출전하려는 자는 하나같이 이렇게 대단한 건가, 하는 생각과 함께 말이다. 그런 인물이 주인님의 동료이니, 자랑스럽게 느껴지지 않을 리가 없었다.

그리고 이렇게 대단한 초일류 궁술사보다 더 위대한 인물이 바로 자신의 주인이다. 그렇게 생각한 에스는 너무 기뻐서 견딜 수가 없었다.

"가벼운 식사를 가져오겠습니다."

훈련에 방해가 안 될 타이밍에 실비아가 점심을 먹게 하는 것이 최선의 응원이라고 생각한 에스는 퍼스티스트의 메이드로서 부끄럽지 않게 행동하자고 마음속으로 굳게 결의했다.

한편, 에코는 거실에서 배부르게 밥을 먹은 후에 열심히 붓을 놀리고 있었다. 공책에 적고 있는 것은 일본어가 아니라 수인어였다. 그래서일까, 평소 말투만 들어선 상상도 안 될 만큼 논리정연한 문장을 써내려가고 있었다.

자신이 쓰는 【방패술】로 1초 동안에 가장 많은 대미지를 내려면 어떻게 해야 할까. 그녀는 지극히 논리적으로 생각하며, 여러 아이디어를 도출했다.

그녀 또한, 오전에 품고 있던 생각은 실비아와 똑같았다.

너무나도 즐거웠다. 이런 느낌을 받은 건, 지금까지 살아오면서 처음이었다. 그것은, 그녀가 처음으로 인생을 게임이라 여긴 순간이었다.

그리고, 깊이 빠져들었다. 【방패술】이란 스킬은 이렇게 심오하다. 생각하면 할수록, 몸의 깊은 곳에서 온몸이 떨릴 정도의 재미가 샘솟았다.

【방패술】만으로 이 정도인데, 다른 스킬과 조합하면 대체 어떻게 될까? 문뜩 든 그 생각에, 에코는 우주에 해방된 듯한 느낌에 사로잡혔다. 타이틀전과는 상관없는 생각이다. 하지만 너무나도 재미있어서 멈출 수 없는 생각이다. 좋아하는 그 사람이, 때때로 보여주는 소년처럼 순수한 미소. 에코는 그 구김 없는 미소의 이유를 조금은 알 것 같은 느낌이 들었다.

◇◇◇

귀가! 반나절 만에【방패술】스킬을 전부 익힌 후에 저녁때까지 아이솔로이스를 돌았다. 《용마방패술》의 「보병~비차의 7종 스킬을 최소 한 번씩 방어, 이 조건을 충족하고 다섯 종류의 드래곤을 팀 멤버에게 해치워달라고 한다」라는 난관 또한 앙코에게 협력을 받아 간단히 클리어했다. 태양광 탓에 드래곤을 그늘로 유도할 필요가 있었지만, 그렇게 어려운 일은 아니었다.

이렇게 쉽게 해낼 수 있었던 것은 역시 앙코의 《암흑전이》와 《암흑소환》 덕분이다. 덕분에 전이 마술을 익힐 필요가 없어졌고, 비룡을 조련해서 오랫동안 하늘을 날아서 이동할 필요도 없어졌다. 앙코 님 만만세다.

"자아, 오늘의 성과를 확인해볼까!"

저녁 식사 전, 실비아와 에코에게 진척 상황을 보여달라고 했다.

온종일 고대했던 만큼, 텐션이 약간 상승했다.

"우선 나부터다."

"좋아."

실비아는 팔을 걷어붙이더니, 활을 고쳐 쥐었다. 자아, 뭘 하려나…….

"하앗!"

첫수, 아니, 결정타는 《용마궁술》이었다. 연습용 더미 인형에 다가가더니, 제로 거리에서 《용마궁술》을 날린 것이다.

「발견했구나!!」 — 그것이 내가 한마디로 표현한 감상이었다. 아아, 감동이 밀려왔다.

이 방식은, 간단히 말해 샷건이다. 《용마궁술》은 강력한 범위 관통 공격 스킬이다. 관통 능력을 지닌 화살을 원거리에서 지정 범위에 수십 발이나 쏘는 것이다. 그런 공격을 제로 거리에서 날린다……. 즉, 수십 발의 관통 공격을 전부 명중시킨다. 한 발 한 발의 위력이 크지 않더라도, 수십 발이나 된다면 그 위력은 절대적이다. 게다가 한 발 한 발에 크리티컬 판정이 있다.

"어떠냐?!"

실비아는 나를 돌아보더니, 조마조마한 표정으로 내 말을 기다렸다.

"대단해! 눈치챘구나! 안심해, 그게 정답이야."

"……음!"

실비아는 만면에 환한 미소를 머금었다. 그 미소를 보니 나도 참 기뻤다. 나는 실비아에게 미소를 지으며 엄지를 치켜들었다. 친구와 함께 마음 편히 게임을 같이 즐기는 느낌이다. 왠지 그리운 느낌이 들었다.

"자아, 다음은 에코 차례다."

실비아가 그렇게 말하자, 에코는 방패를 치켜들었다. 그리고 나를 빙글 돌아보더니, 입을 열었다.

"세컨드, 같이 하자."

"아!"

이 순간, 나는 확신했다. 에코도 정답에 도달한 것이다.

"좋아. 봐줄 필요는 없다고."

나는 씰룩거리려 하는 볼을 감추면서 대국관을 장착한 후, 검을 뽑았다.

더는 말이 필요 없다. 나는 《비차검술》을 발동시키며, 에코에게 달려갔다.

"에잇~!"

에코는 《은장방패술》로 대응했다. 그것도 내 검이 에코의 몸에 닿으려는 바로 그 순간에 말이다.

"아니?!"

실비아는 비명을 질렀다. 그럴 만도 했다. 객관적으로 본다면, 실로 불가사의한 광경일 것이다. 「비차검술이 명중했다!」고 생각한 직후, 내가 튕겨져 나갔으니 말이다.

《은장방패술》을 이용한 패리다. 하지만 단순한 패리와 다르게, 『반격』이라는 추가 효과가 발동했다.

"바로 그거야."

나는 《비차방패술》로 돌진하면서 추가타를 날리려 하는 에코를 보고, 너무나도 기쁜 나머지 그렇게 중얼거렸다. 방패로 튕겨낸 직후의 그 한순간에 준비해서 발동시키면, 아슬아슬하게 1초 안에 성공시킬 수 있는 것이다.

……용케 모색했다. 용케 발견했다. 용케 도전했다. 아무리 칭찬해줘도 부족할 지경이다.

털썩. 《비차방패술》을 맞고 그대로 쓰러진 내 머리 위에, 대미지가 표시됐다.

《은장방패술》에 의한 반격과 《비차방패술》에 의한 돌진. 이 두 기술을 합쳐서 뽑아낸 대미지는 실비아의 제로 거리 《용마궁술》을 상회했다. 【방패술】인데도 어째서 이만큼의 대미지를 낸 것인가. 그 비밀은 바로 『반격 효과』다. 《은장방패술》의 반격 효과는 상대에게 받은 대미지 양에 비례해서 위력이 상승한다. 즉, 내 《비차검술》의 위력이 어마어마하게 강한 덕분에 실비아의 대미지를 능가할 수 있었던 것이다.

"에코, 정답이야. 잘 찾아냈어. 대단해!"

"와아~! 해냈다~!"

나는 에코의 머리를 마구 쓰다듬어줬다. 에코는 기쁜지 눈을 가늘게 뜨더니, 어리광을 부리듯 내 손에 볼을 비볐다. 마이페이스한 에코는 평소에 무슨 생각을 하는지 알 수 없지만, 오늘은 그런 그녀의 숨겨진 재능이 밝혀진 기념비적인 날이다. 나무랄 데가 없다.

【방패술】 스킬을 분석해서 《은장방패술》의 특징을 조사했고, 《비차방패술》로의 추가타라는 한계에 도달하기 위해 최선을 다했다. 이것을 겨우 하루 만에 발견해서 실현하는 기술을 손에 넣은 에코에게는 진심 어린 찬사를 보내고 싶다.

"……."

어이쿠. 에코만 너무 칭찬해줘서 그런지, 실비아가 삐쳤다.

실비아, 너도 대단해. 「어떠냐?!」 하며 돌아본 순간의 표정을 보고, 전부 이해했다고. 온종일, 밥도 안 먹으며 시행착오를 겪은 거지? 《용마궁술》의 특징을 눈치챘을 때의 기쁨은 정말 춤추고 싶은 기분이었을 거야. 눈앞의 과제를 달성하기 위한 최선의 노력을 순수하게 즐기며 열중하는 그 성실함과 근면함은 나도 배우고 싶을 정도라고.

"토라지지 말고 여기로 와."

나는 약간 멋쩍었기에 실비아와 에코의 머리를 한꺼번에 마구 쓰다듬어주며 칭찬했다. 「그만, 하지 마」라고 말하며 부끄러워하면서도 어딘가 기뻐 보이는 그녀를 본 나는 아낌 없는 찬사를 보냈다.

"소금과 후추구나."

"으, 음?"

"너희가 스테이크라면, 오늘 소금과 후추가 뿌려졌어."

"하하. 그렇다면, 세컨드 님이 구워줄 것이냐?"

"앞으로 3주 동안, 마음껏 조리해주겠어."

"무서운걸. 레어로 부탁하마."

"바보 같은 소리 하지 마. 너는 웰던이야."

"……입이 화근, 인 건가."

◇◇◇

"자아, 오늘은 뭘 할 거지?"

다음 날 아침. 가슴이 두근거리는 소리가 여기까지 들려올 듯한 표정의 실비아가 기대에 찬 표정으로 그렇게 물었다. 에코 또한 왠지 안절부절못하는 것 같았다.

"역시 DPS를 재는 것이냐?"

어제는 1초간 최대 대미지를 내는 방법을 연구했다. 오늘은 10초 혹은 30초, 도전 시간을 늘릴 거라고 생각하고 있으리라. 특정 대상을 30초간 공격해서, 총 대미지를 30으로 나누는 식으로 DPS를 간단히 계측할 수 있다. 하지만 그렇게 산출한 DPS는 큰 의미가 없다. 왜냐하면 그 수치는 실전에서 만들 수 없는 값이니까.

"가장 안정적으로 꾸준히 화력을 낼 수 있는 스킬이 뭔지는 알고 있지?"

"음. 아마 보병궁술의 연사일 거다."

"맞아. 보병의 연사야말로 가장 안정적이야. 나는 이『꾸준히 발휘되는 화력』을 지속 화력이라고 불러."

준비 시간과 쿨타임이 가장 짧고, 장시간에 걸쳐 안정적인 화력을 발휘할 수 있는 전술은《보병궁술》의 연사다. 지속 화력이란,

지속 능력과 화력을 합친 말이다. 내가 멋대로 그렇게 부르는 게 아니라, 뫼비온 플레이어 대부분이 그렇게 불렀다.

"하지만 공격을 맞출 기회가 한 번뿐이라면, 어떤 스킬의 화력이 제일 높을까?"

"어제 발견한 거겠지. 제로 거리에서 용마궁술이다."

"맞아. 그렇게 돼."

만약 보병만, 용마만의 두 패턴으로 30초 동안 공격을 계속해서 DPS를 잰다면, 결과는 보병의 압승이다. 용마는 준비 시간이 너무 길다. 하지만 단 한 번의 공격으로 한정한다면, 용마가 압도적으로 위력이 뛰어났다.

"그 정도만 알면 충분해. 일부러 DPS를 잴 필요는 없어."

어제의 훈련, 「1초간 최대 대미지의 모색」만으로, 스킬의 특징과 장단점을 이해할 수 있었다. 내 예상대로 된 것이다. 실비아만이 아니라 에코도 충분히 이해한 게 틀림없다. 《은장방패술》의 반격 효과로 화력을 내는 것을 눈치챈 만큼, 【방패술】 스킬의 DPS 같은 설명을 해주는 건 부처님 앞에서 설법을 늘어놓는 격이다.

"그럼 오늘은 뭘 할 거지?"

"릴렉스야."

"뭐? 릴렉스?"

"그래, 릴렉스."

"릴렉스……."

"릴렉스~?"

별것 아닌 듯하지만, 궁극적으로 중요한 것이다.

"이것만은 아무나 할 수 있는 게 아냐. 오늘부터 타이틀전까지 어떻게든 체득해줬으면 해."

"뭐, 이해는 했다. 세컨드 님의 평소 모습을 생각하면 알 수 있지. 그래, 릴렉스인가."

"어?"

실비아는 눈치를 챈 것 같았다. 한편, 에코는 입을 벌린 채 고개를 갸웃거렸다.

"타이틀전에서는 5분, 10분 동안 눈싸움만 벌이는 일도 흔하지. 그동안 쭉 긴장 상태를 유지했다간 지치고 말아. 집중력도 유지할 수 없어. 그러니 릴렉스해서 깊이 집중해. 이게 이상적인 상태야. 너희는 그 경지를 목표로 삼아야 해."

말은 쉽지만, 어려운 일이다.

"방법은 여러 가지지만, 내 방식은 두 패턴이야."

"두 가지나 되는 것이냐."

"응. 하나는 몰입하는 거야. 돌아오지 못할 것 같을 만큼 무서울 정도로 몰입하는 거지. 그리고 그 무서움마저 잊을 정도로, 몰입하는 거야."

"그건, 정말…… 어렵겠는걸."

"그야 의식해서 하는 게 아니라, 정신을 차리고 보니 그렇게 되어 있는 경우가 많거든."

"괜한 생각을 하지 않으며, 그저 몰두하는 건가?"

"맞아. 엄밀하게는 괜한 생각을 하지 말자는 생각마저 하지 않게 될 정도야."

"……음, 알았다. 그럼 다른 패턴은 무엇이냐?"

"괜한 생각을 하는 거야."

"푸웁?!"

실비아는 마시던 음료를 안개처럼 뿜었다. 나이스 리액션.

"아까 말했던 것과 반대이지 않느냐!"

"생각하지 않으면서 생각해."

"영문을 모르겠다!"

"그냥 생각만 하는 게 아냐. 마구 생각하는 거지. 완전 바보 같은 생각을 말이야."

"아니, 그러면 안 되지 않느냐!"

"하지만, 의외로 마음이 안정돼. 왠지 냉정해지는 거지. 마음이 흐트러질 일이 있으면 한 번 해봐."

"……으, 음? 이치에 맞는 건, 가……?"

"내 경험에서 조언하자면, 야한 생각이 좋아."

"아까 한 말을 취소하겠다!"

아아~, 진짜인데 말이야.

"뭐, 사람에 따라 달라. 이건 어디까지나 내 방식이니까, 너희한테 맞는 방법도 분명 있을 거야. 오늘부터 그걸 찾아."

"음, 그래. 나는 내 방식을 찾아보겠다."

"에코도 알았지?"

"오케이~!"

시원시원하게 느껴질 정도로 기운이 넘쳤다. 잡념이 없는 듯한 에코에게는 필요 없을지도 모른다.

"그럼 오늘과 내일의 훈련내용을 전하겠어. 두 사람은 장비를 착용하지 않고, 나무 활과 나무 방패만으로 린프트파트 던전을 돌아. 참고로 궁술과 방패술만 써. 변신은 금지야."

"……우와아."

"으으~."

실비아와 질린 듯한 표정을 지었다. 에코도 불만 섞인 목소리를 내면서 아까까지의 기운이 전부 빠져나간 듯한 반응을 보였다. 고양이 귀도 왠지 기운 없이 아래쪽으로 축 처져 있었다.

"긴박한 순간이 몇 번이나 있겠지. 하지만 그 상황에서 어떻게 릴렉스하느냐가 중요해."

약간 극약처방 같다는 느낌이 들지만, 이렇게라도 하지 않으면 3주 후의 동계 타이틀전에서 타이틀을 차지할 실력을 갖출 수 없다.

두 사람의 스테이터스를 생각하면 목숨이 위험하지는 않을 것이다. 하지만 사소한 실수로 「마물에게 포위당해 몰매를 맞는」 정도는 각오해야 할 것이다. 죽지는 않겠지만, 꽤 아플 거다. 그런 긴장감이 흐르는 상황에서 얼마나 차분하게 퍼포먼스를 발휘할 수 있는가. 좀 미안하지만, 두 사람이 열심히 극복해줬으면 한다.

"한 번이라도 멀쩡히 돌아온다면, 상을 주겠어."

"두고 봐라, 세컨드 님! 린프트파트는 우리의 놀이터다!"

"하자, 하자, 하자~!"

동정심이 들어서 사탕을 살짝 흔들어주니 바로 이런 반응을 보였다. 일전의 쇼핑이 참 즐거웠던 것 같다. 뭐, 나도 엄청 즐거웠지만 말이다.

"힘내~."

"세컨드 님을 뭘 할 것이냐?"

"나는 아이솔로이스를 돌면서 방패술을 전부 단위까지 올릴 거야."

"……그, 그렇습니까."

왜 존댓말을 쓰지?

"훌쩍훌쩍, 훌쩍훌쩍."

저녁에 경험치 벌이를 마치고 돌아와 보니, 실비아가 보란 듯이 울고 있었다. 옆에서는 에코가 「이해해~」라고 말하며 등을 어루만져주고 있었다. 뭐야, 콩트 하냐?

"무슨 일이야?"

"멀쩡히 돌아오는 게 어려워서 절망한 것 같습니다."

나는 유카리의 설명을 듣고 이해했다.

"몇 대나 맞았어?"

"열 대 이후로는 기억 안 난다……."

실비아는 거짓 울음을 그치고, 원망 섞인 표정으로 나를 쳐다봤다.

"무기는 약하고, 방어구는 착용 안 해서 맞으면 아프고…… 너무해~."

"린프트파트는 놀이터라며?"

"나무 활의 낮은 공격력은 몸놀림으로 커버할 수 있는 레벨이 아니었다. 원래와 방식이 너무 달라서 혼란스러울 지경이지. 마치 다른 던전에 온 것 같았어."

"그랬을 거야. 대책은 세웠어?"

"전혀 못 세웠으니까 절망하고 있는 거다."

"힌트 줄까?"

"……으, 음."

실비아는 한참 고민한 끝에 고개를 끄덕였다. 에코도 딱 한 번 고개를 끄덕였다. 역시 두 사람 다 분한 것 같았다. 나는 이해한다는 듯이 미소를 지은 후, 침묵을 깼다.

"이래도 되는 건가 싶을 정도로, 시간을 들여봐."

◇◇◇

나는 무의식적으로 이렇게 생각하고 말았다. 시간을 들이면 들일수록 집중력을 유지할 수 없게 되어서, 실수할 가능성이 커진다고 말이다. 그리고 시행착오도 늘어나서, 결과적으로 『멀쩡히 귀환』이 어려워진다 여겼다.

반대였다. 시간을 들이고 들이고 또 들였고, 신중하면서도 정성을 들이면서, 동시에 집중하며 나아갔다.

미스를 하면 이제까지 들인 시간을 헛되이하게 된다…… 그런 괜한 생각을 해선 안 된다.

절대로 미스하지 않으며 나아가면 되는 것이다.

"에코! 물러나라!"

"라져~!"

마물이 여럿 나타난다면, 반드시 한 마리씩 유도해서 둘이 함께 확실하게 해치웠다. 뒤엉킨 실타래를 천천히 풀듯이, 결코 초조해하지 않고, 짜증에 휩쓸리지 않으며, 즐기려는 생각조차 버린 채, 차근차근, 착실하게 소소한 일을 꾸준히 되풀이했다. 이제까지보다 몇 배는 더 시간이 들었다. 하지만, 그게 어쨌다는 거냐. 멀쩡히 귀환한다. 그저 그 하나에만 집중하면 된다.

"앗……!"

마물 세 마리가 우리를 눈치챘다. 한 걸음, 두 걸음. 아니, 반걸음 지나치게 나섰다.

"큭!"

2 대 3. 제대로 대처하지 못한 나는 공격을 한 대 맞고 말았다.

젠장…… 젠장, 젠장, 젠자앙!! 방심했다! 왜 그때 아무 생각 없이 전진하고 해버린 걸까! 젠장, 분하다. 내 탓이다. 내가 방심한 탓이다.

"……미안해. 다시 돌게 됐다."

"응, 힘내자~."

또 처음부터 다시 해야 한다. 정신이 아득해질 정도의 수수한 작업을, 처음부터 다시 해야 한다.

"음, 그래."

문뜩 눈치챘다. 아까, 나는 「멀쩡히 귀환하는 것에만 집중하자」라는 생각을 했다. 몰입하지 않은 것이다. 릴렉스를 깜빡했다. 「집중하자」란 생각을 하고 말았다. 그것은, 잡념이다.

"……앗!"

놀랐다. 세컨드 님의 말이 옳았다. 그리고, 어찌된 건지 전부 이어진 듯한 느낌이 들었다.

어제도, 그저께도, 그리고 오늘도. 우리의 훈련은 전부 타이틀전에 대비한 것이다. 설마…….

"에코. 나아가면서, 실험을 하자."

"실험~?"

포위당하면, 대처할 수 없다. 무기가 약해서 DPS를 기대할 수 없다. 즉, 순간 화력을 기대할 수 있는 스킬 한 방으로 승부를 볼 수밖에 없다.

나는 이제까지 평소처럼 《비차궁술》을 사용했다. 《비차궁술》로는 완전히 해치울 수 없지만, 원거리 공격 중에서 가장 화력이 뛰어난 스킬이다. 하지만 제로 거리 《용마궁술》이라면? 마물에게 접근하면 공격을 받을 가능성이 커지기 때문에, 가능하면 멀리 떨어진 위치에서 야금야금 공격하고 싶다. 하지만, 일격에 해치울 수 있다면 이야기가 달라진다.

린프트파트 던전은 그렇게 넓지 않다. 마물이 보인 순간, 바로 바위 뒤에 숨지 않으면 바로 발각당해 접근을 허용하게 된다. 그 중 한 마리를 제로 거리 용마로 해치우고, 남은 한 마리를 에코가 패리하는 것이다. 그 후에는 둘이서 남은 마물을 상대하면 된다. 그러면 효율과 안정성이 상승할 것이다.

이제 알겠다. 실수를 하지 않고 신중히 나아간다는 건, 겁쟁이가 되는 게 아니다.

"봤느냐, 에코! 용마라면 한방감이다!"

"오~! 대단해~!"

생각대로다! 《용마궁술》에는 『관통 효과』가 있다. 린프트파트의 마물은 단단한 껍질을 지닌 바위 거북이 같은 게 많지만, 그 껍질을 관통하고 공격할 수 있기에 상성이 좋을지도 모른다!

"아야얏!"

"아야~!"

우리는 바위 거북이의 집중 공격을 받고 아파서 울상을 지었지만, 그래도 광명을 찾은 듯한 기쁨이 더 컸다. 두고 보자, 린프트파트! 이제부터 우리의 쾌진격이 시작된다……!

◇◇◇

"훌쩍훌쩍, 훌쩍훌쩍."

"……어떻게 된 거야?"

저녁에 귀가해보니, 어제와 마찬가지로 실비아가 소파 위에서 무릎을 끌어안은 채 우는 시늉을 하고 있었다.

"보스까지는 무사히 도달한 것 같습니다만, 보스인 암석 거북이를 공략할 수 없었다고 합니다."

유카리는 설명을 마치고 질렸다는 듯이 고개를 내저으며 집안일을 하러 갔다.

아하. 하지만 이틀 만에 보스까지 도달한 건 예상 이상이다.

말을 걸려고 다가가자, 실비아는 고개를 숙인 채 움찔했다.

"처음에는 에코의 패리와 내 공격으로 꾸준히 대미지를 줘서 해치울 수 있을 거라고 생각했다……."

실비아는 나를 쳐다보지도 않으며 이야기를 시작했다.

"하지만 에코가 패리만 하자, 표적은 공격을 펼치는 나를 노렸다. 암석 거북이가 에코를 무시하고 나한테 달려들자, 그대로 끝나고 말았지."

아차…….

"어쩔 수 없었겠네. 다음에 암석 거북이와 싸우게 된다면 어쩔 거야?"

"으음……. 에코가 은장방패술의 패리를 반복해서 반격 효과로 쓰러뜨리는 것 말고는 좋은 방법이 생각나지 않는구나. 만약 암석 거북이가 누적 대미지 양이 많은 쪽을 노리는 습성이 있다면, 에코의 반격 대미지를 넘지 않도록 조심하면서 공격을 하는 거다."

……응. 뭐, 이 정도면 충분하다. 내가 가르치고 싶었던 것은 전부 이해한 것 같다.

"실비아, 에코. 고생했어. 상을 줄게."

"저, 정말이냐?!"

"정말~?!"

축 늘어진 분위기가, 순식간에 화사해졌다.

"만세~!"

내가 고개를 끄덕이자, 두 사람은 한껏 기뻐했다.

"내일은 쇼핑을 할거야. 유카리도 같이 갈 거지?"

"그래도 되겠습니까?"

"응. 때로는 기분 전환도 해야지. 게다가…… 두 사람한테 있어서는 최후의 휴식이 될테니까."

"음? 세컨드 님, 방금 뭐라고 했느냐?"

"별말 안 했어."

동계 타이틀전까지, 앞으로 2주 남았다.

◇◇◇

다음날, 나는 세 사람을 데리고 왕도에 쇼핑하러 갔다. 별다른 목적 없이, 왕도의 가게들을 돌아봤다. 의외로 즐거웠다.

온갖 물건이 눈에 들어왔고, 나에게 새로운 정보를 알려줬다. 예를 들자면 고추다. 뫼비온에는 고추란 이름의 식재료 아이템이 하나 존재할 뿐이지만, 이 세상에는 고추 또한 수십 종류가 있다. 각각의 고추는 산지가 다르며, 색깔과 형태도 다르다. 물론, 맛도 달랐다. 누가 어디서 어떻게 길러 출하했는가. 흥미가 끊이지 않았다.

게임이란 관점에서 본다면 별것 아닌 식재료 아이템 중 하나지만, 거기에는 내가 상상조차 할 수 없을 정도의 대규모 시장이 숨겨져 있었다. 게임과 현실의 혼재. 언뜻 보기엔 미스매치인 이 융합이 이 세상을 향한 말로 형용할 수 없는 깊이를 안겨주고 있었다.

"세컨드 님. 포션 가게에 들렀으면 한다."

실비아가 들어간 곳은 눈에 익은 포션 전문점이었다. 예전에 왔을 때보다 인테리어가 좋아진 것 같았다. 다른 이들의 뒤를 따르며 나도 안에 들어가보니, 안쪽에 있던 점주로 보이는 아저씨가 퍼뜩 놀라며 뛰어왔다.

"각하! 어서 오십시오. 왕림해주셔서 감사합니다."

……각하?

"주인님은 전권대사시니까요. 정식 경칭은 각하입니다."

내가 어리둥절한 표정을 짓자, 유카리가 귓속말로 그렇게 말했다. 아하, 그런 건가.

"나를 기억해?"

"물론입니다. 저희 가게가 이렇게 번성한 것도, 전부 각하 덕분이니까요. 때를 봐서 인사를 드리러 갈 참이었습니다."

내가 뭘 했는지 생각해보니, 불쑥 머릿속에서 떠올랐다. 이 세상에 오고 얼마 안 됐을 즈음, 빠른 성장을 위해 포션을 10억 CL정도 샀었다.

"같은 포션을 그렇게 많이 샀는데, 폐가 되지 않았어?"

"당치도 않습니다! 미리 구입할 수량을 말씀해주셨지 않습니까. 감사를 하면 했지, 폐라니요! 말도 안 됩니다!"

다행이다. 나 때문에 경영이 힘들어지지는 않은 것 같았다.

"조합사는 꽤나 고생했을 것 아냐? 매일 천 개씩 사갔는걸."

"기쁨의 비명이란 거죠. 지금은 좋은 추억입니다."

하하하, 하고 웃었다. 참 시원시원한 아저씨였다.

"그런데 각하, 오늘은 무슨 용건이시죠? 혹시 타이틀전에 맞춰 준비하러 오신 겁니까?"

"뭐, 그래. 용케 눈치챘네."

"역시 그러시군요! 일전의 내전에서 보여주신 각하의 활약은 익히 들었습니다. 그 분이라면 분명 동계 타이틀전에서 타이틀을 차지하실 거라고, 점원들과 이야기했죠."

"그랬구나. 이 가게에는 출전자가 자주 와?"

"네. 아까도 지금 왕도 안에서 소문이 자자한 세 분이 찾아주셨습니다."

왕도 안에서 소문이 자자한 세 분? 누구지?

이름을 물으려 했지만, 가게 주인이 이름을 바로 알려주는 게 아니라 이렇게 힌트만 주는 걸 보면 무리일 것 같았다.

"이야기해줘서 고마워."

"아닙니다. 앞으로도 잘 부탁드립니다."

필요한 것을 사고 가게를 나섰다. 내가 유카리에게 눈짓을 보내자, 그녀는 바로 입을 열었다.

"에른테 귀천장일 겁니다. 제자인 믹스 자매도 귀천장전에 출전하는 듯합니다."

"잘 아네."

"주인님께서 모르신다는 게 놀랍습니다. 현재 왕도는 귀천장을 포함한 세 사람이 일찌감치 왕도를 찾은 이야기로 시끌시끌하니까요."

"타이틀 보유자는 그 정도로 스타인 거야?"

"스타 정도가 아니라, 한 나라의 왕 같은 대접이죠."

"그럼 3관이 되면 어떨까?"

"……주인님의 입버릇을 빌리자면, 대박이겠죠."

"대박인가."

기대되는걸…… 하면서 히죽거리고 있을 때, 에코가 「배고파~」라고 말하며 내 허리를 끌어안았다. 시곗바늘도 마침 식사 시간을 가리키고 있었다.

"그럼 밥 먹으러 갈까."

"만세~!"

에코는 그대로 내 등을 오르더니, 목말을 탔다. 어쩔 수 없이 발을 잡아주자, 몸을 앞뒤로 흔들어댔다. 참 기운이 넘쳤다.

"문뜩 든 생각인데, 세컨드 님은 에코에게 특히 무른 것 같다."

"네, 저도 그렇게 생각합니다."

이렇게 귀여운 고양이귀 여자애한테 물러지지 않는 것도 무리다.

"낮에는 왕도에서 가장 고급 레스토랑을 큐베로에게 예약해달라고 했어. 거기서 기분 풀어."

두 사람이 기분이 순식간에 풀렸다. 두 사람 다, 이런 걸 의외로 좋아한다니깐.

"기다리고 있었습니다. 이쪽으로 오시죠."

레스토랑 앞에 도착하자, 이미 큐베로가 그곳에서 기다리고 있었다. 큐베로의 안내로 레스토랑 안에 들어갔다. 퍼스티스트 저택 못지않게 호화로운 인테리어였다.

가장 좋은 장소라는 테이블에 앉아서, 큐베로를 제외한 넷이서 잠시 담소를 나누고 있을 때…… 말다툼 소리가 들려왔다.

"무슨 일인지 살펴보고 오겠습니다."

시중을 들던 큐베로가 그렇게 말하더니, 재빨리 행동했다. 역시 뛰어난 집사다. 어디 내놔도 부끄럽지 않다. 그리고 몇 분 후, 큐베로가 빠른 걸음으로 돌아왔다.

"에른테 귀천장과 제자 두 사람이 이곳에서 식사하기를 희망하고 있습니다만, 아무래도 예약을 하지 않아서 레스토랑 측과 다투는 듯합니다. 어떻게 할까요?"

"그래? 나는 상관없다고 전해. 알았지?"

아마 큐베로는 『가게 전체』를 예약했을 것이다. 하지만 이 넓은 레스토랑을 우리끼리 독점하니 좀 미안한 기분이 들었다. 세 사람에게 의견을 물으니, 셋 다 고개를 끄덕였다. 실비아는 물론이라는 듯이, 유카리는 인상을 쓰며, 에코는 요리 말고는 관심이 없다는 듯했다.

"그렇게 전하겠습니다."

큐베로는 시원시원하게 입구로 걸어갔다. 그 직후, 다투는 목소리가 잦아들었다. 해결된 것 같았다. 우리 집사는 참 유능한걸. 나까지 어깨가 으쓱해졌다.

……하지만 그 후로 5분, 10분이 흘렀지만 큐베로는 돌아오지 않았다.

무슨 일인가 싶어서 자리에서 일어나보려 했을 때, 큐베로가 레스토랑 책임자로 보이는 정장 차림의 아저씨와 함께 왔다.

"무슨 일이지?"

내가 묻자, 책임자인 아저씨는 머뭇거리며 입을 열었다.

"정말 송구합니다만…… 귀천장 일행에게 인사를 해주시지 않겠습니까?"

"뭐?"

인사?

"세컨드 님. 그러실 필요 없습니다."

큐베로는 분노에 찬 표정을 지었다. 그러자 옆에 있는 아저씨는 식은땀을 흘렸다.

"……이해했습니다. 저분들은 대사보다 귀천장의 지위가 더 높다고 주장하는 거군요."

유카리는 차가운 어조로 조용히 말했다.

"어리석기 그지없군요. 위아래를 따진다는 것 자체가 말도 안 됩니다. 주인님이 그런 퍼포먼스에 이용당하다니, 구역질이 나려는군요. 가게에서 나가시죠."

"유카리 님이 말씀이 옳습니다. 오히려 상대방이 인사를 하러 와야 마땅합니다."

두 사람은 분노했다. 책임자는 그저 고개만 숙였다. 실비아와 에코는 당황한 표정으로 나를 쳐다봤다.

"나는 오늘, 이 가게에서 너희와 함께 점심을 먹고 싶었어. 비가 내리든, 창이 쏟아지든 말이지."

나는 가게를 나설 생각이 없다. 하지만 이 가게의 책임자는 대사와 귀천장 사이에서 난처해하고 있었다. 안됐다. 어찌할 수 없을 것이다. 그렇다면 내가 당사자와 이야기를 나눌 수밖에 없다.

"무슨 일이 일어나든, 누가 뭐라고 하든 나는 오늘은 여기서 밥을 먹을 거야. 누구도 방해할 수 없어. 거기 있는 레스토랑 분, 나는 당신 편이야. 귀천장이 뭐야? 상대가 무슨 말도 안 되는 소리를 하든 거절해. 내가 당신 편을 들겠어. 권력 위에서 거들먹거리게 두지 마."

"—말이 심하네."

내가 그 아저씨에게 말을 하고 있을 때, 뒤편에서 여자의 목소리가 들려왔다. 고개를 돌려보니, 미인인 엘프가 있었다. 뾰족한 귀, 늘씬한 몸, 아름다운 얼굴, 에메랄드그린 색깔의 장발, 날카로운 인상의 눈매. 딱 봐도 성격이 나빠 보이는 여성이다.

"당신, 대사라며? 어느 소국의 대사인지 모르겠지만, 우리는 귀천장 일행이거든? 인사를 하러 오는 게 당연하지 않아?"

"—윽."

큐베로가 한 걸음 앞으로 나서려 하자, 손을 뻗어 말렸다. 눈동자의 움직임을 보고 알았다. ……이 여자, 꽤 강하다.

"뭐야? 귀천장을 제쳐두고, 가장 좋은 자리를 차지했어? 인사를 한 후, 자리를 양보하고 나가는 게 예의거든? 믿기지 않네. 후안무치하기 그지없어."

오히려 시원시원하게 느껴질 정도의 횡포다. 하지만 성가신 점은 이 여자가 그걸 당연시하고 있다는 점이다. 이 여자가 에른테인가? 그렇다면 유감이다. 타이틀 보유자가 되어 남들에게 떠받들어진 결과, 이렇게 거만해진 건가.

"당신, 디 믹스군요."

"그래. 너는 누구야? 다크 엘프가 이런 곳에 있어도 되는 거야?"

"당신, 여우 같다고 불리고 있어요."

"여우?"

"호랑이의 위세를 빌리는 것 말고는 할 줄 아는 게 없는 짐승이 참 잘도 짖는걸."

"……너, 배짱 좋네."

유카리가 정면에서 시비를 걸었다. 에른테가 아니라 디 믹스라 불린 엘프 여성은 0.5초만에 인벤토리에서 활을 꺼냈다. 어이어이, 여기서 붙자는 거야? 내가 그런 의문을 느낀 직후, 디 믹스에게서 살의가 뿜어져 나왔다. 우와아, 이 자식, 진심이네.

"멍청한 것."

"꺄앗!"

그 순간, 디 믹스의 뒤통수에 주먹이 꽂혔다.

그녀의 뒤편에 나타난 이는 하얀 수염을 가슴 언저리까지 기른

선인 같은 인상의 할아버지였다.

"제자가 실례를 범했구먼."

"사부님! 고개를 숙일 필요 없어요!"

"너는 물러나 있어라, 이 멍청한 것아!"

"꺄아!"

또 두들겨맞았다. 그리고 같이 머리를 숙였다.

이 영감은 누구지? 하고 말하기 전에 정체를 눈치챘다. 이 자가 에른테 귀천장인가.

"뭐, 나는 됐어. 여기서 밥만 먹을 수 있다면 말이지. 하지만 제자 교육은 좀 제대로 하는 편이 좋을 것 같네."

"하하하, 귀가 따갑구먼."

"너, 말버릇이 그게 뭐야! 내가 너보다 몇 배는 더 살았거든?! 그리고 너야말로 노예 교육을 제대로 해! 아니면 성노예는 교육시키지 않는 스타일인 거야?!"

이 자식, 연상이면 무조건 떠받들어진다고 생각하는 걸까? 애초에 귀천장이 잘난 건 제쳐두고, 그 제자가 이렇게 우쭐대는 게 정상인 걸까? 게다가 다크 엘프를 차별하기까지 했다. 완전 글러먹었네.

"언니, 그만 해요. 사부님이 화나셨어요."

"하지만, 이것들 엄청 무례하단 말이야! 제이도 그렇게 생각하지?"

"하지만, 사부님이……."

에른테의 옆에서 디 믹스를 닮은 단발머리 여자 엘프가 나왔다. 이름은 제이인 것 같다. 아무래도 여동생인가 보다.

"이만 끝내거라. 자매 다툼은 칼로 물 베기이지 않느냐. 아하하."

갑자기 재미없는 농담이 들려오자, 믹스 자매는 그대로 휘청했다.

농담을 한 에른테는 헛기침을 한 후, 진지한 표정으로 우리를 쳐다봤다.

"미안하구나. 폐를 끼쳤다. 사과 삼아 이 자리는 내가 계산하지. 화해의 표시 삼아 같이 식사하지 않겠느냐?"

"왜 이딴 것들과……!"

"닥치거라!"

"으극."

에른테에게 또 맞은 디가 울상을 지으며 입을 다물었다.

……이 상황에서, 함께 식사를 하자고? 이 영감은 무슨 생각을 하는 걸까? 나는 영문을 몰라서, 에른테의 얼굴을 관찰했다. 인상 좋은 미소를 머금고 있었다. 종잡을 수 없는 영감이다.

실비아와 에코는 여전히 당혹스러운 표정을 하고 있었다. 유카리와 큐베로는 분노에 사로잡혀 있었다. 「평화로운 휴일」을 위한다면, 함께 식사하면 안 된다. 하지만…… 나는 흥미에 졌다. 이 세상의 타이틀 보유자가 어떤 인물인지, 이 눈으로 봐두고 싶었다.

"좋아. 나는 화해했다고 생각 안 하지만 말이지."

약간의 적의는 담아서 영감을 바라봤다. 에른테는 씨익 웃으며 입을 열었다.

"좋다. 그럼 식사하도록 할까."

"그럼 다시 자기소개를 하지. 나는 에른테 귀천장이라네. 이 자매는 디와 제이. 내 제자들이지."

"나는 세컨드. 옆에는 차례대로 실비아, 에코, 유카리야. 퍼스티스트란 팀을 짰어."

"호오, 팀인가. 저 자는?"

"큐베로. 내 시종이지."

"다들 상당한 실력자구먼."

"할배는 알아보네."

"할배?! 말조심해!"

"제이. 디를 말리거라."

"알겠습니다, 사부님."

"자, 잠깐만, 제이!"

디는 일일이 시비를 거네. 힐끔 쳐다보니, 제이라는 여동생도 표정이 좋지 않았다. 두 사람 다 에른테를 존경하는 것 같았다.

할아버지, 꽤 강한 걸까? 나는 가슴 속이 기대로 가득 찼다.

"아까 연상이라며 우쭐대던데, 너희는 몇 살인 거야? 나는 열일곱이야. 실비아도 열일곱, 에코는 열여섯, 유카리는 열아홉. 큐베로는 스물넷이었지?"

묻듯이 그렇게 말하자, 큐베로가 「기억해 주셨군요!」 하며 감격했다. 반응이 격하네.

"호오, 젊구먼. 나는 올해로 사백 년하고 3년을 더 살았을 게다. 디는 딱 백 년을 살았지. 제이는 올해로 여든하고 한 살이던가. 아직 꼬맹이다."

사백…… 맙소사. 그냥 할배와는 차원이 다르다. 그리고 백 년? 여든한 살도 장난 아니네. 저 표독한 미인과 귀여운 애도 할망구잖아!

"나는 아직 아흔아홉이야! 그리고 미성년이면서 귀천장이 될 첫 엘프지! 기억해둬!"

"나를 이기겠단 게냐?"

"……이번 동계에서 사부님께 보은을 하겠어요."

"그래. 그럼 기대하마."

엘프의 성년은 백 살인 것 같다. 유카리가 귓속말로 알려줬다.

하지만, 이 차별녀가 타이틀전 출전자인가……. 품격이 떨어지는걸.

"우리 실비아도 귀천장전에 나갈 거야. 잘 부탁해."

"—호오."

"……어?"

내가 별 생각 없이 그렇게 말한 순간, 이 장소의 분위기가 일변했다. 에른테는 상대의 실력을 파악하려는 듯이 실비아를 응시했다. 그리고, 디 믹스는—.

"하앗!"

"이 멍청이!!"

무심코, 내 입에서 독설이 터져 나왔다.

가만히 앉아 있던 디 믹스가 갑자기 활을 겨누며 《보병궁술》을 펼친 것이다.

우리 다섯 명 중에서 그 미세한 예비 동작을 간파하고 반응한 건 나 뿐이다. 그 순간, 왼손으로 들고 있던 수프 접시로《보병방패술》을 발동시켜서 화살을 패리했다.

……큰일날 뻔했네. 조금만 늦었어도 접시가 꿰뚫렸을 것이다. 내 세계 1위 현역 시절과 비교해도 전혀 쇠퇴하지 않은 반응 속도에 감사해야겠는걸.

"흐음. 그 정도 실력으로 귀천장전에 나가는 거야? 내 보병궁술에 눈도 깜짝 못했으면서? 웃기지도 않네. 동료가 지켜주지 않았다면, 너는 가슴을 꿰뚫렸을 거야. 궁술을 얕보지 마. 너 같은 조무래기가 출전하면 귀천장의 품위가 떨어지거든? 그러니 사퇴해주지 않겠어?"

기습해놓고, 멋대로 떠들어대고 있다.

품위. 품위라……. 확실히 나쁘지 않은 속사였다. 완전히 이완된 상태에서의 자세 전환은 칭찬받아 마땅했다. 하지만, 그건 식사 자리에서 할 짓이 아니다.

"……."

실비아는 아무 말 없이 고개를 숙였다. 스스로도 생각하는 바가 있을 것이다. 하지만, 풀이 죽을 필요는 없다. 너는 아직 대련 연습을 안 했다. 아직 출발점에 서지도 않은 상태에서 느닷없이 출발 신호를 받고 뛴 레이스에서 졌다고 해서, 저딴 소리를 들어봤자 아무렇지도 않잖아?

"……그대, 방금……."

영감도 영감이다. 얼이 나간 표정으로 나를 쳐다보며 무슨 말을 하는데, 그 전에 할 일이 있잖아. 네가 제자를 제대로 살피지 않으니 저렇게 제멋대로 구는 거라고.

"하아, 못 봐주겠네. 도저히 못 봐주겠어."

한숨을 내쉬며 그렇게 중얼거렸다. 완전히 뚜껑이 열렸다. 따끔한 맛을 보여줘야겠다.

"뭐야? 내가 무슨 실수라도 했어?"

차가운 시선을 보냈지만, 디 믹스는 자기 잘못을 전혀 눈치채지 못했다. 아하, 그래. 맞아. 네 생각에는 아무런 잘못도 안 했겠지. 네 생각에는 말이야. 그럼 나도 내가 옳다고 생각하는 행동을 하도록 할까.

"나와, 앙코. 앙골모아."

나는 자리에서 일어나며 《마물소환》과 《정령소환》을 동시에 발동시켰다.

거무튀튀하게 끓어오르는 어둠과, 일곱 빛깔로 빛나는 빛이 내 양옆에 자리했다.

"뭐, 뭐 하는 거야……!"

디 믹스는 활을 치켜들더니, 스킬을 준비했다. 그래봤자 《금장궁술》이겠지.

"어머, 어머어머어머."

앙코는 평소에도 가늘게 뜨고 있던 눈을 더욱 가늘게 뜨더니, 입가에 손가락을 대며 웃었다.

"불쌍한 계집이구나. 감히 나의 세컨드에게 이빨을 드러내다니……."

앙골모아는 말과 달리 즐거운 듯이 웃고 있었다.

디 믹스는 한 걸음 물러섰지만, 그래도 자신만만하게 활로 나를 겨눴다.

"나를 얕보지 말아주겠어?"

"디, 안 된다!"

에른테가 제지했다. 하지만, 늦었어. 디 믹스는 내가 한 걸음 내디딘 순간, 《금장궁술》을 펼쳤다. 일정 범위 안의 적을 넉백시키는 스킬이다.

"변신."

나는 《변신》의 무적시간으로 《금장궁술》을 무효화시킨 후, 그대로 디 믹스를 날려버렸다.

앙코에 앙골모아에 변신까지, 다 선보였다.

"앙골모아, 바람."

"음."

"앙코, 암흑마술."

"네, 주인님."

디 믹스가 바닥을 기게 만든 후, 남은 HP를 강제적으로 1로 만들었다.

……상상을 초월하는 공포일 것이다. 꼼짝도 못하는 상황에서 HP가 1이 됐으니 말이다.

"후배여, 이 불쌍한 여자를 쳐다보며 그렇게 웃지 말거라, 이 여자, 조그마한 슬라임처럼 부들부들 떨고 있느니라."

"그러는 선배야말로 참 즐거워 보이시네요."

그렇게 사이가 나쁘던 앙골모아와 앙코도 왠지 화해한 것처럼 보였다. 공통된 적을 발견해서, 친해진 것일지도 모른다.

"미안하구나. 부디, 디를 용서해주지 않겠느냐."

"언니가 실례를 범했어요. 정말 죄송합니다."

바로 그때, 에른테와 제이가 나에게 사과했다. 어이, 늦었잖아……. 내 역량을 보고 사과해선 늦다고. 비겁하네. 전혀 성의가 느껴지지 않아.

"미안하지만, 봐줄 수 없어. 재는 살인 미수를 저질렀어. 게다가 죽이려 한 상대는 제3기사단의 기사이자, 대사관의 직원이지. 이 말의 의미를 알겠어?"

세 사람은 얼굴이 새파랗게 질렸다. 그러니 늦었다고. 어차피 우리 쪽에는 타이틀전에 출전할 실력이 없을 거라고 방심했지? 힘이 있더라도 실비아 정도의 수준이라면 실력자 셋이서 압력을 가해 입을 다물게 할 생각이었잖아? 멍청이들. 여차하면 너희 셋 상대로도 충분히 이길 수 있다고.

"이제까지 멋대로 행동한 대가를 치를 때가 온 거야."

상대가 바로 우리가 아니었다면, 이제까지처럼 없었던 일로 만들 수 있는 불상사일지도 모르지.

……실망인걸. 이건 갑질 정도의 일이 아냐. 「능력으로도, 권력으로도, 그 누구도 자신을 거역할 수 없다」라는 오만함은 사람을 이렇게 거만하게 만드는 건가?

빌어먹을. 타이틀전의 품위를 떨어뜨리는 건, 바로 너희라고.

"……."

세 사람은 「어쩌면 좋지」라는 표정으로 침묵했다. 수백 년을 살아왔으면서 사과하는 방법도 모르는 건가?

"무릎 꿇어."

나는 이날, 태어나서 처음으로 노인과 여자의 머리를 자근자근 밟아줬다.

생각했던 것만큼, 기분 좋은 일은 아니었다.

◇◇◇

"하하하! 하하하하하!"

어느 술집. 메이드복을 입은 여자의 보고를 들은 잘생긴 남자가 배를 감싸쥐며 큰 소리로 웃었다.

"웃을 일이 아닙니다. 그 귀천장을 무릎 꿇렸다고요."

"재미있잖아! 이야, 최고야! 역시 셰리가 마음에 들어 할만한걸!"

"정말……."

메이드는 어처구니없다는 표정을 지었다.

"하지만, 그 영감은 교활하지. 상대가 귀천장 출전자라는 것을 알고 접촉한 거야."

"제자의 폭주를 일부러 막지 않은 것도 그래서인가요?"

"아마 그럴 거야. 무릎을 꿇은 대신 정보를 입수했으니, 나는 에른테가 이득을 봤다고 생각해."

"설마요. 자기 증손주 뻘도 안되는 젊은이에게 무릎을 꿇은 거잖아요."

"에른테는 그러면서도 여유를 보였어. 400년 넘게 살다보면, 무릎 정도는 얼마든지 꿇을 수 있겠지."

"그런 건가요……."

남자는 술을 단숨에 들이켜더니, 카우보이모자를 고쳐 쓰며 자리에서 일어났다.

그의 허리에는 유서 깊어 보이는 장검이 있었다.

"가자, 마리포사."

"네, 헤레스 님."

"……젠장, 분한걸. 나도 그 남자처럼 화끈한 짓을 하고 싶어졌어."

"절대로 하지 마십시오."

"질투야?"

"대답하지 않겠습니다."

"아아, 그와 검을 겨루는 날이 벌써 기다려지는걸……."

◇◇◇

"잘 들어라. 앞으로 그 남자는 절대 건드리지 마라."

왕도 외곽에 위치한 「믹스 가」 별장의 한 방. 귀천장 에른테는 한 시간 정도 전에 무릎을 꿇는다는 굴욕을 경험했으면서, 마치 그 일을 잊은 것처럼 눈앞에 있는 자매들에게 그렇게 말했다. 그 말을 들은 디 믹스는 몸을 부르르 떨었고, 동생인 제이 믹스는 뜻밖이라는 듯이 눈을 치켜떴다.

"어째서죠, 사부님? 그 남자는 분노에 사로잡혀 자신의 손속을 다 드러낸 어리석은 자잖아요. 저희의 적이 못 돼요."

"멍청한 것. 그게 그 남자가 지닌 모든 힘이라고 생각하는 것이냐?"

"……하지만……."

"잘 생각해 보거라. 디는 완전히 실비아란 아이의 허를 찔렀지."

에른테가 그렇게 말하자, 제이는 입을 다물었다. 차분하게 생각해보니, 세컨드는 식사 중이라고 하는 가장 긴장이 풀리는 상황에서 자기가 아니라 옆에 있는 이를 향한 기습을 접시로 패리해서 막아낸 것이다. 그것은 단순히 반응 속도가 빠르다는 말로 정리되는 이야기가 아니다.

"디, 제이. 너희는 귀천장전만 생각하거라. 보복은 꿈도 꾸지 말도록."

"하지만, 이대로는 물러설 수 없어요!"

제이는 분노에 찬 얼굴을 쑥 내밀며 그렇게 외쳤다. 그녀는 태어나서 처음으로 무릎을 꿇었다. 짧지 않은 인생 속에서, 틀림없이 최대의 굴욕이다. 그것은 디도 마찬가지지만, 언니가 괜한 짓을 한 바람에 아무런 잘못도 없는 자신까지 굴욕을 맛봐야 했다고 하는 피해자 의식이 그녀를 한층 더 격정에 휩싸이게 했다.

"……그 검은 옷의 여자와 정체불명의 정령. 아직도 정체를 알 수 없다. 게다가 그 남자는 순식간에 자기 모습을 바꿨지. 그게 어떤 스킬인지, 그 효과가 뭔지 알 수도 없지 않느냐. 그런데도 이길 수 있을 것 같으냐?"

"그럼 기습을 하는 거예요. 셋이서 기습하면, 질 리가 없어요."

"말도 안되는 소리구나. 제이, 상대보다 자기가 더 뛰어나단 생각은 버려라. 항상 도전자이거라. 방심과 오만은 여유의 틈새에 파고들지. 자기 자신을 혹독하게 몰아붙이는 것이야말로 귀천장이 되는 길이라고 여겨라."

에른테는 일방적으로 이야기를 마치더니, 그대로 자리에서 일어났다. 그리고 자리를 비우기 전에 한 마디만 남겼다.

"그 실비아란 여자, 반응이 매우 느렸지. 맞붙게 된다면 『급전』으로 뭉개줘라."

"네!"

무릎을 꿇으면서 얻은 정보다. 디와 제이는 순진하게 대답했다.

에른테는 만족했다는 듯이 고개를 끄덕이더니, 두 사람에게 등을 보이며 방에서 나갔다.

……그의 얼굴에 한껏 일그러진 미소가 어려있다는 것을, 자매가 알 리 없었다.

◇◇◇

다음날, 나는 이른 아침부터 실비아와 에코를 정원으로 불렀다.

그렇다. 대련 연습 시작이다.

"일단 나와 한 번씩 번갈아 가며 붙자. 그 후에 앞으로의 방침을 정하겠어."

"음. 잘 부탁한다."

"라져~!"

이번 대련은 『대국관』이 아니라 『결투관』을 이용한다. 타이틀전에 대비해서다. 결투 설정은 타이틀전과 마찬가지로 치명상을 받더라도 HP가 1 남으며 기절하는 룰이다.

"실비아부터 할 거지?"

"……음."

약간 긴장한 것 같았다. 나는 보다 못해 「릴렉스, 릴렉스」라고 말하며 웃어줬다. 실비아는 「아, 그러고 보니」 하며 난처한 듯이 웃더니, 눈을 감고 심호흡을 하면서 양손으로 자기 볼을 찰싹 때린 후 「자아, 덤벼라!」라고 말하며 활을 치켜들었다. 이 녀석, 틀렸어. 전혀 모르잖아.

뭐, 됐나……. 어디 해볼까.

◇◇◇

상냥한 세컨드 님의 얼굴. 나는 한 수 배운다는 심정으로, 전투 태세에 들어갔다.

다음 순간— 세컨드 님의 표정이 순식간에 얼어붙으며 변모했다.

……그 직후, 였다.

"—윽!!"

정신을 차리고 보니, 내 안면에서 몇 센티미터 떨어진 곳에 화살이 있었다.

대체 언제 쏜 거지? 이건, 뭐야? 《보병궁술》인가? 《비차궁술》인가? 모르겠다.

하지만, 이것만은 알 수 있다. 절대로 맞아선 안 된다. 본능이 그렇게 판단한 것이리라. 나는 반사적으로 몸을 숙이면서, 종이 한 장 차이로 화살을 피했다.

"크윽!"

다음 순간, 내 머리에 어마어마한 충격이 가해졌다. 미처 피하지 못한 것일까? 아니다, 추가타다.

"윽, 커억, 으극."

두 발, 세 발, 네 발…… 나는 제대로 피하지도 못하며 차례차례 화살에 맞았다. 화살은 전부 머리에, 마치 빨려들듯이 정통으로 명중했다. 뇌가 어질어질했다. 생각했던 것만큼 아프지는 않았지만, 세컨드 님의 모습을 제대로 볼 수 없다. 그리고 아무것도 하지 못한 채, 나는 의식의 끈을 놨다.

"커헉……?!"

눈을 뜨고, 깨달았다. 졌다. 완벽하게 말이다.

"어느정도 파악했어. 다음은 에코야."

바닥에 쓰러져 있던 내 옆에서, 평소 같은 표정으로 그렇게 말한 세컨드 님을 ―내가 사랑하는 이를― 보고, 처음으로 나는「무섭다」고 생각했다.

그는 나를 죽일 생각이었으면 얼마든지 죽일 수 있었다. 그야말로 갓난아기의 손을 비틀듯이 말이다.

……어째서일까. 나는 공포와 함께 불가사의한 흥분을 느꼈다. 그가 내 모든 것을 움켜쥐고 있다. 그 공포에 저항하려 하지 않고, 몸을 맡기는 것이 어마어마한 쾌감처럼 느껴진 것이다.

더 가르쳐줬으면 한다. 더 사랑해줬으면 한다. 그런 감정이 끝없이 샘솟았다. 나는 그런 기묘한 고양감을 곱씹으면서, 세컨드 님의 등을 응시했다.

그리고, 에코와의 결투가 시작됐다. 양상은 나와 비슷했다.

방패를 꼭 움켜쥔 채 몸을 움츠린 에코와 달리, 세컨드 님은 마치 산책이라도 하는 것처럼 느긋하게, 그리고 확실하게 다가가며 거리를 좁혔다.

"꺄앗!"

한 발, 두 발, 세 발. 연이어 공격이 들어갔다. 에코가 필사적으로 저항했지만, 전부 《은장방패술》의 패리에 튕겨나면서 대미지만 받았다.

그리고 30초도 지나기 전에 에코가 기절하면서, 세컨드 님이 승리를 거뒀다.

……너무나도 일방적이었다. 아무리 그래도 한 방은 맞출 수 있을 거라고 생각했다. 다소 스테이터스가 차이 나지만, 조건은 대등

했다. 【방패술】에 있어서는 에코가 오히려 유리할 정도다.

하지만, 변변찮은 저항조차 하지 못했다. 뭐가 다를까? 어디서 차이가 난 것일까? 우리와 세컨드 님의 실력이 너무 차이 나서, 전혀 알 수 없었다. 앞으로 그 차이를 메울 수 있을까? 그러려면 어떤 방침으로, 어떤 훈련을 해야 할까.

"그럼 아침을 먹은 후에 앞으로의 방침을 알려주겠어."

"……음!"

궁금해서 견딜 수가 없었다. 내 마음속 깊은 곳에서, 뭔가가 조용히 불타오르는 듯한 느낌이 들었다.

◇◇◇

승부 이전의 문제. 그것이 내가 내놓은 결론이다.

실비아와 에코에게는 이기려고 하는 의지가 전혀 느껴지지 않았다. 죽음을 두려워하는 걸까, 고통을 두려워하는 걸까, 아니면 싸우고 싶지 않은 걸까. 알 수 없다. 애초에 그녀들은 정말 타이틀을 따고 싶은 걸까? 만약 어중간한 마음가짐이라면, 관두는 편이 낫다. 그런 생각이 들 정도로, 두 사람의 싸움은 심각하게 서툴렀다.

"이대로는 타이틀 획득은 고사하고 1차전 탈락이야."

숨겨봤자 소용없기에, 나는 솔직하게 말했다.

두 사람은 「역시나」 하고 말하는 듯한 표정으로 고개를 끄덕이더니, 천천히 입을 열었다.

"나와 에코는 이미 결심을 굳혔다."

"나, 나가고 싶어. 타이틀전. 마을 사람들, 기쁘게 해줄래."

"음, 나도 출전하고 싶다. 특히 디 믹스에게는 질 수 없어."

두 사람은 의외로 결의를 굳힌 것 같았다. 그래……. 그럼 방침을 전환할까.

"이제부터 남은 기간동안, 최대한 『기습전법』을 익힐 거야. 기초? 상식? 그런 건 필요 없어. 잘 들어. 너희는 약해. 약해빠졌지만…… 재수 좋게 한 방 세게 먹여줄 수 있는, 그런 폭발력 있는 출전자가 되는 거야."

원래는 기초부터 차근차근 가르칠 생각이었다. 각자의 스킬에 존재하는 『정석』이라 불리는 치밀한 전법의 변화, 『수순』이라 불리는 유효 스킬의 연결, 『외통수』라 불리는 종반부의 날카로운 결정타 등을 말이다. 내가 아는 대인전의 모든 것을 암기하게 한 후, 몸이 기억할 정도로 굴려서, 의식하지 않아도 몸이 알아서 움직일 수준까지 육성할 생각이었다.

하지만, 지금 두 사람의 실력으로는 남은 3주 동안 기초부터 가르치면 1차전 탈락이 확실하다. 만약 그러더라도 다음 타이틀전에서 설욕하기 위해 준비하면 되겠지만, 아마 두 사람은 납득하지 못할 것이다.

그렇다면, 기습전법이란 이름의 『함정수』를 쓸 수밖에 없다.

PvP의 기습전법은 제대로 대처하기만 하면 『받아낸 쪽이 유리』하다. 하지만 이 세상에 오고 이제까지 쌓은 경험을 통해 「처음 보는 기습전법을 완벽하게 받아낼 수 있는 자는 이 세상에 존재하지 않는다」는 것이 내 예상이다. 왜냐하면, 이 세상의 인간이 기습전법에 대한 정확한 대응을 연구할 거라고는 도저히 생각되지 않았다.

기습이라는 이름의 작전이라면, 한 수 위의 상대에게도 한 방 먹여줄 가능성이 있다. 분명 기습을 당한 상대는 분통을 터뜨릴 것이다. 느닷없이 예상 밖의 사태에 처하게 될 테니, 냉정하게 응수해야 하는 상황인데도 불구하고 마음속은 초조한 탓에 제대로 대처하지 못할 것이다. 페이스가 흐트러지는 선에서 끝나면 좋겠지만, 그 틈을 노려 밀어붙인다면 그대로 이길 수 있다. 바로 그 점을 노리는 것이다.

상대하게 될 타이틀전 출전자가 좀 불쌍하다 싶지만, 이것도 공부라 생각하며 다음 대회에 또 참가해줬으면 한다.

"기습전법인가. 음, 바라는 바다."

"기습~할게, 기습~!"

실비아와 에코도 꽤 의욕을 보였다. 좋아.

"특훈을 시작하자."

◇◇◇

한 남자가 왕도에 들어왔다. 1년에 두 번, 이 계절이 되면 이 남자는 꼭 이 마을에 나타난다.

남자의 이름은 로스만. 나이는 40대 중반. 짧은 흑발과 약간 허전한 앞머리, 평범한 체격, 약간 주름진 눈매, 그리고 기분 나쁠 만큼 날카로운 안광을 지닌, 어디에나 있을 듯한 평범한 중년이다.

사람들은 그런 그를 「일섬좌」라고 부른다.

"로스만 일섬좌, 기다리고 있었습니다."

그를 마중한 이는 키가 2미터는 될 듯한 거한이었다.

"오래간만이군요, 가람. 대검은 관뒀습니까?"

"네, 피치 못할 사정이 있어서 말이지요."

제2기사단 소속 기사 가람. 그는 일전의 내란의 책임을 지고 부단장의 자리를 내려놓고, 현재 일개 단원으로서 캐스탈 왕국에 봉사하고 있다. 그의 처분이 이렇게 가벼워진 이유는 바로 그의 인덕 덕분이다. 그리고 그 또한 동계 일섬좌전에 출전하는 이 중 한 명이다.

"그렇군요. 누군가가 지혜를 빌려준 겁니까."

"재미있는 남자가 한 명 있습니다."

"그런가요. 기대되는군요……."

로스만이 씨익 웃자, 거구인 가람의 몸에 긴장감이 흘렀다.

로스만은 20년이 넘는 세월 동안 일섬좌의 타이틀을 차지하고 있다. 그의 실력은 누구나 다 안다. 그리고, 과거에 그와 검을 겨룬 적이 있는 가람은, 더욱 잘 알았다.

"심심풀이는 되려나요."

꽤 고대하고 있는 것 같았다. 하지만, 가람 또한 기대하고 있었다. 그 기대는 이 로스만 일섬좌와 싸우게 될 그 남자와의 사투를 상상하고 있어서다.

"이번 타이틀전에서는 지각변동이 일어날지도 모릅니다."

가람이 진심에서 우러난 목소리로 그렇게 중얼거리자, 로스만은 웃음을 흘렸다.

◇◇◇

"아차, 로스만 님보다 늦게 도착할 줄이야."

로스만보다 한발 늦게 도착한 남자는 여관으로 향하던 도중에 들린 노점에서 로스만 일섬좌가 이미 왕도에 왔다는 말을 듣자, 분하다는 듯이 중얼거렸다.

40대 초반의 남성은 백발이 섞인 흑발을 올백으로 세팅했고, 큰 키에 호리호리한 몸을 이국의 옷으로 감쌌으며, 테가 가는 안경을 쓰고 있다.

그의 이름은 카사카리 케라라. 자칭 「로스만 일섬좌의 라이벌」이다.

"아니, 로스만 님이 성미가 급해진 거겠지. 거기에 승기가 있지 않을까?"

그는 그렇게 혼잣말을 중얼거리면서, 대로를 나아갔다.

그는 타이틀전 출전자답지 않게 동행자가 없었다. 그의 고향은 캐스탈 왕국에서 멀리 떨어진 곳에 있는 황야의 나라. 타이틀전 출전의 가치조차 모르는 사람들이 사는 나라이다. 아무리 【검술】이 뛰어날지라도, 이름도 모르는 머나먼 나라까지 자원해서 같이 가려 하는 괴짜는 없었다.

"아니, 방심은 금물이야. 일단 고향의 춤을 추면서 투지를 북돋도록 할까."

카사카리는 갑자기 춤을 추기 시작했다. 많은 이들이 오가는 대로에서 말이다.

……아무도 그와 함께 오지 않은 이유는, 아니, 사람들이 그에게 다가가지 않는 이유는 십중팔구 그가 괴짜라서다. 왕도 사람들도 그걸 아는지, 몸을 꼬불거리며 정신없이 춤을 추는 그를 보고도 「자주 있는 일이다」라는 듯이 무시했다.

"카사카리 님, 카사카리 님!"

왕도 사람에게 신고를 연락을 받은 건지, 일섬좌전의 운영 측에서 보낸 심부름꾼이 카사카리를 향해 뛰어왔다.

예년과 마찬가지로 온갖 방법을 동원해 그를 진정시킨 후, 숙소로 안내했다.

"매번 느끼는 거지만, 여기 요리는 맛있어! 하지만 알려준 레시피 대로 만들어도 그 맛이 아니야. 어째서 그런걸까. 정말 불가사의한걸."

카사카리는 고급품을 선호하지 않는다. 그리고, 매운 요리는 매우 좋아한다.

그래서 평소처럼 싸구려 여관에 방을 잡고, 평소처럼 카레 가게로 안내하는 것이 정석이다.

"고추인가. 고추가 다른 건가. 하지만 우리나라에서는 안 파는데 어떻게 입수할 방법이 없으려나."

"일섬좌전이 끝난 후에 준비해드릴 테니, 가지고 돌아가십시오."

"오오! 심부름꾼은 꽤나 눈치가 좋은걸. 좋아, 답례로 고향의 춤을 선보여주지."

"아뇨, 괜찮…… 괜찮습니다! 진짜로 괜찮다고요!"

제발 얌전히 있어다오. 다들 그것을 바랐고, 곧 배신당하더니, 이리저리 휘둘린다. 그런 남자가, 이번에도 왕도를 찾은 것이다.

"알프레드 님. 곧 왕도에 도착합니다."

"그래. 수고했다."

자갈길을 달리는 마차 안에서, 한 남자가 마부의 말에 답했다. 알프레드라고 불린 이 장년의 남자는 덥수룩한 먹빛 머리카락을 쓰다듬은 후, 손으로 더듬어서 마차의 창문을 열었다.

그는 눈이 보이지 않는다. 하지만 귀가 좋다. 덜컹거리며 나아가는 마차 안에서도 마부의 말을 똑똑히 들을 수 있을 정도다.

"시끌벅적한 냄새가 나는군."

코도 좋다. 그리고 촉감도, 혀도 민감하다. 그것은 그만이 알고 있는 특수한 감각이다.

그가 앞을 못 보게 된 것은 서른 살 때의 일이다. 그 전까지는 일류 궁술사로서 사자같은 실력을 발휘했다. 『그 사건』으로부터 십여 년이 흘렀다. 현재는— 귀신같은 실력의 소유자로, 변모했다.

"……슬슬, 귀천장을 돌려받겠습니다."

어느 세상이나, 천재라 불리는 인간이 적지 않게 있다.

커다란 저택의 넓은 방에서, 그는 책상 앞에 앉아서 하염없이 자료와 눈싸움을 하고 있다.

무라티 토리코로리 예장— 마술사의 최고봉에 군림하는 사람이다.

올해로 서른여섯인 이 젊은 연구자는 곧 겨울인데도 불구하고 얇은 옷 한 벌 차림인데다, 땀을 흘리고 있었다. 170센티미터 정도 되는 키에 어울리지 않게 체중은 100킬로그램이 넘었으며, 약간 작아 보이는 안경이 관자놀이를 파고들었다.

"오오, 이건 엄청난 발견이군요."

콧김을 뿜으며 혼잣말을 하고 벌떡 일어선 그는 산더미처럼 쌓여 있는 책을 향해 손을 뻗어서 새로운 자료를 찾았다. 무라티는 현재 【마술】과 【소환술】의 관계, 특히 4대 속성과 정령의 관계를 조사, 연구하고 있었다. 무엇을 위해 그런 귀찮은 짓을 하냐면 「하고 싶으니까 하는 것이다」라고 말할 수밖에 없다. 그것은 그가 철이 들기 전부터 타고난 성품이며, 살찐 아저씨가 된 지금도 변함없는 좌우명이다.

그는 【마술】을 너무나도 좋아하는 사람이다. 그렇기에 더욱 깊은 곳까지 알고 싶어 하는 건 지극히 자연스러운 일일 것이다. 단 하나의 문제는 그런 마음이 남들보다 배는 강하다는 것이며, 【마술】의 진리를 너무 추구한 탓에 모든 인생을 『마술』에 바쳐버렸다는 점이다.

그의 인생은 네 살 이후로 전부 【마술】로 점철되어 있다. 사회생활로 힘들 때도 【마술】만은 그를 배신하지 않았다. 노력한 만큼 성과가 나온다는 사실을 깨달은 그는 점점 【마술】에 빠져들었다.

돈 걱정은 전혀 하지 않았다. 「토리코로리 가」는 【마술】의 대가이며, 무라티는 그 가문의 후계자다. 그리고 부모님 또한 평범함과는 조금 거리가 멀었는데, 아들을 위해 【마술】에만 몰두할 수 있는 환경을 갖춰주고 만 것이다.

그 결과, 무라티 예장이라고 하는 어마어마한 「마술 오타쿠」가 탄생하였다. 30년 넘게 좋아하는 것만 계속 해온 사람은, 그 한정된 일부분에 있어서는 비정상적인 실력을 발휘한다—.

"오! 무라 님, 여기 계셨군요!"

"오오! 사로티 씨잖아. 경례!"

"나왔다! 경례 나왔다! 경례! 이거! 경례 나왔다~!"

무라티의 방을 찾은 이는 그의 유일한 친구이자 친척인 사로티였다. 두 사람은 「도푸호」 하고 특이하게 웃으며 장난을 쳤다.

"참, 무라 님. 예장전이 일주일 후까지 다가온 건에 대해서."

"오우, 깜빡했소이다. 게다가 실은 연구 때문에 그걸 신경 쓸 때가 아닌데~!"

"아니, 나도 그건 마찬가지인데! 그것보다 이것 좀 봐."

"……어, 뭐지요? 출전자 일람?"

무라티는 사로티가 내민 자료를 건네받았다. 그것은 각 타이틀전 출전자 일람이었다.

그는 내용을 얼추 훑어봤다. 각각의 타이틀전에 네 명의 참가자가 있었다. 예년에는 많아봤자 두세 명이어서 「올해는 평소보다 많은걸」 하고 생각하고 있을 때…… 한 인물의 이름에 강렬한 위화감을 느끼며 움찔했다. 그것을 눈치챈 사로티는 거보란 듯이 입을 열었다.

"대박이지? 세 종목에나 나가다니, 말도 안 되지 않아?"

"스읍…… 이걸 놓치면 안 될 것 같군요."

"이기고 올라오면 무라 님과 붙게 될 것 같은 오한~."

"예감을 일부러 오한이라 표현한 고도의 개그군요. 하지만 오한을 느낀다는 건 소생이 질 거라 생각한다는 의미잖아~! 이게~~!"

"끄어어~! 봐줘, 봐줘!"

무라티는 장난스레 사로티의 목을 졸랐다. 하지만 그런 장난스러운 언동과 달리, 그의 마음속은 지극히 냉정했다. 타이틀전 세 종목에 출전한다는 것은 곧, 세 개의 『대 스킬』의 모든 『소 스킬』을 9단까지 올렸다는 의미다. 그 의미는 상상을 초월하는 강자라는 뜻.

애초에 뫼비우스 온라인이란 게임은 기본적으로 마물을 쓰러뜨려서 경험치를 얻지만, 그렇다고 닥치는 대로 해치워도 소용이 없다. 플레이어의 스테이터스 및 누적 획득 경험치에 비례해서 「플레이어와 동등 혹은 그 이상」의 마물을 쓰러뜨려야만 만족스러운 경험치를 얻을 수 있는 시스템이다.

즉, 이번 타이틀전에서 세 종목에 출전하는 이 비정상적인 남자는 「상당한 수라장을 정면에서 돌파해온 압도적인 호걸」 혹은 「조무래기를 하염없이 해치워온 끈기 있는 강자」 중의 하나다.

"듀후후……."

이번 타이틀전은 예전과는 다를 것 같다— 그렇게 확신한 무라티는 기분 나쁜 웃음을 흘렸다.

가장 그의 흥미를 끈 것은 바로, 그 남자가 예장전과 함께 영왕전에도 출전한다는 점이다. 【마술】과 【소환술】의 관계. 그가 지금 연구하고 있는 내용이 바로 그것이다.

솔직히 말해 그에게 있어서 예장전은 아무래도 상관없지만…… 그 남자와 이야기를 나눠본다면 【마술】에 관해 새롭게 알게 되는 것이 있을지도 모른다. 바로 그 점이 예장전을 향한 무라티의 의욕을 상승시켰다.

"흥미로운 상대 등장! 이군요~."

"머리가 홀라당 벗겨질만큼 동의."

"오래간만에 왕도에 왔는걸."

챙이 넓은 삼각 모자를 쓰고, 옷자락이 끌릴 만큼 커다란 검은색 로브를 걸친 노파가 왕도 빈스턴에 방금 귀환했다. 그녀의 이름은 체스터. 나이는 78세. 방랑 마술 할멈, 희대의 대마도사, 불꽃의 마녀, 전직 궁정마술사단장 등 다양한 이명을 지녔다.

"할머님, 기다리고 있었습니다."

"어머. 너, 혹시 체리니? 흐음, 많이 컸구나."

체스터를 맞이한 이는 제1궁정마술사단의 제복 차림에 키가 작은 여성, 체리였다. 체스터는 그녀의 친척이며, 작은 할머니에 해당한다.

체리는 체스터의 말을 듣고 고개를 갸웃거렸다. 체스터와는 1년 전에 만났다. 그 때에 비해 키는 슬플 정도로 자라지 않았는데…….

"무슨 일이 있었지? 한 층 더 성장할 무슨 일이 말이야. 표정이 달라졌구나."

"아!"

체스터는 그 말을 듣고 바로 이해했다. 체리는 뜨끔하더니, 볼을 붉히며 부정하려 했으나 체스터가 손을 뻗어서 제지했다.

"말 안 해도 안 단다. 그래그래, 제파 군에게 감사해야겠는걸. 너를 신경 써달라고 내가 일러뒀거든."

"……아, 단장님과는 전혀 상관없어요."

"으음? 뭐야. 그럼 꾸짖어줘야겠구나. 끌끌끌."

제1궁정마술사단의 현 단장 제파는 체스터의 제자다. 제파에게 《불 속성·5형》을 습득시킨 이도 바로 그녀다.

"그럼 대체 누가 너를 이렇게까지…… 아, 네 반응을 보니 얼추 알겠구나. 남자지? 응?"

"……으음."

체스터는 히죽거리며 체리를 응시했다. 체리는 귀까지 빨개진 채 고개를 숙일 수밖에 없었다.

"뭐, 좋아. 나중에 천천히 들으마. 우선 숙소로 안내해주렴. 다리가 너무 아프구나."

"네, 할머님."

몇 분 후, 그녀의 귀엽디귀여운 손녀가 마음에 둔 남자가 예장전

1차전의 상대라는 것을 알게 된다.

어디, 내가 시험해보도록 할까…… 하며 체스터가 괜히 의욕을 보이자, 체리는 필사적으로 말릴 수밖에 없었다.

이리하여, 매우 특색 있는 강자들이, 차례차례 왕도로 집결하고 있었다.

그리고, 동계 타이틀전의 막이 오른다—.

〈일섬좌전〉

1. 카사카리 케라라
2. 세컨드 퍼스티스트
3. 헤레스 럼버잭
4. 가람

「(1 vs 2) vs (3 vs 4)」 vs 로스만 일섬좌

〈귀천장전〉

1. 디 믹스
2. 실비아 버지니아
3. 알프레드
4. 제이 믹스

「(1 vs 2) vs (3 vs 4)」 vs 에른테 귀천장

〈예장전〉

1. 체스터
2. 세컨드 퍼스티스트
3. 닐 바이스로이
4. 알파 프롬나드

「(1 vs 2) vs (3 vs 4)」 vs 무라티 토리코로리 예장

〈금강전〉

1. 도밍고
2. 로큰체어
3. 지단
4. 에코 리플렛

「(1 vs 2) vs (3 vs 4)」 vs 고로와즈 금강

〈영왕전〉

1. 세컨드 퍼스티스트
2. 카피트
3. Mr. 슬림
4. 빅혼

「(1 vs 2) vs (3 vs 4)」 vs 보그 영왕

제2장 동계 타이틀전 전편

타이틀전은 캐스탈 왕성 부근의 투기장에서 매해 두 번, 여름과 겨울에 열린다.

수용 인원은 대체 몇천 명일까. 콜로세움처럼 넓디넓은 원형 투기장에는 수많은 관객이 우글거리고 있었다. 정면의 특등석에는 마인이 있다. 타이틀전이란 어전 시합이다. 즉, 캐스탈 왕국의 새로운 국왕인 마인에게 뛰어난 무예를 선보이기 위해 개최되는 대회다.

"—지금부터, 제466회 동계 타이틀전을 개막하겠다!"

마인이 뭔가 기나긴 연설을 한 후, 큰 소리로 선언했다. 그러자 관객석에서 성대한 박수가 터져 나왔다.

전생에서 몇 번이나 본 광경이다. 하지만 몇 번을 봐도 질리지 않는 절경이다. 이 끝내주는 고양감이, 돌아왔다는 느낌을 들게 했다. 겨우, 돌아온 것이다. 이 영광스러운 무대에—.

"세컨드 님. 곧 일섬좌전이 시작될 것이다. 준비 안 해도 되겠느냐?"

우리가 참가하는 타이틀전은 우선 일섬좌전, 그 후에 귀천장전, 예장전, 금강전, 영왕전 순서로 진행된다. 하루에 한 타이틀전이 개최되는 것이다. 출전자 숫자가 적기에 오전에 토너먼트가 시작되고, 그 날 안에 토너먼트 우승자와 현 타이틀 보유자의 대결까지 마친다고 한다. 즉, 매일 새로운 타이틀 보유자가 누구인지 결정되는 것이다.

"딱히 준비할 것도 없지만…… 뭐, 좋아. 다녀올게."

"음, 힘내라."

"세컨드, 힘내~!"

실비아와 에코는 나에게 격려의 말을 건넨 후, 출전자 전용 관전석으로 걸어갔다.

문뜩, 관객석에서 아는 이를 발견했다. 유카리다. 그렇다면 저 근처에 있는 집단이 내 하인들인가. 백 명은 넘게 온 것 같은데? 대단한걸.

저쪽에는 체리 양과 제1궁정마술사단의 멤버들이 있다. 그 외에는 왕립 마술학교의 교복을 입은 이들도 드문드문 보였다. 가장 앞줄에는 백작 영애인 셰리까지 있다. 다들 누군가를 응원하러 온 걸까?

"일섬좌전, 첫 대결은 세컨드 퍼스티스트 대 카사카리 케라라!"

실황석에서 내 이름을 외치는 소리가 들려왔다. 꽤나 간결했다. 아무래도 그는 실황 중계자가 아니라 사회자인 것 같았다. 뫼비온에서는 실황 중계자나 해설자가 분위기를 띄우면서 온라인 중계의 코멘트를 읽어주기도 했는데, 이 세상에서는 그럴 필요가 없을 것이다.

나는 애용하는 유카리가 만든 미스릴 롱소드를 허리에 차고 투기장 중앙으로 걸어갔다. 상대는 테가 얇은 안경을 쓰고 민족의상 같은 옷을 입은 올백 머리의 아저씨였다. 이름은 카사카리 케라라라고 한다. 자아, 일섬좌전의 출전자는 나를 포함해 총 네 명이니,

도전자 토너먼트 준결승이다. 이번 시합을 이기고, 결승에서 이긴 후, 현 일섬좌에게도 이기면 일섬좌 타이틀을 획득한다. 총 3승. 으음, 아무래도 쉽게 이길지도 모르겠다.

"만나서 영광입니다, 뉴 페이스."

"아, 네. 저야말로 영광이에요."

가볍게 인사를 나눴다. 예의바른 사람인걸. 우리는 결투를 위한 아이템 『결투관』을 장비한 후, 룰 설정 확인을 했다. 대미지 표시 기능은 ON이며, HP 1 유지에 치명상은 강제 스턴…… 좋아, 오케이다. 서로에게 문제가 없는 것 같으니, 결투가 승인됐다.

"그럼……."

카사카리는 허리에서 칼을 챙 소리가 나게 뽑더니, 한 발로 섰다. 호오, 레이피어인가. 신기한걸. 게다가 독특한 자세다. 외발 타법 같은 걸까.

나는 딱히 무기를 뽑을 필요를 느끼지 못했기에, 그대로 서서 시합 시작의 신호를 기다렸다.

"—시작!"

심판의 호령이 들려왔다. 그 순간, 카사카리는 재빨리 세 걸음 내디디며 간격을 좁혔다. 하지만 공격 범위 안에 들어오기 직전에 몸을 굽히더니, 마치 춤이라도 추는 것처럼 공격 범위 안팎을 오가고 있었다.

……일섬좌전, 즉, 【검술】 간의 승부는 간단히 말해 「간격 차지하기」다. 확실히 꽤 교묘한 전술이다. 이러면 간격을 잡기 어렵다. 그

러면서 내가 어떻게 나오는지를 파악하려는 것이다. 확실히 나는 뉴 페이스인 만큼, 사전 정보가 전혀 없는 것이다.

“괜히 실력을 숨기는 스타일은 아니거든.”

아까 예의를 차린 상대방을 생각해 미리 선언했다. 첫 대결이더라도 상관없다. 이번 일섬좌전에서 나는 처음부터 전력을 다하기로 마음먹었다.

세계 1위의 정석, 『세븐 시스템』— 똑똑히 보시라.

“!!”

1수, 《보병검술》과 《계마검술》의 복합을 카사카리의 오른발 앞쪽을 향해 날렸다.

2수, 카사카리는 발을 뒤로 뺐다. 당연한 대응이다. 그 직후, 균형을 잡기 위해 허공을 향해 무방비하게 내민 카사카리의 왼손을 《보병검술》로 그어올리듯 노렸다. 이게 3수다.

“아닛?!”

아슬아슬하게 피한 것 같았다. 카사카리는 허둥지둥 거리를 벌렸다. 이 4수로 인해 큰 틈이 생겼다. 5수, 나는 간격을 좁히면서 《비차검술》을 준비했고, 상대의 품에 파고들듯 돌진했다.

“그렇게 안 돼!”

카사카리는 레이피어로 막아내려고 《금장검술》을 준비했다. 최악의 6수다.

아아, 유감이야. 저렇게 나오면, 이걸로 결판이 나고 만다.

“말도 안 돼—?!”

스킬 캔슬 직후, 《각행검술》을 준비한 나는 미스릴 롱소드를 던졌다.

"커억."

금장의 준비는 끝나지 않았고, 회피 또한 불가능하다. 내가 던진 롱소드는 카사카리의 무방비한 목을 관통했다.

7수. 이걸로 『외통수』다. 카사카리는 선혈을 흘리며 쓰러졌다. 나는 숨통을 끊어주기 위해 인벤토리에서 미스릴 롱소드를 한 자루 더 꺼내서 《용마검술》을 준비했지만……. 카사카리는 몸을 일으키지 않았다. 아무래도 급소를 공격당한데다 크리티컬이 발생한 탓에 HP가 바닥난 것 같았다. 결투의 설정대로, 카사카리는 HP가 1이 남으며 기절했다.

"……스, 승자, 세컨드 퍼스티스트!!"

잠시 침묵이 흐른 후, 심판이 큰 목소리로 선언했다.

그 직후— 땅이 갈라질 듯한 환성과 박수가 투기장에 울려 퍼졌다.

엄청난 열기다. 뫼비온 이상일지도 모른다. 특히 내 하인들이 있는 쪽에서 난리가 났다. 나도 기분이 좋아져서 그 방향을 향해 손을 흔들었다. 그러자 그들은 더 큰 성원을 보였다. 좋네. 기쁜걸.

"저게 뭐야?!"

"저 카사카리한테 완승을 거뒀어!"

"압권이야!"

"순식간이었다고!"

"엄청난 걸 봤어!"

귀를 기울여보니, 관객석에서 다양한 감상이 들려왔다. 대부분 나를 칭찬하는 목소리였다. 하지만「저 카사카리한테」…… 이 말이 조금 마음에 걸렸다. 아까 그 아저씨가 엄청난 강자라는 듯한 표현이다. 헛소리 마. 춤으로 간격을 못 잡게 하는 잔재주나 부리는 녀석이 강자일 리가 없어. 저건「뫼비온을 시작한지 2년쯤 된 중학생이 눈길을 끌기위해 오리지널리티를 만들려고 우쭐대는 잔꾀」다.

확실히 반응은 좋았지만, 역시 기본기가 없다. 타이틀전 단골인지는 모르겠지만, 잘 알지도 못하는 놈들이 멋대로 떠들어대지 말라고. 나는 살짝 울컥했다. 저 자식을 강자라 부르고 싶지 않다. 이딴 게 타이틀전이라 여겨지는 게 싫다. 한참 멀었다고.

"—이야, 대단했습니다. 멋진 검술이었어요."

출전자용 관전석으로 향하고 있을 때, 모르는 아저씨가 갑자기 말을 걸어왔다. 어디에나 있을 법한 평범한 아저씨였지만, 눈만은 기묘하게 빛나고 있었다. 혹시 카라메리아 중독자일지도 모른다고 생각한 나는 기분 나빴기에 깔끔하게 무시했다.

다른 준결승전은 가람이란 거한과 헤레스 럼버잭이라는 금발 미청년의 시합이었다. 저 거한은 눈에 익었다. 재상에게 인질을 잡혔니 뭐니 하던 대검을 쓰는 아저씨다. 하지만 지금 쓰는 무기는 대검이 아니었다. 내 조언을 참고한 것이리라. 자신을 이긴 상대의 조언에 순순히 귀를 기울이는 자는 내 경험상 만만치 않았다. 지면을 기며 흙탕물을 마시면서도 이기려 하는 듯한 끈질긴 남자일 것이다.

한편 헤레스 럼버잭이란 남자는 왠지 눈에 익은 듯한 느낌이 드는데……. 으음, 누구지……. 앗?! 아니, 잠깐만! 그래! 알아! 럼버잭이라면 셰리네 가문의 이름이잖아!

"걔의 오빠구나!"

"이제야 눈치챈 것이냐. 그럼 세컨드 님은 다른 건 생각이 났느냐?"

"응? 뭘 말이야?"

옆자리의 실비아가 그렇게 물었다. 나는 바로 생각나지 않았기에, 에코를 쳐다봤다.

"드래곤 때, 있었어~."

에코는 똑똑히 기억하고 있는 것 같았다.

"미안한데, 뭐라고 했어? 드래곤 때?"

"셋이서 용마와 용왕을 습득하러 메티오 던전에 갔을 때다. 돌아오는 길에 검술사와 메이드 두 명으로 구성된 일행을 봤지 않느냐."

"어? 아~! 맞아. 봤어. 너희들, 대단하네. 용케 기억하고 있구나."

"뭐, 나는 방금 세컨드 님이 펼친 일전을 보고 그날, 그때 본 그 아름다움을 떠올렸지. 그래서 연쇄적으로 생각이 난 거다."

"아름다움?"

"아…… 아니, 으음, 아, 아무튼! 부끄러우니까 더는 묻지 마라!"

"흐음."

실비아는 멋대로 자폭하며 멋대로 부끄러워했다. 나는 일부러 흥미없는 듯이 넘겼다. 이 상황에서 바로 추궁하는 건 풋내기나 하는 짓이다. 실비아가 이 일을 잊었을 즈음에 다시 언급한 후, 방금 말한 그날에 철저하게 추궁해주겠다. 이것이 실비아 괴롭히기의 최신 방식이다.

"봐라, 움직임이 있는 것 같다!"

실비아가 이야기를 돌리려는 듯이, 투기장 중심을 손가락으로 가리켰다.

가람과 헤레스는 약 20분가량 눈싸움을 벌이며 꼼짝도 하지 않았다. 대등한 실력자 간의 시험에서 흔히 벌어지는 상태다. 실력이 비슷하다면, 먼저 움직인 쪽이 불리한 게 정상이다.

도전자 결정 토너먼트의 제한 시간은 한 시간이다. 확실히 실비아의 말대로, 슬슬 한쪽이 조바심을 내며 움직임을 보일 것이다.

"움직였어~."

흥분한 나머지 그렇게 말한 에코가 내 무릎 위에서 벌떡 일어서더니, 앞으로 몸을 내밀었다. 나는 에코가 떨어지지 않도록 뒤편에서 그녀의 가느다란 허리를 잡아줬다. 에코가 선 바람에 시합이 보이지 않는 데다 꼬리가 내 얼굴을 간지럽혔지만, 그녀가 타이틀전에 열중해준 것이 가르치는 입장에서는 기뻤다.

그렇다. 타이틀전은 재미있다. 관전하는 것도, 참가하는 것도 말이야.

"오오! 힘으로 밀어붙이는 건가! 셰리의 오빠는 대단한걸!"

"쾅쾅~! 펑~! 가라~!"

왠지 흥분한 것 같았다. 쾅쾅펑이 뭘까.

"꺄하하~!"

"밀어붙였다! 봤느냐?! 봤느냐?! 세컨드 님!"

안 보인다고.

"너희들, 왜 이렇게 흥분한 거야?"

"아니, 세컨드 님 때는 전혀 흥분하지 않았다."

"왜냐!"

"그럴 틈도 없이 끝났거든."

"시합이 시작되자마자, 결판났어~."

아, 그래서…….

"다음에는 셰리의 오빠와 시합을 하게 됐구나."

"그런 것 같네."

"보아하니, 꽤 앞으로 나서는 스타일 같다."

"흐음, 그거 좋지."

"뭐…… 왠지, 남 일인 듯한 말투구나. 괜찮은 것이냐?"

"이제부터 뭘 준비하기엔 늦었잖아? 시합은 시작하기 전에 대부분 승패가 결정돼."

"하하하, 응원할 보람이 없는 남자구나. 하지만…… 음. 그래도, 멋지다."

"실비아도 나중에 폼잡는 법을 연습해둬. 타이틀을 따게 되면 수많은 후배가 자기 등을 쫓게 된다는 걸 의미해. 그러니 언니, 누나로서 폼잡을 의무가 있어. 그리고 그 등은 크면 클수록 좋아."

"……나도, 어릴 적에는 타이틀전을 보며 흥분했지. 저렇게 강한 기사가 되고 싶다는 꿈을 꿨다. 앞으로는 내가 그 꿈을 다른 이들에게 보여주게 된다는 건가."

"우선은 우리 집 하인들에게 말이지. 폼잡는 연습을 하기에 딱이야. 그 자식들은 덮어놓고 칭찬부터 하잖아?"

"후훗. 그럼 더 큰 꿈을 보여다오. 자아, 벌써 입장이 시작됐다."

일섬좌전, 도전자 결정 토너먼트 결승. 상대는 셰리의 오빠인 헤레스 럼버잭.

그는 개성적인 카우보이 모자를 손으로 비스듬히 들어 올리더니, 천천히 말을 걸어왔다.

"만나서 반가워, 세컨드. 나는 헤레스. 방랑 검술사야."

"실은 전에 한 번 본 적이 있어. 메티오 던전에서 녹룡을 사냥했었지?"

"그래! 그럼 내 실력을 알겠는걸."

"뭐, 대충은 말이야."

"동생이 신세 졌다고 들었어. 아까 카사카리 님과의 시합도 봤지. 실은 귀천장과의 건에 대해서도 들었어."

"……하고 싶은 말이 뭐야?"

"나는 너무 기뻐서 견딜 수가 없어. 부디, 나를 즐겁게 해달라고!"

헤레스는 환한 미소를 지으며 허리에 찬 검을 뽑았다. 나와 마찬가지로, 미스릴 롱소드였다.

"세컨드! 우리 오라버니 따위에게 지면 안 돼!"

그 순간, 관객석에서 모 영애의 고함이 들려왔다. 헤레스는 그 자리에서 미끄러질 뻔했다.

"저렇게 말하는데?"

"하, 하하하. 못 본 사이에 꽤 건방진 애로 자랐는걸."

"너희 남매는 사이가 참 좋네."

"적어도 나는 그렇게 생각해."

아무래도 동생에게 일방적으로 미움을 받는 것 같았다.

"두 사람, 위치로!"

잡담을 마치고 심판의 지시에 따라 정해진 위치에 섰다. 헤레스의 표정에서 아까까지의 소년 같은 미소가 모습을 감추더니, 얼음장처럼 날카로운 표정이 어렸다.

"—시작!"

심판이 그렇게 외친 직후, 헤레스는 단숨에 간격을 좁혔다. 실비아의 말대로, 팍팍 앞으로 나서는 타입 같은걸. 자아, 첫수는 《보병검술》과 《계마검술》의 복합을 헤레스의 오른발 앞쪽을 꿰뚫듯이 날리는 일격이었다. 『세븐 시스템』의 제1수다.

"그 기술이라면 이미 봤어!"

우위를 과시하는 외침일 것이다. 2수, 헤레스는 카사카리와 다르게 내 공격을 크게 피하려 하기보단 카운터를 날리듯 오른발을 약간 빼며 왼쪽 상단에서 《은장검술》를 내리그으려 했다.

……하아~.

아는 사람은 알 것이다. 이건 「하아~」다. 다들 한 목소리로 「하아~」 하고 외칠 것이다.

“어.”

3수, 나는 스킬 캔슬을 하며 마주 칼을 휘두르는 게 아니라, 그대로 왼편으로 쓰러지며 미스릴 롱소드의 자루 끝을 손가락으로 쥔 후에 옆 방향으로 휘둘렀다.

—헤레스의 《은장검술》은 지면에 작렬했고, 내 《보병검술》은 헤레스의 왼 발목에 명중했다. 공격이 명중했다는 것을 확실히 느꼈다. 나는 몸을 웅크린 상태에서 회전하듯 일어서며 《비차검술》을 준비했다.

4수, 헤레스는 『패스』했다. 왼 발목을 잘리면서 균형을 잃은 것이다.

5수, 내 《비차검술》이 그의 정수리에 정통으로 명중했다. 그것으로 승부는 완전히 갈렸다.

엉망진창으로 박살나야 하는 헤레스의 머리는 결투관의 효과 덕분에 멀쩡했다. 하지만 그의 HP는 1까지 줄었으며, 눈이 까뒤집힌 채 기절했다.

“종료! 승자, 세컨드 퍼스티스트!”

참 밋밋한 승리였다. 관객석은 흥분의 도가니였다. 하지만 셰리만은 입을 쩍 벌린 채 굳었다. 눈앞에서 오빠의 발목이 잘렸으니, 그럴 만도 했다.

나는 1차전 때와 마찬가지로 유카리를 향해 손을 흔든 후, 크나큰 환성을 들으며 출전자용 관전석으로 향했다. 그러자 안경을 쓴 눈에 익은 아저씨가 중간에서 나를 기다리고 있었다.

“카사카리 씨였지?”

"네. 저는 카사카리 케라라라고 합니다."

보아하니 HP와 스턴이 이미 회복된 것 같았다. 완전히 멀쩡했다.

"세컨드 님. 후학을 위해, 귀하의 검술에 관해 질문을 하나 하고 싶습니다."

"해봐."

진지한 얼굴로 물어보기에, 나는 고개를 끄덕였다. 그러자 카사카리는 눈을 동그랗게 뜨며 놀랐다.

"승낙할 거라고는 생각도 못했는데……."

"그럼 묻지 말라고."

"아, 기분 나쁘게 여기지 말아줬으면 합니다. 보편적으로 그렇단 이야기니까요. 보통 검술사가 검술에 관해 물었을 때, 순순히 고개를 끄덕이는 사람은 없지요. 귀하는 참 특이하군요. 그래서 기쁩니다. 마음이 고양된 나머지, 춤이라도 추고 싶을 지경입니다."

너도 꽤 특이하다고 생각해, 라고 말했다간 이야기가 더 탈선될 것 같았기에 입을 다물었다.

"실례했습니다. 제 고향에서는 감정을 춤으로 표현하죠. 어떻습니까? 세컨드 님도 부디 제 고향에서……."

"본론에 들어가주지 않겠어?"

"아, 으음, 죄송합니다. 이게 제 나쁜 버릇인지라……. 그럼……."

카사카리는 가볍게 숨을 들이마신 후, 진지한 표정으로 천천히 입을 열었다.

"귀하의 첫 공격, 그 공격은 피하는 게 최선이라고 생각했습니다.

하지만 그 후에 어떻게 해야 할지 알 수가 없었지요. 짐작조차 되지 않았습니다. 귀하의 검술은 어딘가 이상해요. 공격을 받는 쪽이 유리하단 상식에 대해 다시 생각하게 만드는 검술입니다. 그 극의를, 부디 가르쳐주셨으면 합니다."

꽤 솔직하게 물어왔다. 이 아저씨, 타이틀전 출전자인데도 불구하고 수치심 같은 건 내던져버리고 나에게 『요령』을 가르쳐달라고 하는 것이다.

……화난다. 너무 화나지만, 좋다. 기본 정도는 가르쳐주자.

그러니 하계까지는 타이틀전에 걸맞은 출전자로 성장해달라고. 제발 부탁이야. 헤레스도 마찬가지야. 나를 실망시키지 말라고.

"전력 회피가 최선이야. 카운터를 노리면 아까 헤레스 꼴이 나. 다음 공격을 보병을 펼쳐서 무너뜨리거나, 회피. 양쪽 다 괜찮지. 너는 금장이 가장 악수였어. 비차로 검을 맞대거나, 각행과 계마의 복합으로 급소를 노려 반격했다면 시합을 더 이어갈 수 있었겠지."

"흠, 그랬습니까."

"애초에 이런 대처법을 일일이 가르치려고 들었다간 답이 안 나와. 너희는 기본이 안 되어있다고."

"……그 말은……."

"항상 다수의 선택지를 준비해. 세세한 부분까지 면밀하고 깊이 있게 생각해. 상대의 대응을 전부 예상해서 그걸 능가할 방안을 고안해. 이 세 가지를 무의식적으로도 할 수 있게 되라고."

"잠시만 기다려주십시오. 아니, 저기, 이해는 했습니다만…… 예상을 능가할 방안? 그걸 다 합치면 몇 개나 되지요?"

"잘은 모르겠지만, 식물의 뿌리처럼 늘어나겠지."

"그게 가능한 겁니까?"

뭐……?

"아니, 하는 거야. 가능하고 말고를 떠나서, 그냥 해. 우선 해봐. 며칠이고 몇 달이고 몇 년이고 반복해. 할 수 있을 때까지 해. 그것부터야. 단순하잖아? 해내면 이겨. 못하면 져. 그럼, 할 수 있을 때까지 하는 수밖에 없지 않아?"

"……아!"

이 녀석, 뭐야? 나보다 더 오래 이 세상에서 살았으면서, 모든 것이 부질없어질 일 없는 인생을 살아왔으면서…….

"알았으면 빨리 사라져. 되게 기분 나쁜 녀석이네."

"……감사합니다. 그리고 새로운 일섬좌의 탄생을 진심으로 기원하겠습니다."

◇◇◇

"대단해요! 대단해요! 정말 대단해요~!"

한편, 관객석에서는 퍼스티스트 가의 하인들이 난리를 피우고 있었다.

"시끄러워요, 파니찌."

"그러는 너도 시합 때는 되게 헐떡거렸잖아! 코스모스!"

“엘 언니, 나이스. 저도 시끄럽다고 생각했어요.”

사람이 많이 모이면 소란스럽다고 하지만, 이건 그 정도 레벨이 아니었다. 메이드 십걸에 그 부하들까지 모였고, 사천왕과 그들의 부하인 남자들까지 시끌벅적했다.

“보셨습니까? 모모, 저분이 저희의 주인님입니다. 긍지 높은 퍼스티스트 가의 주인님이세요! 저는 예전에 주인님께 긴장하지 않는 방법을 전수받은 적이 있는데, 정말 멋진 말씀이라 단어 하나하나까지 똑똑히 기억하고 있죠. 이야기해줄까요? 듣고 싶나요? 그건 제가 하인 저택의 정원을 걷고 있을 때의 일—.”

“하아, 마리나. 알았으니까 입 좀 다물어. 그리고 일일이 나한테 말 걸지 마. 감동의 여운이 옅어진다고.”

에스 부대 부대장인 마리나와 엘 부대 부대장인 모모는 참 사이 좋은 듯이, 절묘하게 맞물리지 않는 대화를 나누고 있었다.

“……아, 형님. 세, 세컨드 님은, 저, 정말, 대단한 분이신 게…….”

“너는 이제야 눈치챈 거냐! 쳇! 정말 못 말린다니깐!”

한편, 구무원인 플룸은 얼굴이 새파랗게 질린 채 왠지 엄청 기뻐 보이는 구무장인 저스트에게 머리를 쥐어박히고 있었다.

다른 하인들도 감상을 입에 담았고, 옆에 있는 이들과 공유하며 매우 즐거워하고 있었다. 그중에는 세컨드의 일거수일투족을 놓치지 않고 기록하는 자와, 그 전술을 해석하는 자, 다음 대결의 전개를 예상하는 자도 있었다.

“유카리 님, 주의를 주지 않아도 괜찮겠습니까?”

"오늘만은 봐주도록 하죠. 주인님께서 큰 무대에 서신 날이니까요."

"이렇게 열광하는 것도 하인의 소임인 건가요."

"뭐, 다들 무의식적으로 열광한 것 같지만 말이죠."

"……네. 실은 저도 아까부터 몸이 떨리는 걸 참을 수가 없습니다."

"그 유명한 의적 림스머 식스의 부두목이나 되는 사람이 말인가요?"

"어쩔 수 없지 않습니까. 세컨드 님의 검술은…… 뭐랄까, 비정상적이니까요."

"동의해요. 하지만 저희 하인은 주인님께 가르침을 청할 수 있는 위치에 있죠."

"이 세상에 태어나길 잘했다고, 진심으로 생각합니다."

"당연하죠."

유카리가 많은 하인을 데리고 관전을 온 이유 중 하나는 하인의 세뇌 교육을 위해서다. 절대 배신하지 않도록, 신앙이라 불러도 될 정도의 신뢰와 숭배라 불러도 될 정도의 존경을 모으기 위해, 세컨드의 활약을 일부러 보여주는 것이다. 그런 목적이 없었다면, 유카리가 일부러 세컨드를 향해 뜨거운 마음을 품게 될 수도 있는 이런 장소에 라이벌이 될 수도 있는 메이드들을 데려올 리가 없다. 즉, 고심 끝에 내린 결단이다. 독점욕이 강한 유카리답지 않은 이런 행동에는, 그런 이면이 있었다.

"이브. 최종전은 몇 초 만에 끝날 거라고 생각하죠? 저는 40초 안이라는 데 걸겠어요."

"아…… 삼십……."

"30초 안이라는 데 걸겠다고, 말하네요."

"그런가요. 만약 제가 이긴다면, 암살 강습 강사를 하루만 당신들 두 사람에게 맡기고 저는 휴가를 보내겠어요. 제가 진다면, 당신에게 부여 효과가 걸린 팔토시를 주죠."

"어?! ……아!"

"어, 잠깐만요. 강사는 무리예요~, 하고 말하네요."

"조건을 듣지 않고 내기를 하니 이렇게 되는 겁니다."

유카리, 이브, 루나 세 사람은 표정 변화 없이 그런 이야기를 나눴다. 어딘가 평소보다 즐거운 분위기였다. 유카리도 유카리 나름대로, 이 상황을 즐기고 있는 것이다.

◇◇◇

카사카리와 헤어지고 출전자석으로 이어지는 통로를 걷고 있을 때, 이번에는 이야기를 나누고 있는 남녀 2인조와 마주쳤다. 이런 데서 꽁냥대는 거냐고 생각한 나는 기분도 안 좋았기에 확 한 마디 해줄까 해서 다가갔지만…… 아무래도 어딘가 이상했다.

"자아, 빨리 가죠. 특별히 알파의 자리도 준비해뒀습니다."

"어, 아니, 으음, 저는……."

"어차피 모레에는 자리를 같이 할 것 아닙니까. ……프롬나드 가의 여식이 바이스로이 가의 자리에 있더라도 불평하는 사람은 없을 겁니다."

"아니, 저기, 저는, 혼자 보고 싶은데……."

"무슨 그런 쓸쓸한 소리를 하는 겁니까! 저와 함께 보는 편이 훨씬 즐거울 겁니다. 자아, 가시죠."

"어어~, 아니, 저기……."

밴드라도 할 것 같이 느끼한 인상의 물빛 머리카락을 지닌 잘생긴 남자가 검은 테 안경을 쓴 짙은 갈색 머리 여자를 꼬드기고 있었다. 아하~, 알겠다. 헌팅하는 거구나.

나는 저 여자를 구해주기로 결심했다. 왜냐하면, 안경 쓴 여자의 가슴이 무지막지하게 크거든!

"……."

그건 농담이고, 단순히 곤란해하는 것 같아서 도움을 주기로 생각했다.

"어이, 방해된다고."

우선 가볍게 한마디 했다. 그러자 두 사람 다 내 존재를 눈치챘다.

"어라. 당신은 세컨드 퍼스티스트군요. 일섬좌전에 집중해야 하지 않습니까?"

"시끄러워. 방해된단 말이다."

"……이상한 소리를 하시는군요. 저희는 통로 가장자리에 있습니다만?"

"눈에 거슬려. 도련님은 사람 말도 못 알아듣는 거냐?"

남자의 이마에 힘줄이 돋아났다. 좋아, 시비 걸기로는 이 정도면 참 잘했어요~일 것이다.

“도련님? 모르는 겁니까? 저는 닐 바이스로이. 바이스로이 가의 사람입니다만?”

“어이쿠, 도련님이 아니라 갓난아기였구나. 그거 미안하게 됐네. 그러니 말이 안 통한 거군요~.”

가문의 이름을 들먹이면 내가 겁먹을 거라고 생각했겠지만, 그럴 리가 없다. 나는 전혀 개의치 않으며 계속 조롱했다. 그 직후…… 상대가 발끈하는 소리가 들려왔다.

“이 자식! 인간 따위가! 엘프에게 맞서는 거냐!”

“너, 엘프였나? 몰랐네. 엘프는 고결하단 이미지가 있는데, 너한테는 품격이나 기품이 전혀 안 느껴져. 혹시 바이스로이 가만 특별히 그 모양인 거냐?”

그 기품 넘치는 유카리를 보고 배우란 말이 하고 싶다. 그 녀석은 품격 덩어리라고. 팔짱 끼고 서있기만 해도 엄청 강해 보여.

“이 자식! 감히 내 가문을 모욕하는 것이냐!”

아니, 너를 모욕하는 거야, 하고 말해주려던 나는 닐 바이스로이라는 칼슘 부족 엘프가 이미 달려들려고 작정한 것 같았기에 관뒀다.

“뭐, 됐어. 여자는 놔두고 꺼져.”

“네놈은 뭐냐! 그리고 그녀는 내 약혼자다!”

“어…… 그래?”

맙소사. 그럼 나는 일개 무개념 양아치인 거잖아? 괜히 나섰네.

“아, 아뇨. 저기, 아직 아니에요.”

"……아직 아니라는데?"

"모레는 내 약혼자가 된다!"

"그래?"

"으음, 네. ……제가 예장전에서 그에게 진다면요."

"그럼 아니네. 요즘 엘프는 거짓말도 하는 거냐? 바이스로이 가는 진짜 최악이네."

"이 자식이이이이이이이잇!"

울부짖었다.

"모레 예장전에서, 알파는 나에게 질 수밖에 없다! 그러면 내 약혼자가 되지! 네놈은 그것조차 이해 못하는 거냐!"

얼굴이 새빨개진 닐은 고함을 지르면서 안경을 쓴 여자를 억지로 끌어안았다. 그 커다란 가슴이 말캉거리며 닐에게 닿았다.

"내 가슴이!!!"

"네놈 것이 아니다!!"

이 남자, 용서 못 해……!

"……알겠다. 모레 예장전에서 그녀가 너한테 지면, 너는 그녀와 약혼해. 하지만 그녀는 너와의 약혼을 바라지 않아. 즉, 가문과 가문의 정략결혼 같은 거구나!"

"무슨 소리를 늘어놓는 것이냐!"

"그렇지?!"

나는 닐을 무시하고 안경을 쓴 여성인 알파를 눈으로 쳐다보며 물었다.

알파는 고개를 작게 끄덕였다.

"앙코, 그녀를 집에 데려다줘."

"네, 주인님."

그리고, 물 흐르듯 《마물소환》을 펼쳤다. 소환된 앙코가 어둠에 숨어서 알파를 만지는 것과 거의 동시에, 그대로 모습을 감췄다.

"뭐, 뭐야……?!"

닐이 깜짝 놀랐다. 다음 순간— 그녀의 품속에 있던 알파가 순식간에 사라졌다.

"우와앗?! 이, 이 자식, 뭘 한 거냐?!"

"몰라. 무슨 볼일이 있었던 거 아냐? 아마 돌아간 거겠지."

"그럴 리가 없다! 갑자기 사라졌단 말이다! 뭐가 어떻게 된 거지?!"

60초 후, 뭐라고 떠들어대는 닐의 눈앞에서 나 또한 앙코에 의해 《암흑소환》됐다.

전이한 곳은 호숫가에 있는 저택의 거실이었다.

"기다렸지? 홍차밖에 없는데, 괜찮아?"

"네?! 아, 네. 으음……?"

알파는 혼란스러운 것 같았다. 나는 주방에서 홍차를 끓이며 앙코를 칭찬해준 후에 《송환》시켰고, 알파에게 말을 걸었다.

"설탕은?"

"아, 으음, 넣지 말아주세요……."

조금은 진정한 것 같았다. 나는 알파를 거실 소파에 앉힌 후, 맞은 편에 앉았다.

홍차를 한 모금 마셔보니, 유카리가 끓인 것보다 맛이 없었다.

"차 끓이는 실력이 별로라 미안해. 평소에는 다른 사람이 끓여주거든."

"아니, 저기…… 충분히 맛있는데요?"

알파는 후~ 후~ 하고 홍차를 식히더니, 안경에 습기가 찬 채로 홀짝홀짝 마셨다.

그렇게 한동안, 기분 좋은 침묵이 흘렀다.

"……저기~. 일섬좌전은 괜찮나요?"

……우와, 깜빡했다. 다음 시합이 몇 시였지?! 아, 아니, 그래도 모처럼 이렇게 폼을 잡았으니, 동요했다는 걸 들킬 수는 없다. 당당하게 행동하자.

"신경 쓰지 마. 그것보다 아가씨는 아까 그 엘프와 약혼하고 싶지 않은 거지? 그럼 내 조언에 따라보지 않겠어?"

"아니, 그게, 가능하다면…… 하지만, 으음, 저한테 조언을 해주시려고요?"

"그래. 이건 이기기 위한 조언이 아니라, 지지 않기 위한 조언이야."

"지지 않기 위한……?"

오늘 일섬좌전에서 싸운 두 사람을 봤을 때, 이 세상의 타이틀전 출전자는 『기본』이 뭔지 모르는 것 같다. 그녀도 마찬가지일 것이다. 그렇다면, 가르쳐줄 가치는 충분히 있다고 생각했다.

"간결하게 말하겠어. 절대로 큰 기술을 쓰려고 하지 마. 상대와 일정거리를 유지한 채 1형으로 공격, 3형은 최악의 상황에서의 눈속임이야. 상대의 마술은 항상 전력으로 회피해. 그것만 철저하게 하라고.”

“1형은 공격, 3형은 교란……. 그건, 반대 아닌가요……?”

그 정도는 안다고 말하면 어쩔지 걱정했지만, 아무래도 괜찮을 것 같다.

“시간을 들여 조금씩 대미지를 주는 거야. 끈기를 가지고 싸워. 비장의 카드에 의존하지 마. 피하고, 피하고, 또 피하면서, 상대가 빈틈을 보이면 조금씩 대미지를 줘. 그러면 상대가 초조해지면서 결정타를 날리려고 하겠지. 그걸 기회라고 생각하지 마. 1형만 써.”

“그래서…… 이길 수 있을까요?”

“반신반의하나 보네. 판정승으로 이기면 돼. 시간제한이 됐을 때 더 많은 대미지를 가한 쪽의 승리잖아? 지지 않는 것만 생각하며 움직여. 1형을 믿는 거야. 예장전은 1형을 제압하는 쪽이 승리해.”

“……질문 하나만, 해도 될까요?”

“뭔데?”

“왜 초면인 저한테 이렇게까지 해주는 거죠? 당신은 곧 일섬좌전을 치러야 하는데…… 예장전에서, 저와 싸우게 될지도 모르는데…….”

꽤 답하기 어려운 질문이다. 어째서일까. 변덕? 카사카리 때문에 짜증이 나서? 나도 모르겠다.

……그래도 딱 하나, 틀림없는 건…….

“그 멋진 가슴에 낚여서야.”

그런 거야.

알파는 내가 솔직하게 말하자, 빙긋 웃으며 말했다.

"저, 당신을 믿어볼래요."

그 후에 앙코의 《암흑전이》와 《암흑소환》으로 투기장에 돌아온 나는 아슬아슬하게 최종전에 나갈 수 있었다.

일섬좌전, 마지막 상대는 로스만이란 이름의 아저씨였다. 카사카리와의 시합 후에 말을 걸었던, 카라메리아 중독자 같은 탈모 중년이 바로 그였다.

"네가 일섬좌였구나. 무시해서 미안한걸."

"아뇨. 덕분에 저를 모르는 사람도 있다는 걸 깨달았습니다."

흐음, 겸손한 사람인걸.

"당신의 검술, 두 번이지만 봤습니다. 이야, 매번 날카롭더군요. 제 실력으로는 당신을 이길 수 없을지도 모르겠군요."

로스만은 태연한 어조로 그렇게 말했다. 전혀 그렇게 생각 안 하잖아. 목소리에 자신감이 가득 차 있다고.

……호오~.

"너, 강하구나."

"글쎄요. 요즘 들어 사람을 벤 적이 없어서 말이죠."

"기대하게 만드는걸."

"저야말로 기대를 금할 수가 없군요."

서서히 끓어오르고 있다. 그렇다. 이 감각이다. 타이틀전은, 이래야 한다.

"두 사람, 위치로."

심판의 지시에 따라 로스만과 거리를 벌렸다. 로스만의 무기는 평범한 장검이었다.

뭐, 상대가 누구든 간에 내가 할 일은 변함없다.

세븐 시스템— 세계 1위의 정석을 채용한다.

"—시작!"

시합이 시작됐다. 그와 동시에, 로스만과 나는 거리를 좁혔다.

내 첫수는 역시 이거다. 《보병검술》과 《계마검술》의 복합을 로스만의 오른발 앞을 향해 내지르는 일격이다. 과연 어떻게 받아낼까.

"몇 번을 봐도 멋지군요."

기쁘다는 듯이 그렇게 중얼거린 로스만은 가벼운 발걸음으로 후퇴하면서, 내가 첫 공격에 이어서 그어 올리듯 날린 《보병검술》을 가볍게 피했다. 최선의 대응이다.

밀려 들어왔다 빠져나가는 파도처럼, 이번에는 로스만이 공격을 펼쳤다. 그 틈에 《비차검술》를 준비한 나는 개의치 않으며 돌진했다. 이러면 대응할 수밖에 없다.

"오호라."

짤막하게 한 마디 내뱉은 로스만이 《금장검술》을 준비하기 시작했다. 어이, 그래선 카사카리처럼 당한다고. 유인하는 걸까? 다른 걸 준비해둔 걸까? 그렇다면 거기에 응해줘야겠지.

나는 즉시 스킬 캔슬을 한 후, 《각행검술》을 준비해서 미스릴 롱소드를 던졌다.

"이 발상도 재미있군요."

내 투척을 본 로스만은 《금장검술》을 캔슬하고 《향차검술》로 미스릴 롱소드를 쳐냈다. 관통 공격은 같은 관통 공격으로 쳐낼 수 있다. 그 특성을 이용한 방어다. 꽤 공부했는걸.

이렇게 튕겨난 것으로 끝이냐면, 실은 그렇지 않다. 나는 로스만이 미스릴 롱소드를 쳐내는 사이에 인벤토리에서 또 한 자루를 꺼내들면서 《용마검술》을 준비했다. 카사카리 때는 발동시키지 않고 끝냈던 그것을, 이번에는 발동시켰다.

"이야, 정말 빈틈이 없군요."

그러자 내 《용마검술》의 발동과 거의 동시에, 로스만이 《금장검술》을 발동시켰다.

아, 그래. 이 타이밍에 《금장검술》을 발동시킨 건 아까 《향차검술》 발동 직후부터 이미 준비했다는 의미다. 즉, 내 《용마검술》을 예상하고 나름대로 준비한 것이다.

《용마검술》은 전방위 강력한 범위 공격이다. 《금장검술》은 전방위 범위 공격이다. 양쪽 다 방어형 『대응』 스킬이지만, 전자 쪽이 범위가 넓고 위력이 뛰어나다. 하지만 상대의 공격을 방어한다는 점만 본다면, 양쪽 다 충분한 효과를 발휘한다. 즉—.

"이걸로 끝입니까? 그럼 이번에는 제 쪽에서 가죠."

로스만은 대미지를 입지 않았다.

이번에는 공격을 펼치고 싶은 것 같았다. 뭐, 그런 변화도 괜찮을 것이다. 어쩔 수 없지. 받아주마.

"휘읏—!"

입으로 숨을 내쉬며 펼친 《은장검술》이, 내 목을 꿰뚫을 듯이 뻗어 왔다.

"……어?"

매우 물러터진 공격이다. 나는 《보병검술》로 쳐낸 후, 이어지는 공격을 기다렸다.

"후읏!"

상단에서의 《은장검술》. 쳐냈다. 이어서 수평으로 휘두르는 《보병검술》. 쳐냈다. 마지막은, 결정타라는 듯이 《향차검술》과 《계마검술》의 복합. 피했다. 하품 나는걸…….

"당신이 공격을 받기만 하니 재미가 없군요."

로스만이 거리를 벌리면서 그렇게 말했다.

도발이다. 「공격해봐라」라고 말하는 것이다.

……어째서. 어째서. 그런 소리를 하는 걸까. 혹시 이 녀석은 내 정석을 깼다는 착각에 빠진 걸까? 첫 공격을 피하고, 페인트를 넣었으며, 투척을 피한 후, 금장으로 받아낸다면, 내 공격은 끝이다……. 진심으로 그렇게 생각하는 걸까?

"너, 그 대응을 강제당했다는 걸 눈치 못 챈 거야?"

"강제? 뭘 말이죠?"

"……."

세븐 시스템은. 세븐 시스템이란 건. 세계 1위의, 정석이야. 그게 어떤 의미인가, 이 녀석은 평생 눈치 못 채겠지.

"모른다면, 됐어."

주위의 녀석들은 전부 모든 스킬이 9단이었다. 【검술】만이 아니다. 【궁술】도, 【마술】도, 공개된 스킬을 전부 9단까지 올렸다. 그게 당연한 세상이었다.

타이틀전이란, 정점들의 격돌이다. 목숨을 건 사투다. 숨을 쉬듯 초절정 기교를 선보이고, 정신이 아득해질 정도의 시간을 할애한 온갖 것들을 한순간에 다 쏟아붓는 승부다.

당연히 나는 『연구』당했다. 수백 명의 랭커가 나를 철저하게 연구했다. 그들은 내 시합 영상을 수도 없이 보면서, 발놀림부터 손가락의 움직임까지 내 모든 행동을 연구했을 것이다. 「이 변화의 21수째에 이런 버릇이 있군요」 같은 기분 나쁜 지적을 받은 적도 있다. 하지만 세계 1위란 그런 것이다.

seven의 이 패턴에는 이것이 최선이다. 이렇게 나오면 어떻게 할까. 이런 전법이라면 아마 seven도 대처하기 어려울 것이다.

온갖 폐인 플레이어들이, 셀 수도 없을 만큼 대책을 짰다.

……하지만. 그래도, 나는 세계 1위를 유지했다.

세븐 시스템은 정석이야. 수백 수천 명의 폐인 플레이어가 세운 seven 대책, 그것을 전부 받아내고, 흡수해서, 능가하기 위해, 끝없는 진화를 거듭한 정석이라고.

네가, 너 따위가…… 간단히 깰 수 있는 게 아니란 말이다.

"공격하게 두지 말 걸 그랬어."

후회를 입에 담았다. 기대한 내가 바보였다.

그는 나쁘지 않다. 조금은 즐기자고 생각한 내가 나빴다.

"간다."

"호오, 또 그건가요."

로스만은 내 첫수 《보병검술》과 《계마검술》의 복합을 보더니, 질렸다는 투로 중얼거렸다. 그리고 일부러 여유 넘치는 미소를 짓더니, 예전과 마찬가지로 두 걸음 물러나며 피했다.

"다음은 비차의 돌격인가요?"

그래.

"그리고 각행을 던지는 거군요."

맞아.

"안 통합니다. 용마죠?"

그렇다고.

"자아, 이걸로 끝—?!"

안 끝나. 《용마검술》이 더 광범위하거든. 《금장검술》을 펼쳐서 막아낼 때, 내가 금장의 범위 밖에서 공격을 날리면 상대는 용마의 공격이 유효 범위에 도달할 때까지 기다릴 필요가 있다. 겨우 0.1초 정도의 차이지만…… 그 차이는 치명적이다.

"미안하지만, 아까는 일부러 봐준 거야."

나는 사과하면서 《각행검술》의 찌르기를 펼쳤다. 빠르고 강력한 관통 공격이다. 관통 효과가 있기에, 《보병검술》로는 대응할 수 없다.

로스만은 내 《각행검술》을 간파하더니, 《금장검술》의 경직 종료 후에 필사적인 표정으로 《향차검술》을 준비해 대응하려 했지만—

역시 0.1초가 부족했다.

세븐 시스템은 무자비하게 정확했다. 이 거리에서, 이 타이밍에 《용마검술》을 쓸 경우, 상대가 《금장검술》로 받아내고 《각행검술》로 공격한다면, 반드시 그 후의 대응이 0.1초 늦어지고 말기에 공격을 명중시키는 게 가능하다. 그래서 《금장검술》로 대응하는 건 악수다. 정석에 그렇게 새겨져 있다. 이미, 판명되었다. 이것은 절대로 뒤집을 수 없는 진리다. 몇 년도 전에 밝혀진 불변의 사실이다.

그래서 정석이다. 그래서 최선의 대응이 필요해진다. 그래서 행동이 강제된다. 그리고, 서툰 대응은 절대 용납되지 않는다.

"너는 강했어. 초보자치곤 말이지."

내 《각행검술》은 그의 심장에 빨려들 듯 접근했다.

"……아아아아!!"

로스만은 포효했다. 멀게 느껴졌다. 0.1초의 차이가, 마치 영원처럼 멀게 느껴졌다.

"—승자, 세컨드 퍼스티스트!"

◇◇◇

심판이 판결을 내렸다. 슬픈 표정을 지은 남자와, 무릎을 꿇은 채 기절한 남자. 그것은 누가 봐도, 완벽하기 그지없는, 세컨드 퍼스티스트의 승리다.

즉. 20년도 넘는 세월 동안, 일섬좌로 군림해온 호걸이 타이틀을

잃었다는 것을 의미했다.

즉. 첫 대결부터 생채기 하나 입지 않은 채, 모든 대결에서 40초 이내에 승리한, 새로운 일섬좌의 탄생을 의미했다.

즉. 모든 이들이 눈길을 빼앗길 만큼 아름답고, 혼을 빼앗길 정도로 압도적인, 새로운 시대의 막이 오른 것이다.

"—!"

둑이 터진 것처럼, 노도와도 같은 환성이 투기장 전체를 뒤덮었다.

로스만 전 일섬좌가 상대도 되지 못했다. 저항 한 번 제대로 하지 못했다. 마치 갓난아기의 손을 비트는 것처럼 순식간에 당하고 말았다. 모든 관전자가 그렇게 느꼈다. 이것이 얼마나 비정상적인 일인지를. 하지만, 진정한 의미에서 이 대결을 이해한 이는 손으로 셀 정도밖에 안 됐다.

영문도 모르면서도 생각을 정지시킨 채, 눈앞의 사실만을 받아들이며 열광하는 자. 불합리하기 그지없는 이 일을 목격하고, 자신의 무력함을 알면서도 이의를 제기하는 자. 이해 못 한 채로 현실에서 도피한 자. 상상을 초월하는 그 신들린 초절정 기교를 눈치채고, 전율한 자. 반한 자. 동경하는 자. 얼이 나간 자. 두려워하는 자. 수많은 감정이 뒤섞여 소용돌이가 되더니, 멎을 줄을 몰랐다.

하지만 다들 가슴에 새겼을 것이다. 세컨드 퍼스티스트란 남자의 이름을 말이다. 이 남자가 나아가는 길의 끝에 대체 무엇이 있을까. 수많은 이들이 주목하며, 진심으로 기대했다.

드디어 때가 왔다. 세컨드 퍼스티스트의 이름은, 세상에 널리 알려졌다.

세계 1위로 다시 올라서기 위한, 첫걸음. 너무나도 거대한 한 걸음이었다.

◇◇◇

“클라우스, 어떻게 생각하죠?”

“이제 질릴 지경입니다, 폐하.”

투기장 정면의 관전석. 국왕 마인 캐스탈이 말을 건 이는 그의 형인 클라우스 캐스탈이다.

지금은 제1왕자의 자리와 캐스탈이란 이름을 잃고, 마인의 『노예』가 된 일개 시종이지만.

“저는 어떻게 된 건지 모르겠어요. 클라우스는 파악했나 보군요?”

“네. 검술이라면 일섬좌전 출전자를 제외하고 왕국에서 1, 2위를 다툰다고 자부하니까요.”

정중한 말투지만, 위에서 내려다보며 말하는 마인. 존댓말을 쓰며, 고개를 숙이는 클라우스. 얼마 전까지만 해도 상상조차 할 수 없는 광경이지만, 현재 왕궁에서는 이것이 절대적인 관계다.

클라우스는 마인의 친어머니인 프론 캐스탈의 강력한 비호와 정상참작의 여지가 적지 않은 점을 고려해, 마인의 노예가 되는 것으로 목숨을 부지했다. 노예로서의 제약은 다른 이들과 비교가 안 될 만큼 혹독하다. 주인의 그 어떠한 명령도 거부할 수 없는 『절대

복종』과 특정 인물은 절대로 공격할 수 없는『한정 공격 불가』 등의 추가 제약을 합쳐 십여 항목에 이른다. 클라우스는 그것을 순순히 받아들였다.

“역시 세컨드 씨, 인 걸까요.”

“그런 말로 넘어갈 수 없을 것 같습니다.”

“넘어갈 수 없다고요?”

“네.”

클라우스는 마인의「역시」라는, 생각하길 관뒀다는 말을 듣고 약간 울컥했다.

마음 같아선「방금 저 남자가 보여준 저 기술이 대체 어떤 건지 알긴 하는 거냐!」하고 외치고 싶었다. 클라우스 본인이 일류 검술사이기에 질릴 정도로 아는 것이다. 그는 이 흥분을 마인과 공유할 수 없는 것이 매우 분했다. 그리고 그것을 이해하지 못한다면 캐스탈 국왕으로서의 소임을 다할 수 없을 거라고도 생각했다.

하지만 그와 동시에, 마인이 이 일섬좌전을 관전하러 와서 자신을 곁에 둔 이유도 이해했다. 시합 내용의 해설을 시키기 위해서다. 마인은 자신의 무지함을 클라우스로 보완하려고, 배우려고 하는 것이다. 무지하다면, 그만큼 겸허하고 근면하자. 그것 또한 국왕다운 자세라 여긴 클라우스는 생각을 바꿨다.

이제까지는 적대하며 꺼린 상대. 하지만 이렇게 강제적으로 거리를 좁혀보니, 서로에 대해 새롭게 알게된 점이 매우 많았다.

“폐하. 제 생각에, 폐하는 감각이 마비되어 있습니다.”

"마비, 인가요?"

"그렇습니다. 아마, 아니, 분명 세컨드 신 일섬좌와 한동안 함께 지냈기 때문이겠죠."

"으음. 얼마나, 마비되어 있다고 생각하죠?"

마인이 묻자, 클라우스는 생각했다. 어떻게 말해야 이해하기 쉬울까.

재상과 제1왕비에게 이용당했다고는 해도, 스무 살에 제1기사단장을 맡게 된 클라우스는 머리가 나쁜 편이 아니다. 그리고 그의 실력은 일류라 해도 손색이 없다.

"저는 제1기사단 평균 수준의 기사 세 명을 상대로 압도할 실력을 지녔습니다."

"네, 알고 있어요."

"그런 제가, 만약 카사카리 님과 백 번 시합을 했다고 치죠."

"백 번인가요. 클라우스라면 스무 번은 이길 것 같군요."

"아뇨, 단언할 수 있습니다. 백 번 다 집니다. 백전백패. 천 번 싸우면 한 번 이길 수 있으려나요."

"……그 정도, 인가요."

그제야 마인은 이 사태의 전모를 이해한 것 같았다.

"카사카리 님과 로스만 님의 대결 성적을, 폐하는 알고 계실 겁니다."

"맞아요. 과거 20년 동안, 로스만 씨는 쭉 일섬좌였으니까……."

마인은 자기가 한 말에 놀란 나머지 얼굴이 새하얗게 질렸다.

"그런 로스만 님이 저항 한 번 제대로 못 해보고 일방적으로 당했습니다. 이게 어떤 일인지, 폐하께서 정확하게 이해해주셨으면 합니다."

"……하지만, 한순간은 로스만 씨가 밀어붙이는 것처럼 보였어요."

"말도 안됩니다. 밀어붙이게 해준 거죠. 세컨드 일섬좌는 결판을 낼 기회를 잡고도 일부러 손을 쓰지 않았습니다. 너무 손쉽게 결판이 난 탓에 좀 놀아주려 한 거겠죠. 어쩌면 관객의 오락성을 중시한 걸까요. 즉, 승부 자체가 성립하지 않은 겁니다."

"……."

클라우스가 해설을 해주자, 마인은 무심코 입을 다물었다.

구름 위의 존재라고 생각하기는 했다. 해발 0미터의 초입에서, 구름에 가려 보이지 않는 산봉우리를 올려다보고 있었다. 그리고, 겨우겨우 구름 위에 도달하니…… 산꼭대기는 기슭에서 구름까지의 거리보다 몇 배, 몇십 배 더 높은 곳에 있었다. 꼭대기가 흐릿해 보일 정도였다. 이 세상에 사는 그들에게 우주라는 개념이 존재하는지는 확실치 않다. 하지만 알고 있다면, 분명 이렇게 생각했을 것이다. 우주의 존재라고. 그는 우주인이라고. 그 산꼭대기는 우주 공간까지 뻗어 나간 것이 아니냐고…….

"다시 한번 두려움을 느꼈습니다. 클라우스도 그런가요?"

"저는…… 경외심을 느꼈습니다. 기회가 된다면, 그에게 검술을 배우고 싶습니다."

뜻밖의 발언이었다. 마인은 눈을 동그랗게 뜨더니…… 곧 빙긋 웃었다.

"원만해지셨군요, 형님."

그의 어머니인 프론을 닮은 미소다. 클라우스는 볼이 살짝 달아오르는 것을 느끼며, 미소지으며 답했다.

"……제1왕자라는 지위. 그 긍지도, 권력도, 차기 국왕이 되자는 집착도……. 지금 생각해보면, 전부 나에게는 필요 없었던 것 같다."

그리고, 마인. 어리석지 않은 동생. 너는, 총명하고, 순진하게 성장한 것 같다—.

◇◇◇

"생각했던 것과 달라."

그날 밤, 나는 투덜대는 어조로 주장했다.

"뭐가 다르다는 거지? 세컨드 신 일섬좌님."

실비아가 놀리듯 그렇게 말했다. 현재, 퍼스티스트 저택에서는 「일섬좌 획득 축하 파티」가 소소하게 개최됐다. 어째서 규모가 소소하냐면, 내일은 실비아가 귀천장전에 나갈 예정이고 모레는 내가 예장전에 나갈 것이라서다. 본격적인 축하 파티는 모든 일정이 끝난 후로 예정하고 있다. 하지만, 소소하다고는 해도 파티는 파티다. 평소의 멤버에 큐베로와 이브를 비롯한 서열 상위의 하인들도 십여 명 정도 불렀다. 하지만 「함께 마시자」 하며 불렀는데도, 그들은 우리의 시중을 들었다. 그래서 결국 평소의 멤버끼리 술을 곁들이며 식사를 했다.

"실비아, 내 말 좀 들어줄래?"

"음, 말해봐라."

이리저리 한 시간이 흐른 후, 적당히 술에 취한 나는 푸념을 늘어놨다.

"타이틀전이 예상했던 것보다 열 배 정도는 레벨이 낮았어."

"여, 열 배……."

일섬좌전 출전자. 그들은 이 세상의 사람이다. 즉,【검술】을 생업으로 삼은 사람들이다.【검술】의 프로가 틀림없다. 그런데, 겨우 그 수준이라니…… 너무했다.

"신경 쓰여. 신경 쓰인다고. 어때? 이제까지 한심하다고 생각한 적 없어? 풋내기들의 진흙탕 싸움을 보며, 재미없다고 여기지 않았어?"

"아니, 옛날에는 내가 더 풋내기였거든. 그래서 딱히 수준을 신경 쓰지 않았다만……."

"그래. 그런 의견도 있을 수 있겠네."

술이 들어간 나와 실비아는 말이 많아졌고, 에코는 꾸벅꾸벅 졸기 시작했으며, 유카리는 더욱 과묵해졌다. 그래서, 술자리에서는 나와 실비아만 언제나 말을 늘어놨다.

"하지만, 이제 와서 이해한 건데…… 얼마 전의 나라면, 오늘 싸움을 보더라도 세컨드 님이 뭘 한 건지 눈치 못 챘을 거다."

"맙소사. 너, 일단은 기사를 꿈꿨잖아? 검술을 안 배웠던 거야?"

"다소 배우긴 했다만, 그 움직임을 이해하는 건 무리지. 반대로 로스만 님과 카사카리 님의 검술은 겨우겨우 보이는 레벨이었다. 그래서 타이틀전은 대중오락이 될 수 있었던 걸지도 모르겠구나."

"레벨이 낮아서 대중적이란 거야?"

"음. 좋은 표현은 아닐지도 모르지만, 그런 거다. 하지만, 세컨드 님의 검술도 어찌 보면 대중적이라고 할 수 있겠지."

"무슨 소리야?"

"화려하고 기분 좋게 이기지 않느냐. 검술을 모르는 이들은 영문 모를 상쾌함을 느끼며 매료되겠지. 그래서 대중적이라고 한 거다. 게다가 전문가들 또한 고찰할 수 있는 심오함을 지녔고, 강자에게 있어서는 공부가 된다고 하는 폭넓은 재미를 지녔지. 기존의 타이틀전보다 재미있었던 건 틀림없다고 생각한다."

"아하, 그렇구나. 실비아, 그건 당연한 거라고. 원래 타이틀전은 그래야만 해."

"음, 그런 건가."

"그래. 그래서 내가 실망한 거야."

"기대를 많이 했는데, 뚜껑을 열고 보니 당연하다고 생각했던 기준에도 도달하지 못한 건가. 그건, 정말…… 슬프겠는걸."

"그래. 처음에는 화가 났지만…… 지금은, 그저 슬퍼."

문뜩 정신을 차리고 보니, 시중을 들고 있던 하인들이 나와 실비아의 이야기를 조용히 듣고 있었다.

"어이, 어쩌면 좋을까?"

잠자코 듣고만 있으면 재미없을 것 같았기에, 나는 하인들에게 의견을 구했다.

가장 먼저 반응을 보인 건 집사인 큐베로였다.

"실비아 님과 에코 님처럼, 제자를 길러보는 건 어떨까요. 세컨드 님을 스승으로 삼아 성장한 고레벨 분들이 타이틀전에 출전한다면, 타이틀전의 수준이 올라갈 거라고 생각합니다."

"꽤 괜찮은 제안인걸. 다른 사람은 어때?"

큐베로 이외의 하인들에게도 아이디어를 구했다. 몇 명이 손을 들었기에 차례차례 이야기를 들어봤다.

"저희, 하인들이 언젠가 타이틀전에 출전하겠어요. 그러면 타이틀전의 수준도 올라갈 것이며, 주인님의 명성도 드높일 수 있을 테니 일거양득이라고 생각한답니다."

샤파니라는 상류층 아가씨 느낌의 메이드가 그렇게 말했다. 확실히 하인을 제자로 삼는 것도 괜찮은 아이디어일지 모른다.

"저는 타이틀전에 출전하지는 않지만 뛰어난 전투 기술을 지닌 자가 이 세상 어딘가에 숨어있을 거라고 생각해요. 그러니 주인님이 크게 활약하시거나 도발을 하면, 그런 자들이 모습을 보이지 않을까요."

에스라는 사이드 테일의 빨강머리 메이드의 말이었다. 확실히 꽤 날카로운 의견이었다. 활약, 그리고 도발……. 만약 내가 그런 녀석이라면, 분명 잠자코 있을 수 없을 것이다.

"나는 지금 이대로도 괜찮다고 생각해. 오늘 주인님의 대활약을 본다면, 강한 녀석들은 분명 가만있을 수 없을 거야. 하계 타이틀전 때는 그런 녀석들이 몰려들지 않을까?"

엘이라는 드센 이미지의 세미롱 빨강머리 메이드는 그렇게 말했다. 에스의 언니구나. 동생의 의견과 합쳐본다면, 나는 이미 활약과 도발을 했으니 그냥 기다리고 있으면 된다는 건가. 으음, 확실히 일리가 있기는 했다.

"나도 엘 양과 같은 의견이야~. 세컨드 님의 그 넘쳐흐르는 카리스마와 매력이라면, 전 세계의 강자들이 꿀에 몰려드는 벌처럼 모여들게 틀림없거든~."

릴리라는 근육질 정원사가 그렇게 말했다. 내 칭찬에 꽤나 열을 올리고 있었다. 하지만 저런 논리로는 해충만 모여들 것 같아서 싫다.

"아…… 어……."

"저는 주인님께서 보유하신 스킬 습득 조건 등의 정보를 일부러 일부에게 공개해서, 전체적인 수준을 올리는 것이 어떨까 하고 생각해요, 하고 말했습니다."

새하얀 피부를 지닌 메이드인 이브의 말을, 통역 담당인 루나가 옮겨줬다. 그 순간, 공기가 얼어붙는 게 느껴졌다. 「이 녀석, 제정신인가?」라는 듯한, 놀라움과 어처구니없음이 섞인 시선이 그녀에게 쏠렸다.

"으! ……?"

"저, 또 이상한 소리를 했나요? 하고 말했습니다."

"아니, 전혀 이상하지 않아. 나는 합리적이라고 생각해."

"으으으~!"

"감사합니다, 주인님, 하고 말했습니다. 그리고 부끄러워합니다."

루나가 괜한 설명을 곁들인 탓에, 이브의 얼굴이 새빨간 물감이 섞인 것처럼 홍조를 띠었다. 피부가 새하얀 탓에 알기 쉬웠다. 「푸읍」 하고 내가 무심코 웃음을 터뜨리자, 울상을 지은 이브가 부들부들 떨면서 옆에 있는 루나를 찰싹찰싹 때렸다.

"자아, 아이디어는 다 나온 거야?"

이제는 손을 드는 이가 없었다. 확실히 하나같이 멋진 아이디어였다. 그들의 의견을 듣고, 나도 어느 정도 마음을 정리했다.

애초에 기대하는 것 자체가 실수였다. 아직 『이제부터』인 이야기였다. 즉, 오픈 직후인 것이다. 이 뫼비우스 온라인이란 세상은 주민들과 함께 앞으로 더욱 성장해나갈 게 틀림없다. 그렇다면……. 나 말고 누가 분위기를 띄울 것이냔 말이다. 사양할 필요 없다. 나만 믿어라. 적당히 축제 분위기로 만들어주겠다.

"좋아……. 다 해보자."

"세컨드 님, 그건……."

"주인님, 그건……."

나는 자리에서 일어나서 선언했다. 그러자 실비아와 유카리가 말리려 했다. 이 두 사람이 같은 의견을 내놓다니, 신기한 일도 다 있다.

"왜 말리는 거지?"

"도발은 안 된다. 품격이 떨어질 수도 있지 않느냐."

"스킬 습득 조건의 공개도 함부로 해선 안됩니다. 은폐해야 마땅합니다."

그것도 그런가? 뭐, 무슨 일이든 과하면 좋지 않을 것이다.

"그럼 적당한 수준에서 할게."

"그 말을 믿으란 것이냐! 항상 적당히 한다고 해놓고 난장판을 만들었지 않느냐!"

"주인님의 적당히는 믿을 수 없습니다. 소금을 한 꼬집 넣으라고 했더니 한 주먹을 넣으시는 분이니까요."

동료라고 생각했던 이들이 옛날이나 지금이나 나를 전혀 신용하지 않는다는 사실이 판명됐다. 그리고 유카리가 한 말 때문에 내가 바비큐 이외의 요리는 꽝이라는 사실을 하인들에게 들키고 말았잖아.

"알았어, 알았어. 그럼 하나하나 상의를 하면서 진행하겠어. 그럼 됐지?"

"뭐, 그렇다면야…… 절대로 나를 끌어들이지 마라. 알았지?!"

"어쩔 수 없군요. 주인님은 한번 말씀하시면 뜻을 굽히지 않는 분이시니까요. 이 정도에 타협하도록 하겠습니다."

실비아는 평소에 너무 놀려서 그런지 또 자기가 따끔한 맛을 보게 될 거라고 생각하며 경계하고 있었다. 아니, 그런 척을 하는 걸까? 유카리는 여전히 냉담한 어조로 독설을 늘어놨다. 밤을 함께 할 때와는 완전히 딴판이다.

"더는 못 먹어~."

"뭐?"

에코가 무슨 말을 했다.

"왜 그래?"

"……zzz."

"잠꼬대냐! 그런 것치고는 너무 또렷했거든?!"

이렇게, 파티는 끝났다. 내일은 실비아의 귀천장전이다.

◇◇◇

"너, 주제도 모르고 어슬렁어슬렁 기어나왔네."

귀천장전, 도전자 결정 토너먼트 준결승. 내 대전 상대는— 디 믹스.

투기장 중앙. 나는 그녀와 정면에서 마주 서서, 당당히 말했다.

"내가 할 말이다. 우리 세컨드 일섬좌에게 그렇게 당해놓고, 뻔뻔하게 사람들 앞에 얼굴을 내미는구나."

"윽…… 그 남자와는 상관없거든? 나는 너에게 원한이 있어."

통했다. 완전히 먹힌 게 느껴졌다.

세컨드 님에게 전수 받은 몇 가지의 기습전법, 대인전의 기초. 거기에는 『장외전술』도 포함되어 있었다. 디 믹스, 그녀는 세컨드 님이 『트라우마』가 됐을 것이다…… 그런 조언을 준 이는 유카리가 사역하는 정령 윈필드였다. 세컨드 님이 「걔만큼 장외전술이 특기인 녀석은 없으니까 물어봐」 하고 말했다. 나도 그렇게 생각했지만, 윈필드는 장외만이 아니라 장내전술도 다른 사람보다 훨씬 뛰어나지 않을까. 아니, 다른 정령이란 표현이 옳을지도 모른다. 아무튼 나는 윈필드에게서 디 믹스의 마음에 난 상처에 소금을 뿌리는 방법을 배웠다. 그 수순은 입을 열자마자 세컨드 님의 이름을 대서,

거부 반응을 일으키는 것부터…… 였다.

"나에게만이냐? 그렇지 않을 텐데? 나는 세컨드 님의 동료다. 너희는 일섬좌를 적으로 돌린 거지. 그러니, 이 대전에서 너는 그 어떤 비겁한 짓도 할 수 없어. 세컨드 님이 보고 있으니 말이다. 게다가 마인 폐하도 보고 계시지. 세컨드 님은 폐하와 매우 가까운 사이거든. 만약 세컨드 님이 일전의 건을 보고했다면, 캐스탈 왕국에서 너에게 처분을 내릴지도 모르겠는걸. 무기한 출전 정지 처분 같은 거 말이다. 게다가 너희가 무릎을 꿇어서 용서를 받았다고 생각할지도 모르겠지만, 그건 착각이다. 세컨드 님은 아직 용서—."

"시끄러워! 시끄럽단 말이야!! 그 남자의 이름을 입에 담지 마!!"

디 믹스는 울화통이 터진 것처럼 그렇게 외치며 귀를 손으로 막았다. 유심히 보니 몸도 떨고 있었다.

어이어이, 너무 잘 먹힌 거 아냐? 으음, 조금 마음이 아팠다. 『그 어떤 비겁한 짓도 할 수 없다』고 떠들어놓고, 나는 이제부터 비겁한 행위나 다름없는 기습전법을 펼치려고 하는 거니 말이다.

"두 사람, 위치로."

심판의 지시에 따라, 지정된 위치에 섰다. 디 믹스는 여유 없는 표정으로 장발이 헝클어질 정도로 뒤통수를 긁고 있었다. 좋아. 장외전술은 성공했다고 봐도 되겠지.

"—시작!"

시합이 시작됐다. 그 직후, 나는 디 믹스와 거리를 좁히기 위해 달려들었고—.

"아하하핫!"

디 믹스는 크게 입을 벌린 채 웃으며 활을 겨눴다. 순식간에 평정심을 되찾았다. 아차, 연기였던 건가……!

"큭!"

이어서 날아오는 《보병궁술》을 옆 방향으로 달리며 피했다.

"자아, 자아, 자아! 도망치기만 할 거야?!"

……아니, 연기는 아니었던 것 같다. 어딘가 이상했다. 정신적인 이유인지는 모르겠지만, 꽤 성급하게 공격을 펼치고 있었다.

그렇다면, 바로 시작하자. 기습전법, 첫 번째……!

"받아라! 『귀살』!"

나는 《보병궁술》을 회피하면서 디 믹스에게 쇄도했고, 8미터 정도까지 다가갔을 즈음에 《각행궁술》을 준비했다.

"내 화살을 피할 순 없을걸!"

당연히, 디 믹스가 쏜 《보병궁술》을 피할 방법이 없어졌다. 이것이 『귀살』의 핵심이다. 만약 상대가 《은장궁술》이나 《비차궁술》 같은 강력한 스킬을 썼다면, 내가 입은 대미지와 충격이 너무 세서 《각행궁술》을 펼칠 수 있을 리가 없다. 하지만, 《보병궁술》이라면…….

"크윽!"

약간 아프기만 할 뿐, 아무 문제 없다!

"거짓말."

디 믹스는 짤막한 목소리로 그렇게 외치더니, 내 《각행궁술》을 피하려고 움직였다.

하지만, 유감스럽게도 내 표적은 네가 아니라…….

"꺄앗!"

그녀의 발치다. 《각행궁술》은 강력한 관통 공격이다. 그것을 지면과 거의 평행하게 쏘면, 화살이 지면을 도려내면서 연막 효과를 만들어낸다.

"이, 이게 뭐야?!"

디 믹스는 연막에 휩싸이면서 시야가 가려졌다. 이 순간이 기회다. 다음 한 수가 결정타다. 원래라면 연막에 휩싸인 상대에게서 거리를 벌려 유리하게 공격하는 게 정석이다. 하지만, 귀살은 다르다.

"받아라!"

나는 일부러 연막 안으로 뛰어들었다. 상대의 모습을 포착한 후, 연막을 이용해 접근했다. 그리고, 몸이 맞닿을 정도로 가까운 거리에서— 《금장궁술》을 펼쳤다!

"아니……?!"

《금장궁술》은 범위 공격과 넉백 효과를 지닌 근거리 대응 스킬이다. 범위 공격이기에, 확실하게 명중시킬 수 있다!

"으, 윽!"

디 믹스는 그대로 튕겨 날아가며, 지면에 엉덩방아를 찧었다.

크나큰 틈. 첫 번째 기습전법 『귀살』, 대성공이다!

"끝이다!!"

나는 지면에 쓰러진 디 믹스를 향해 《은장궁술》을 펼쳤다.

이걸로 결판을 내주겠다— 하며, 욕심을 부렸다.

왜냐하면, 내가 익힌 기습전법은 세 가지뿐이다. 준결승에서 하나, 결승에서 하나, 최종전에서 하나. 그게 이상적이다. 그래서, 남은 두 가지는 여기서 쓰고 싶지 않다. 세컨드 님이 몇 번이나 말했다. 「기습전법은 상대가 처음 볼 때만 통한다」고 말이다.

……왜, 나는 준비 시간이 짧은 《보병궁술》을 쓰지 않은 것일까.

후회해봤자, 이미 늦었다.

"바보~!"

욕심을 부린 탓에, 이렇게 됐다. 공부가 됐다. 디 믹스는 내 《은장궁술》을 아슬아슬하게 피하더니, 내가 우왕좌왕하는 사이에 몸을 일으키고 말았다.

아아, 최악이다. 이걸로…… 처음으로 되돌아간 건가.

"너, 마무리가 어설퍼!"

날카로운 《보병궁술》이 날아왔다. 3주 전에도 느꼈다시피, 역시 그녀는 강하다. 성격은 최악이지만, 귀천장전 출전자다. 현 귀천장의 수제자다웠다.

"큭……!"

거리가 더 벌어지기 전에 다시 《금장궁술》을 먹여주려고 최선을 다했지만, 아까 전의 귀살을 경계하는 건지 한 걸음도 접근을 허락하지 않았다.

세컨드 님의 말이 옳았다. 기습전법은 역시 처음 경험하는 상대에게만 통하는 기술이다.

"……"

한순간 망설였다. 쓸 것인가, 말 것인가.

……하아, 나는 대체 뭘 망설이고 있는 것일까. 디 믹스에게는 절대 질 수 없다. 반드시, 이기고 싶다. 그렇다면 망설이지 말고 써야 한다. 그렇잖아?

기습전법, 두 번째―『향차 로켓』을 말이다.

"아하! 꼬리 말고 도망치는 거야~?"

도발하는 디 믹스를 무시한 나는 전력 질주로 최대한 거리를 벌렸다. 이만큼 떨어지면, 디 믹스의 《보병궁술》도 눈으로 화살을 보고 피할 수 있다.

"향차 로켓을 받아라!!"

기습을 할거면 전법을 입에 담는 게 예의라고 배웠다. 그래서 순순히 그 말에 따랐다. 하지만, 이 네이밍 센스는 좀 그랬다. 로켓이 어떤 건지 모르지만, 왠지 어감 자체가 좀 촌스러웠다. 나라면 더 멋진 이름이 생각날 것 같은데 말이다. 암천향차광(暗穿香車光) 정도면 꽤 멋지지 않을까?

뭐, 아무리 이름이 촌스러워도…… 그 위력은 어마어마하지만 말이다.

"……어? 그게 뭐야? 용마……?!"

디 믹스는 혼란과 경계심에 사로잡힌 건지 《보병궁술》을 이용한 공세의 끈을 늦췄다. 아마 아까 전의 귀살 덕분일 것이다. 나는 멀리서 쳐다보며 《용마궁술》을 준비했고…… 발밑을 향해 제로 거리에서 사용했다.

쿠우우우웅!

지면을 뒤흔드는 충격과 굉음이 투기장에 울려 퍼졌다.

흙먼지가 피어올랐다. 그리고 내 눈앞에— 내가 몸을 웅크리면 쏙 들어갈 수 있는 크기의 『구멍』이 생겼다.

주저 없이 그 구멍에 뛰어든 나는 물 흐르듯 《향차궁술》을 준비했다.

……남은 건, 하염없이 『연사』할 뿐이다. 구멍 안에서, 지상에 있는, 디 믹스를 향해서…….

즉, 지면을 무시하며 쏜다……!

"너, 대체 뭘—."

흙 속을 관통하며 날아간 《향차궁술》의 화살이 길을 만들었고, 디 믹스에게 도달했다. 「말도 안 돼!」라고, 생각했지? 나도 그렇게 생각했다. 그렇기에 기습전법으로서 성립한다. 한 번 보고 나면, 회피할 방법이 얼마든지 있다. 즉, 빈틈투성이의 허술한 전법이다. 하지만 모르는 사람은 바로 이해하지 못하며, 방심한다. 혼란에 빠진다. 완벽하게 걸려든다. 나도 그랬다. 그녀도 그랬다. 그뿐이다.

"아니?!"

디 믹스의 전방 대각선 아래 방향의 지면에서, 갑자기 관통 화살이 튀어나왔다. 완벽한 기습이다. 이걸 피할 수 있는 건, 거기서 화살이 날아오리라는 것을 일찌감치 알고 있었던 사람뿐이리라.

"크, 으윽."

그녀에게 꽂힌 향차 로켓은 두 발이다. 그걸로 충분하다. 운이 좋았다. 나는 구멍에서 나온 후, 《보병궁술》을 연사했다. 디는 복부와 허리를 화살에 관통당한 탓에, 뜻대로 움직일 수 없었다.

쏘고, 쏘고, 또 쐈다. 몇 번이고, 몇 번이고, 죽을힘을 다해, 《보병궁술》을, 펼쳤다.

"—시합 종료! 승자, 실비아 버지니아!"

그리고, 나는 승리했다.

"……."

내가, 이겼어? ……거짓말이지?

그제야, 드디어, 내 귀는 주위의 소음을 포착했다.

찢어질 듯한 갈채. 이 박수도, 환성도, 전부 나를 향하고 있었다.

"……이, 이겼어."

이겼어. 이겼어. 이겼어……! 나, 이겼어! 이겼단 말이야, 세컨드 님!

◇◇◇

"에른테의 첨병이여. 너희는 참 불쌍하구나."

"어째서죠! 어째서 이렇게……! 당신, 눈이 보이지 않을 텐데……!"

"눈이 보이지 않기에 보이는 것도 있다."

"크, 윽……!"

귀천장전, 도전자 결정 토너먼트 준결승. 알프레드 대 제이 믹스.

대결이 시작된 지 5분도 흐르지 않았지만, 그 결과는 이미 명백했다.

"더는 그 남자에게 가르침을 받지 마라. 너희 자매에게 득 될 것이 없다."

"괜한 참견이에요!"

"……말이 안 통하는군. 그럼 뿌리부터 끊어버릴 뿐이다."

"꺄앗!"

압승. 그렇게 말해도 과언이 아닐 만큼, 일방적인 승리였다. 심판이 알프레드의 승리를 선언하자, 관객은 흥분의 도가니에 빠졌다. 하지만 승자의 표정은 여전히 냉엄하기 그지없었다.

알프레드는 시종의 안내를 받으며 투기장에서 사라졌다. 그 뒷모습을 보면서, 그의 다음 대전 상대인 실비아가 세컨드에게 말했다.

"제이 믹스는 연구를 당한 것 같구나. 알프레드 님을 상대로 아무것도 하지 못하고 졌다."

"그래. 하지만 너는 연구 당하지 않았을 거야. 뉴페이스잖아?"

"음. 기습을 할 보람이 있을 것 같구나."

"절대 질 수 없다는 절박한 표정을 짓고 있긴 한데…… 저 녀석에게는 좀 미안한 짓을 하게 되겠는걸."

"제이 믹스에게 이런저런 이야기를 하는 것 같더구나. 그에게는 뭔가 깊은 사정이 있는 것 같다. 다음 시합 전에라도 내가 물어보지."

"그래. 그런데 기습전법은 앞으로 하나 남았는데, 괜찮겠어?"

"할 수 있는 데까지 해보겠다. 첫 출전에서 1승을 한 것만으로도 나는 만족이지만 말이야."

"뭐, 3주 동안 잘해줬다고 생각해. 진심이야."

"호오, 신기한걸. 에코, 들었느냐? 세컨드 님이 나를 솔직하게 칭찬해줬다."

"빈정대지 마. 나쁘지 않은 기습이었어. 1승 축하해, 실비아."

"음!"

◇◇◇

"실례하겠습니다, 알프레드 님."

시합 전. 나는 결승의 대전 상대인 알프레드 님의 대기실을 찾았다. 덥수룩한 먹빛 머리카락을 지닌, 장년의 남성이었다.

"호오, 무슨 일로 나를 찾아온 거지? 실비아 버지니아."

그는 앞이 보이지 않는다. 하지만 목소리만으로 내가 누구인지 눈치챘다. 그리고, 내 정확한 위치도 말이다.

"귀하가 에른테 귀천장과 범상치 않은 인연을 지녔단 생각이 들어, 이야기를 들으러 왔습니다."

"그래. 그 말은……."

"네. 저도 짚이는 구석이 있어서……."

나는 그날 디 믹스에게 당했던 행위와 에른테가 무릎을 꿇었던 경위까지 이야기했다.

그러자 알프레드 님은 이야기를 끝까지 듣자마자 입을 크게 벌리며 웃었다.

"그래, 그래. 자네는 재미있는 스승을 뒀군."

"솔직히 말해, 저도 후련했습니다만…… 때때로 좀 지나치단 생각이 들 때도 있죠."

"흠. 혹시 그는 내가 자네에게 질 거라고, 자네 앞에서 말하지 않았나?"

"앗! 그걸 어떻게 아셨죠?"

"이야기를 듣고 안 건데, 자네는 꽤나 순진한 것 같군. 그리고 그는 격정적인 것 같으면서도 사려가 깊어. 간단한 추리지. 자네가 나를 찾아가도록 자연스럽게 유도했을 거야."

"유도……."

듣고서야 눈치챘다. 그러고 보니 세컨드 님이 「저 녀석에게는 좀 미안한 짓을 하게 되겠는걸」이라고 말하지 않았다면, 나는 아마 알프레드 님을 만나볼 생각을 하지 않았을 것이다. 미안한 짓, 이라는 말이 신경쓰여서 그를 찾아가기로 결의한 것이다.

"그는 자네를 다루는 법을 잘 아는가 보군."

"기쁘면서도 한편으로 슬프군요."

뭐, 본심을 털어놓자면 전혀 슬프지 않지만 말이다. 아마 알프레드 님은 간파했을 것이다. 으음, 부끄럽다.

"나는 절대 자네에게 질 생각이 없어. 하지만, 자네들에게는 이야기해도 괜찮을 것 같군."

무엇을 이야기해도 괜찮다는 것일까. 아마 알프레드 님과 에른테 귀천장의 관계이리라.

"부탁드립니다."

나는 그렇게 말한 후, 자세를 바르게 고쳤다.

"뭐, 단순한 이야기지. 그 남자는 내 눈을 망가뜨렸고, 나는 그 바람에 귀천장 자리를 잃었어."

"뭐라고요?!"

"조용히 하게."

"……죄, 죄송합니다."

무심코 흐트러진 모습을 보이고 말았다. 하지만, 눈을 망가뜨렸다고? 그건…….

"왜, 고치지 않는 겁니까?"

고급 포션만 있다면, 망가진 눈을 고칠 수 있다. 보아하니 돈이 없어 보이지도 않았다.

……하지만 그 말을 하고서야 눈치챘다. 알프레드 님의 눈은, 겉보기에는 멀쩡해 보였다.

"아니, 고칠 수 없는 거다. 전문가의 말에 따르면, 주술이 걸렸다고 하더군."

"주술……."

"소문이 자자한 성녀가 아니면 고칠 수 없다는 것 같다."

"성녀?"

성녀—【회복마술】의 정점에 선, 유일무이한 존재. 소문으로는 들은 적이 있다.

"……카멜 신국, 입니까."

"그래. 아무리 나라도 그 나라에는 함부로 들어갈 수 없지. 성녀를 만나는 건 더 어려워. 몇 달 전부터 면회를 요청했지만, 아직 감감무소식이야."

그럴 것이다. 의존성이 높은 위험한 약품『카라메리아』로 캐스탈 왕국을 몰래 침략하려 했던 나라다. 아무리 타이틀전 출전자일지라도, 쉽지 않을 일이 틀림없다.

……음. 차라리 가능성이 있는 건…….

"세컨드 일섬좌라면 방법이 있을지도 모릅니다. 아니, 분명 있을 테죠. 귀하가 왕국에 머무는 동안, 이 이야기를 전해두겠습니다."

우리 팀 마스터라면, 분명 성녀 이외의 해결책을 알고 있을 것이다. 확신을 담아 그렇게 말할 수 있다. 나는 스킬에 관해 그보다 더 잘 아는 사람을 상상할 수 없으니 말이다.

"……고맙다. 기대하지."

알프레드는 내 제안을 받아들이더니, 감사의 뜻을 표하며 고개를 숙였다. 그 후, 이어서 말했다.

"자네는 참 친절한걸. 그리고…… 정의감이 뛰어나. 아까부터 전혀 숨기지 못하고 있군."

역시, 눈치챈 건가. 나의, 속이 뒤집히는 듯한 분노를 말이다.

"경쟁 상대의 눈을 망가뜨리다니…… 정말 너무하군요. 어렴풋이 눈치챘지만, 역시 늙어빠진 쓰레기인 건가요."

"그 영감은 언뜻 보면 사람 좋고 세속에 얽매이지 않는 노인 같지만, 뱃속에는 지독한 어둠이 소용돌이치고 있지. 교활하기 그지없어. 그리고 잔혹해. 이기기 위해서라면 수단을 가리지 않아."

"……보복입니까."

"그래. 나는 오늘을 위해 시력에 의존하지 않는 궁술을 갈고닦았어. 에른테와 믹스 자매에 대한 대책도 산더미처럼 준비했지. 그러니, 절대로 양보할 수 없는 거야."

알프레드 님의 결의는 매우 굳었다.

그렇다고 내가 다음 시합에서 손속에 사정을 둘 거냐면, 말도 안 된다. 그에게 있어서도, 세컨드 님에게 있어서도, 관전자에게 있어서도, 실례 그 자체인 행위라는 것을 알고 있다.

"허나, 자네의 이야기를 듣고 나니 꼭 해줘야 할 말이 생겼어. 그 영감의 제자인 믹스 자매에 관한 거다."

"디와 제이, 말인가요."

"그래. 그 두 사람은 에른테에게 이용당하고 있어. 오랫동안 에른테에게 가르침을 받았으니, 인격이 삐뚤어지는 것도 당연하지 않겠나?"

그게 무슨 소리지? 삐뚤어지는 것도 당연하다니……? ……읏!!

"—설마, 에른테가……?!"

"그래. 그녀들이 그런 성격으로 기른 이는 다름 아닌 에른테다. 그리고 그 가시 돋친 성격을 이용해 미리 대전 상대에게 시비를 걸게 해서 정보를 모으지. 아니, 뭉개버리고 있어. 성가신 점은, 그런 짓을 해서 미움을 받는 건 디와 제이라는 점이다. 에른테의 이름에는 흠집조차 나지 않아. 선동하는 건 에른테인데도……!"

알프레드 님은 주먹을 꽉 말아쥐더니, 조용히 분노를 드러냈다.

어쩌면 자신의 눈이 망가진 것보다 믹스 자매가 이용당하고 있다는 사실에 더 분노하고 있는 걸지도 모른다. 그의 비통한 표정을 보고, 나는 그런 느낌을 받았다.

"이제 알겠지? 에른테는 그런 영감이다. 반드시 이 손으로 해치워야만 하는 적이지. 그러니, 나는 반드시 자네에게 이겨야만 해."

……짊어지고 있는 것의 무게가 다르다. 세컨드 님이 한 말을, 나는 그제야 이해했다.

미안한 짓을 하게 된다—.

"죄송합니다, 알프레드 님. 저도, 질 생각은 없어요."

귀천장전, 타이틀 도전자 결정 토너먼트 결승. 대전 상대는 맹인 궁술사 알프레드 님.

나와 그는 아무 대화도 나누지 않으며 그저 조용히 활을 겨눈 후, 심판의 신호를 기다렸다.

……이기든 지든, 원망하지 않겠다.

"—시작!"

시합이 시작됐다. 나는 마음이 무겁지만 《보병궁술》을 알프레드 님에게 날렸다.

기습전법, 세 번째—『신귀살(新鬼殺)』. 그 첫수다.

"물러."

알프레드 님은 마치 화살이 날아오는 것을 아는 것처럼, 최소한의 움직임으로 피했다. 그리고 반격이란 듯이 《보병궁술》을 펼쳤다.

"읏?!"

날카롭다. 디 믹스가 쏜 활보다, 몇 수는 위였다. 이 거리에서 정확하게 내 머리를 노렸다.

하지만, 아직 무르다. 이 세상에는 아무리 거리가 떨어져 있어도, 아무리 움직이고 있어도, 숨쉬듯 안면의 미간을 저격하는 괴물이 있다. 나는 그런 남자와 3주 동안 훈련했다. 즉, 이정도는 익숙했다.

"하앗!"

이어서 《보병궁술》, 3연타. 이것도 『신귀살』의 준비다.

"좋은 솜씨군."

"제가 할 말입니다."

그리고 우리는 《보병궁술》로 서로를 계속 견제했다.

알프레드 님은 내가 어떻게 나올지 살피고 있었다. 세컨드 님의 말이 옳았다. 나는 뉴페이스. 정보가 부족할 것이다. 후공의 선을 잡는 것이 상대의 노림수일 것이다.

하지만 내가 아무 생각 없이 《보병궁술》을 쏴대기만 한다고 생각하면 곤란하다.

기회는 바로, 지금이다……!

"받아라! 『신귀살』!"

나는 예의를 지킨 후, 힘차게 앞으로 달려나갔다.

알프레드 님은 이미 스킬을 준비하고 있었다. 아마 『응수 계열』일 것이다.

그 선택은, 정석적인 공격의 대응방법이다. 그렇다. 정석적인 공격이라면 말이다.

"아니……?"

나는 알프레드 님의 스킬 준비에 맞춰 《각행궁술》을 준비했고, 상공을 향해 날렸다.

혼란에 빠졌다. 한눈에 알 수 있었다.

"큭!"

내 노림수를 파악하지 못 한 알프레드 님은 준비해둔 스킬을 캔슬하면서, 왼쪽으로 재빨리 세 걸음 이동했다.

……대단하다. 진짜로 왼쪽으로 갔다. 노리던 대로다.

나는 이제까지 오른쪽으로 몰듯이 《보병궁술》을 펼쳤다. 장외=패배라는 것을 생각하면, 무의식적으로 왼쪽으로 이동하고 싶을 것이다. 지극히 단순한 유도지만, 그 효과는 확실했다.

"끝이다!!"

나는 전력을 다해 접근한 후, 큰소리로 외쳤다.

내가 펼친 《각행궁술》은, 알프레드 님의 정수리를 향해 쇄도했다.

"방심은 금물이지."

하지만. 그 화살은 알프레드 님에게 명중하는 일은 없었다.

그는 신속하게 《향차궁술》을 준비해 자신의 머리 위편을 향해 날려서, 자신을 향해 떨어지는 《각행궁술》의 화살을—.

"……미안하다."

"윽?!"

—튕겨내기 전에, 내가 고함을 지르며 날린 《보병궁술》과 《계마

궁술》의 복합이 《각행궁술》의 화살에 먼저 명중했다.

새된 소리가 울려 퍼졌다. 《각행궁술》은 관통 효과를 지녔고, 《보병궁술》과 《계마궁술》의 복합은 관통 효과를 지니지 않았다. 그러니 격돌한다면 관통 화살이 이긴다.

하지만, 그 관통 화살의 옆면에 활이 명중한다면 어떻게 될까?

그 답은 바로, 궤도가 틀어진다. 관통 화살의 궤도가 틀어졌다. 그것도 《보병궁술》이라는 《각행궁술》에 비하면 빈약한 스킬이 명중했으니— 틀어진 궤도는 미세했다.

"커억!!"

알프레드 님이 날린 《향차궁술》은 궤도가 약간 틀어진 관통 화살에 명중하지 못했고, 왼쪽 어깨에 《각행궁술》을 맞으면서 균형을 잃었다.

"큭…… 아, 아직 멀었다!"

하지만, 그는 쓰러지지 않았다. 무시무시한 기력으로 다시 균형을 잡더니, 나를 향해 《보병궁술》을 펼치려 했다.

"……."

나는 아무 말 없이 《금장궁술》을 펼쳤다. 반경 3미터 이내의 범위 공격과 넉백.

……이미, 그 정도로 접근한 것이다. 알프레드 님은 내 위치를 포착하지 못할 만큼 궁지에 몰렸다. 하지만 결코 무릎을 꿇지 않으며, 최후의 순간까지 공격을 펼치려 했다.

"—윽!!"

알프레드 님은 넉백 효과로 뒤편으로 튕겨져 나갔다. 아아. 그리고, 그 결과…….

"장외! 시합 종료! 승자, 실비아 버지니아!"

항상 다수의 선택지를 준비한다. 세컨드 님의 가르침이다.

신귀살은 상대를 하늘에서 날아오는 《각행궁술》에 대응하게 하고, 그 직전에 보병과 계마의 복합을 이용한 저격으로 궤도를 비틀어서 그게 진짜 노림수라고 여기게 한 후, 동시에 접근으로 이어지는 근거리 공격을 노리는 기습전법이다.

앞이 안 보이는 알프레드 님에게는 매우 성가신 전법일 것이다.

그래서…… 이렇게, 허무하게, 결판이 나고 말았다.

"……에른테 귀천장은, 저에게 맡겨 주십시오."

"부탁한다."

짧은 한 마디만을 남긴 후, 알프레드 님은 의식을 잃었다.

……질 수 없게 됐는걸. 이제 기습전법은 전부 썼다. 자아, 이제 어떻게 한다.

그래도, 이겨야 할 이유는 찾았다. 나는 기사. 세컨드 님의 기사. 그가 사랑하는 타이틀전을 위해, 그 질서를 지키기 위해, 나는 정의를 위해 싸울 것이다……!

귀천장전, 최종 시합.

내 상대는, 당연히 그 사람이었다. 온화한 미소를 머금고 있는 노인, 에른테 귀천장이다.

"디에게 벌을 내려줘서 고맙구먼. 나도 그 아이 때문에 여러모로 애를 먹고 있었지."

뻔뻔하게 저런 소리를 잘도 늘어놓는다. 자기가 그렇게 유도해놓고 말이다.

"두려운 거지?"

"뭐?"

"나에게 지는 게, 두려운 거지? 내가 디 믹스와 알프레드 님에게 쓴 전법들. 그게 자신을 향하는 게 두려운 거지?"

당당하게 말했다. 그러자 에른테의 표정이 굳어졌다.

"약한 미물일수록 잘 짖는 법이지. 여유가 없는 건 그대 아닌가?"

"그건 싸워봐야 알 수 있지 않을까?"

"하…… 하하하! 하하하하핫!"

"……뭐가 그렇게 웃기지?"

—소름이 돋았다. 갑자기 웃음을 터뜨린 에른테는 늙어빠져서 주름으로 뒤덮인 피부 사이에 숨겨져 있던 한쪽 눈을 치켜뜨며 나를 보더니, 일그러진 웃음을 흘리며 입을 열었다.

"디가 올라오든 제이가 올라오든, 늙은 것이 올라오든 그대가 올라오든 이기는 건 나다. 그대들의 손속은 여기까지 올라오는 과정에서 전부 노출됐거든. 조무래기가 아무리 발버둥을 쳐본들, 귀천장은 내 것이다."

"……비열해."

"멋대로 지껄여라. 이기면 되니 말이다. 어떤 수를 쓰더라도 마지막에 이긴 자만이 웃는 법이다. 400년 동안, 나는 그런 식으로 살아왔다. 그래야만 이길 수 있지. 그래야만 살아남을 수 있지. 무지한 그대에게 가르쳐주마. 귀천장전이란 건 말이다. 피로 피를 씻는 살인 결전이다."

"역시, 믹스 자매를 이용한 거냐."

"뭐가 그렇게 마음에 안 들지? 제자를 이용해 출전자의 정보를 파악하는 것 말이냐? 아니면, 제자를 이용해 출전자를 뭉개는 것이냐? 아니면, 스승을 절대 이기지 못하도록 제자에게 어설픈 궁술을 가르치는 것 말이냐?"

"네놈의, 모든 것이다……!!"

나는 활을 고쳐 쥔 후, 지정된 위치로 이동했다.

—이기고 싶다. 이렇게까지 이기고 싶다는 생각을 한 적이 없었다.

이기자, 이기자, 이기자. 이기자……!

"—시작!"

심판이 시작 신호를 내렸다. 나는 즉시 에른테와의 거리를 좁히기 위해 질주했다.

우선 귀살이다. 다음은 향차 로켓, 그리고 신귀살이다. 내가 가진 모든 것을 쏟아붓겠다.

"자아, 뭐부터 할 거지?"

에른테의 표정에는 여유가 흘렀다. 두고 봐라. 저 얼굴을 수치심으로 일그러뜨려 주겠다—!!

◇◇◇

"뭐, 이렇게 되겠지……."

실비아와 에른테의 시합은 내 예상대로 흘러갔다. 귀살, 향차 로켓, 신귀살…… 전부, 에른테에게 통하지 않았다. 전부 노출됐으니 당연했다.

발치에 《각행궁술》을 쏠 틈도, 《용마궁술》로 구멍을 팔 틈도, 《보병궁술》을 써서 장외로 유도할 틈도 보이지 않았다.

"커억!"

또, 실비아가 화살을 맞았다. 기습전법이 통하지 않는다면, 남은 건 실력대결뿐이다.

수백 년의 경험과, 3주의 경험으로는…… 승부가 될 리 없다.

"젠……자앙!"

일어섰다. 몇 번이고, 몇 번이고 말이다. 실비아는 몇 번이고 일어서며 귀천장에게 맞섰다. 이길 리가 없다. 그것은 그녀도 시합 전부터 알고 있었으리라.

……그런데도, 일어서서 맞섰다. 비웃음을 흘리는 비열한 늙은이에게, 한 방이라도 먹여주기 위해서 말이다.

"아직, 이다……!"

실비아는 온몸이 상처투성이였다. 방패 대신 삼은 왼팔에는 화살이 세 발이나 꽂혀있어서, 더는 움직이지 않을 것이다.

그렇다. 공격 수단은 이제 없는데도, 그런데도, 일어나서, 맞섰다.

바보처럼, 한결같이, 우직하게, 몇 번이나, 몇 번이나, 몇 번이나…….

"그래…… 가라!"

"실비아…… 힘내~!"

어느새 나는 자리에서 일어나 응원하고 있었다.

에코도 그랬다. 나와 마찬가지였다. 가만히 있을 수 없는 것이다.

"—실비아! 다가가라! 방법은 그것뿐이다!"

관객석에서 응원의 목소리가 터져 나왔다. 그 목소리의 주인은 바로 느와르 버지니아 씨. 실비아의 아버지다. 과묵하고 고지식한 인상의 저 사람이 이렇게 고함을 지르고 있었다. 그를 아는 이라면 진심으로 놀라겠지만…… 나는, 저런 모습이 마음에 들었다!

"가라고! 앞으로 나서! 실비아!"

"힘내애애애애~! 실비아아아아아아!!"

목이 터지도록 응원했다. 실비아는 지금, 분명, 정의에 불타고 있다. 절대로 질 수 없는 것이다. 저 녀석은 지고 싶지 않은 것이다. 그렇다면, 응원해줄 수밖에 없다. 저 애가, 끝까지 싸우다 쓰러질 수 있도록…….

"우오오오오오오—!!!"

실비아는 피를 토하며 고함을 지르더니, 질주했다.

"소용없다. 소용없어."

에른테의 《보병궁술》이, 그녀를 향해 날아갔다.

"크, 윽…… 크으윽!"

몸에 화살이 꽂혔다.

실비아가, 걸음을 멈췄다. 그래도, 결코, 무릎을 꿇지 않았다.

"슬슬 끝내도록 할까."

에른테는 냉철한 어조로 중얼거리더니, 《비차궁술》을 준비했다.

"—실비아!!!"

나는 무심코 고함을 질렀다.

"크, 으…… 우아아아아아아아앗!!!!!"

내 고함에 반응하듯, 실비아는 앞으로 나아갔다.

활에 화살을 걸지도 않은 채, 그저 우직하게 나아가기만 했다.

그래, 나아가……! 가라! 가라! 가라……!!

"헛수고니라."

에른테가 《비차궁술》을 펼쳤다.

……다들, 「끝났다」고 생각했을 것이다.

"—아니?!"

에른테의 얼굴이 경악에 물들었다. 실비아는 지면에 쓰러지며 에른테의 《비차궁술》을 피했다. 아직 그 정도의 여력이 남아있었던 건가— 그런 의미의 놀란 표정이었다.

"우아아앗!!!!"

놀랄 일은 아직 끝나지 않았다.

실비아는 오른손으로 왼팔에 꽂힌 화살을 뽑아들더니, 거꾸로 쥐었다.

"받아라아아아아아아앗!!!!!!"

그리고 미친 듯이 돌격했다.

"으가악?!"

그것은 【궁술】조차 아니었다.

실비아는 오른손에 쥔 화살을 에른테의 목덜미에 꽂아 넣었다.

"커……억……?!"

"하아…… 하아…… 하아……!"

에른테는 목을 감싸 쥔 채 몇 걸음 물러났다. 고통 탓에 얼굴을 일그러뜨렸다. 그리고…….

"이, 계집이이이이이이이잇!!!!"

절규다. 에른테는 분노했다. 즉시 《보병궁술》을 펼쳐서, 실비아의 안면에 꽂았다.

"—큭."

크리티컬 히트. 에른테는 그대로 쓰러진 실비아에게 다가다더니, 그녀의 목을 짓밟았다.

"감히 내 목을! 활로! 찌르다니! 용서 못 한다!! 용서 못 한다!!"

화풀이하듯 발길질을 거듭했다. 너무나도 추한 광경이었다.

"시, 시합 종료! 승자, 에른테 귀천장!"

"세컨드!"

에코가 고함을 질렀다. 응…… 그래.

"나한테 맡겨."

나는 에코에게 한마디 해주고, 내 뒤편에 앉아 있는 앞을 못 보는 남성을 한마디 해준 후에 자리에서 일어났다.

저 빌어먹게 멋진 용사에게, 축복을. 저 추한 노인에게, 철퇴를.

◇◇◇

"……으응."

누군가가 볼을 쓰다듬어주는 감촉에, 나는 의식을 되찾았다.

천천히 눈을 떠보니, 눈앞에는 내가 사랑하는 이가 있었다.

"이걸 마셔."

포션을 건네받았다. 아아, 그래……. 나는, 진 거구나.

"……어?"

비틀거리면서 몸을 일으키고, 고급 포션을 마신 후, 주위를 둘러봤다.

대기실인가 했더니, 그곳은 아직 투기장 중심이었다.

"????"

그럼 왜, 세컨드 님이 여기에……?

"—주목! 이제부터 에른테 귀천장과 세컨드 퍼스티스트 일섬좌의 시범경기를 개최한다!!"

……거, 거짓말이지?

"왜, 왜냐! 나는 그런 이야기는 못 들었어! 거부—."

"캐스탈 왕국 국왕 마인 캐스탈의 이름으로 명합니다. 에른테 귀천장, 세컨드 일섬좌와의 시범경기를 가지세요."

"……폐, 폐하."

"자아, 위치에 서시죠. 에른테 귀천장."

"도망칠 곳은 없다고, 영감탱이."

◇◇◇

"룰은 단순해. 일반적인 귀천장전과 같아."

"……음. 그런가."

내가 시범경기의 룰을 말해주자, 방금까지 당혹스러워하던 에른테가 진정했다. 자기의 특기로 싸우게 됐다는 사실에 안도한 것 같았다.

"괜찮겠나? 일섬좌여. 나는 귀천장이네만?"

"그래. 참고로 용비각 접기야."

"뭐? 용비각 접기?"

『용비각 접기』란 핸디캡전의 일종이다. 실력이 위인 쪽이 용왕, 용마, 비차, 각행, 이렇게 네 가지 스킬을 쓰지 않고 싸우는 형식을 말한다.

"흠, 그 정도라면 괜찮다. 나를 얕보지 마라. 귀천장을 상대로 용비각 접기를 해봤자—."

"응? 아, 착각했나 보네."

"뭐?"

"용비각 접기를 하는 건 나야."

"　"

에른테의 말문이 막혔다. 그리고 입을 한껏 벌리더니, 크게 웃음을 터뜨렸다.

"후하하하하! 하하하하! 그대는 농담도 잘하는구먼!"

"농담이 아냐."

"하하하. 그럼 뭐지? 허세인가?"

"분노야."

"……큭."

나는 화가 났다. 나를 아는 인물이라면 알 것이다. 내가 핸디캡을 짊어지는 것이다. 바로, 내가, 타이틀전이라는 진검승부의 무대에서, 일부러, 핸디캡을 짊어지겠다고 선언한 것이다……!

"자아, 이걸로 회복해."

"……싸지 않은 포션일 텐데, 꽤나 친절하구먼."

"네 HP가 낮으면 곤란하거든."

"내가 봐줬다고 여겨지면 곤란하다는 게냐?"

"내 즐길 거리가 줄어서 곤란한 거야."

"……."

한 대라도 더 때리고 싶다.

"두 사람, 위치로."

심판의 지시에 따라, 이동했다.

그 순간, 잡념이 사라졌다. 평소의 감각, 차분한 마음. 목적은 단 하나. 철저하게, 유린한다.

"—시작!"

심판의 말에 맞춰, 《보병궁술》을 날렸다.

"아니?!"

에른테는 과도한 리액션을 취하면서, 크게 몸을 젖혀서 피했다.

"안 보인 거냐?"

아마, 그럴 것이다. 귀천장전의 포인트는 바로「언제 활을 쏘는지 모르게 한다」다. 그저 멍하니 서 있는 상태에서 순식간에 스킬을 발동시킨다. 현실에서는「화살을 걸고, 활을 당긴 후, 조준해서, 쏜다」라는 과정을 생략하는 것이 불가능에 가깝지만, 여기는 게임 안이다. 익숙해지면 얼마든지 할 수 있다.

하지만, 말처럼 쉬운 건 아니다. 이것은 선천적으로 가능한 이와, 아무리 연습해도 좀처럼 할 수 없는 이로 나뉜다. 내 경우에는 후자다. 완전히 몸에 익을 때까지 1년이나 걸렸다. PvP의 고등 테크닉, 그리고 필수 테크닉이라고 생각한다.

"커억!"

그렇게《보병궁술》을 날려서, 에른테의 미간에 화살을 꽂았다.

어이, 재미없잖아. 이대로 결판이 나겠다고.

"조, 조준이 너무 정확해! 이 꼬맹이, 뭔가 비겁한 짓거리를 하고 있는 건 아니겠지?!"

뭔가 트집을 잡기 시작했다. 비겁한 짓거리라. 자기가 한 짓을 남도 한다고 생각하는 건가. 그래도 400년이나 산 영감탱이에게 조준이 정확하단 칭찬을 들으니 솔직히 기쁘다. 세계 1위의 방식이 틀리지 않았다는 증거처럼 느껴졌다.

나는 그렇게 생각하면서 그 말을 깔끔하게 무시했고, 그저《보병궁술》을 연타했다.【궁술】에 있어서의『정석』을 쓸 필요도 없거니와, 보여주고 싶지도 않다. 아니,《보병궁술》이외의 스킬로 공격해서 괜히 과도한 대미지를 주고 싶지도 않다. 가장 위력이 약한 《보병궁술》이, 저 영감탱이를 가장 많은 공격할 수 있는 스킬이니 말이다.

"귀천장전은 전략 이전에 테크닉 수준의 차이가 확연히 드러나거든. 예를 들어서, 너는 이딴 짓을 못 하지?"

그렇게 말한 나는 전방으로 이동하면서 《보병궁술》을 다양한 각도로 날렸다. 심심해 보이는 관객에게, 서비스를 해주기로 했다. 에른테는 그 틈에 《보병궁술》을 몇 발 쐈지만, 쏘는 타이밍과 궤도가 뻔히 보였다. 맞을 리가 없다.

"으극?!"

그 직후. 에른테의 발치에 화살 다섯 발이 거의 동시에 떨어졌다. 마치 한 번에 다섯 발을 쓴 듯한 불가사의한 현상이다. 이것은 스킬 같은 게 아니라, 단순한 테크닉이다. 화살을 쏘는 위치와 각도, 힘조절을 통해 이런 짓도 가능하다는 예시다.

"뭐, 더는 안 할 거지만 말이야."

곡예 같은 『과시 플레이』는 이걸로 끝내고, 하염없이 《보병궁술》을 쏘는 작업에 다시 착수했다. 한 번에 다섯 발이나 맞췄다간 그게 결정타가 될지도 모른다. 즐거움이 5분의 1로 주는 것이다.

이딴 《보병궁술》 연사에도 대처하지 못 하는 자식이 귀천장이냐고. 알고는 있었지만, 완전 말세네. 이럴 줄 알았으면 보병 말고 전부 안 쓰는 걸로 해도 됐겠다 싶었다.

"자아, 최후의 순간까지 뛰어다니라고."

시합 개시부터 15분이 흘렀다. 에른테는 숨을 헐떡거리며 계속 도망다니고 있었다. SP(스태미너 포인트)를 회복시킬 여유를 안 주려는 듯이, 항상 《보병궁술》로 계속 몰아댄 결과다.

이렇게 같은 짓을 되풀이했으니 슬슬 해결책을 눈치챌 만도 한데, 에른테는 이쪽을 전혀 쳐다보지 않았다.

그렇다. 조금만 생각하면 알 수 있다. 《보병궁술》 연사를 막으려면, 접근해서 공격하면 된다. 하지만 이번 같은 경우에는 기량이 너무 차이 나기에, 접근해봤자 이 상황을 해결할 수 없지만 말이다.

"아하. 너, 무서운 거지?"

《보병궁술》의 공세를 약간 늦춘 나는 그렇게 물었다.

"뭐, 뭐가 말이냐!!"

"내가 무섭지? 지는 게 무섭지? 고통이 무섭지? 접근전을 펼치는 게 무섭지?"

"아니다!"

"몇 번이나 다시 일어서서 달려드는 실비아도, 무서웠던 거지? 그래서 걷어찬 거야."

"아니다!! 보복을 했을 뿐이다!"

보복. 【궁술】을 쓰지 않고 손에 쥔 화살로 자신을 찔렀으니, 자기도 【궁술】을 쓰지 않고 걷어찼다. 참 어이없는 변명이다.

"거짓말 마. 너는 이제까지 쭉 그런 식으로 싸워왔잖아? 두 번 다시 자신에게 맞설 생각을 못하도록, 실비아의 마음을 철저하게 망가뜨리려고 한 거잖아?"

"그렇다면 어쩔 거냐! 망할 꼬맹아!"

"뭐, 스마트한 방식은 아니지만 목적 자체는 나쁘지 않아. 무슨 짓을 하든 이 사람에게는 이길 수 없다. 상대가 그렇게 생각하게 만드는 건 중요하거든."

"……뭐, 뭐어?"

"나는 말이지. 딱히 네가 실비아를 걷어찬 것 때문에 화난 게 아냐."

"뭐라고……?"

영감탱이가 「이 자식은 무슨 소리를 하는 거지」 하고 말하는 듯한 눈길로 나를 쳐다봤다.

이해가 안 되는 걸까. 뭐, 안 될 것이다.

"알프레드에게 전부 들었어. 주술로 앞이 안 보이게 만들었다지?"

"그게 어쨌다는 게냐?"

"자기 말을 거역 못하는 제자를 선동해서 귀천장전 출전자를 해쳤다면서?"

"그게 무슨 문제냐?"

"레스토랑에서처럼 귀천장의 권력을 이용해 문제를 덮으면서 다른 출전자들을 해치고 다닌 거지?"

"그게 대체 어쨌냔 말이다!"

"제자가 최종전에 올라오더라도 자신이 이길 수 있도록 어중간한 궁술만 가르쳤다며?"

"그게 뭐 어때서!!! 나는 쭉 그렇게 이겨왔다! 승리를 위해서라면 수단 따위 고를 수 없단 말이다! 그게 내 방식이다!!"

“그럼 자기가 당하더라도 불평은 못 하겠네?”

“……윽!!”

타이틀 보유자가, 타이틀전을 더럽힌 거냐.

“처음 만났을 때, 내가 말했지? 이제까지 멋대로 굴었던 대가를 치를 때가 왔다고 말이야.”

마지막에 이긴 자만이 웃을 수 있다며?

“……내가 있는 한, 너는 두 번 다시 못 웃겠는걸.”

나는 《향차궁술》과 《계마궁술》을 복합해서, 에른테의 발을 향해 지면을 아슬아슬하게 스치도록 쐈다.

《보병궁술》의 연사에 섞어서, 단순한 회피를 어렵게 만들었다.

“끄아아아악?!”

그 결과, 에른테의 오른발 끝을 관통 화살이 꿰뚫었다. 엄지발가락은 이동에 있어 매우 중요한 부위다. 다치면 움직이기 어려워진다.

“윽, 큭, 커억!”

결국 에른테는 《보병궁술》을 피할 수 없게 됐다. 엄지발가락을 꿰뚫어둔 덕분이다.

나는 그의 두 손과 두 발을 향해 《보병궁술》을 펼쳤다. 화살이 차례차례 꽂혔다. 수십 초 후, 에른테의 발과 왼손에는 수십 발의 화살이 꽂혔다.

“더, 더는…… 무리다……. 하, 항복—.”

말하게 두지 않겠다. 항복조차 하지 못하고 너한테 철저하게 당한 출전자가 이제까지 몇 명이나 있었지?

바꿔서 말하자면, 타이틀전조차 나가지 못하고 계정이 박살난 플레이어가 몇 명이나 있었던 걸까?

"—컥, 쉬익."

그의 목에 《보병궁술》의 화살이 꽂혔다. 에른테는 지면에 쓰러진 채, 아무 말도 하지 못하고 꼼짝하지 못했다. 왼팔에는 화살이 잔뜩 박혀 있어서 활을 당길 수도 없다. 발은 엉망이 되어서 만족스럽게 움직일 수도 없다. 목은 으깨져서, 목소리를 낼 수도 없다. 불쌍하기 그지없는 모습이었다.

나는 에른테에게 걸어가서, 그의 얼굴을 들여다보려는 듯이 그의 머리 옆에 섰다.

"승리를 위해서라면 수단을 가리지 않는다. 두 번 다시 자기한테 맞설 생각이 들지 않도록, 상대의 마음을 철저하게 짓밟는 것도 전법 중 하나. 그게 네 논리지."

안면에서 수 센티미터의 거리에서 《은장궁술》을 준비했다. 에른테의 눈에서 눈물이 넘쳐흘렀다.

자아, 작별 인사다. 앞으로 반년 동안 지옥에서 살게 될, 저주의 인사다.

"여름에 또 보자고. 귀천장."

이렇게, 농밀했던 귀천장전은 막을 내렸다.

"관객들이 질려버렸어요. 아니, 실은 저도 질렸다고요."

"그렇겠지. 나도 노인을 자근자근 밟아주려니 기분이 좋진 않더라고."

오늘 밤, 퍼스티스트 저택에서는 「귀천장전 뒤풀이 파티」가 소소하게 열렸다.

하지만 하인들은 상당히 당황한 것 같았다. 왜냐하면 참가자 중에 캐스탈 왕국 국왕 마인 캐스탈이 있어서다. 이야기를 꺼냈더니 몰래 참가해줬다. 겸사겸사 귀천장전 출전자인 알프레드에게도 이야기를 해보니, 그도 바로 참가 의사를 밝혔다.

"하지만 그 후에 폐하께서 관객에게 진실을 밝혀주셨죠. 세컨드 일섬좌의 시범경기를 이해해줄 겁니다."

알프레드가 나와 마인, 두 사람을 치켜세우듯 그렇게 말했다. 배려심이 넓은걸.

"아뇨. 진실은 아니에요. 명확한 증거가 없으니까요. 그래도 저는 국민에게 사실로서 전했어요."

"알프레드의 눈은 증거가 못 되는 거야?"

"에른테 측에서 저 주술을 걸었다는 증거가 없어요."

"어렵네. 뭐, 그래도 에른테에 대한 세간의 인상은 『몰래 비겁한 짓을 해대서 이겨온 엉터리 타이틀 보유자이자, 핸디캡을 받은 일섬좌에게도 깨진 조무래기 영감탱이』가 되겠지."

"전반부는 바로 제 탓이고요."

"국왕은 말 한마디 하는 것도 참 어렵나 보네."

"네, 당신 덕분에 말이죠."

마인 자식, 이제 할 말을 다 하는걸. 정말 성장했네. 덕분에 술도 술술 넘어가잖아.

"그런데 세컨드 일섬좌. 다음 타이틀전 때는 귀천장전에도 나갈 겁니까?"

연회가 무르익었을 즈음, 알프레드가 단도직입적으로 물었다.

"고민 중이야. 저녁때까지만 해도 나갈 생각이었는데, 일부러 안 나가서 그 자식을 괴롭혀주는 것도 괜찮을지 모르겠거든."

"하하하. 확실히 그 영감탱이로서는 참 괴로운 일이겠지요."

"뭐, 그 외에는…… 실비아가 하기 나름이야."

"세컨드 씨는, 어차피 다른 타이틀전에도 잔뜩 나갈 거죠?"

"당연하잖아?"

"……죄송하지만, 후학을 위해 구체적으로 이야기해주지 않겠습니까?"

"이번에는 일섬좌, 예장, 영왕(靈王)을 획득할 거야. 다음 타이틀전은 아직 예정이지만, 3관의 방어와 투신위, 사창성, 천수장, 천망좌, 비사문, 이렇게 다섯 개를 딸 거야. 귀천장과 금강은 보류. 여유가 된다면 영왕(影王)과 천율성쇄도 노려봐야지."

"……."

"……."

"……말 좀 해. 이러니 내가 이상한 소리를 한 것 같잖아."

"아니, 예상한 것보다 세 배는 많아서 무심코 천국에 계신 아버지를 뵙고 왔어요."

"농담은, 아니겠지요. 목소리에 거짓이 섞여 있지 않으니까요. 이야, 대단하군요. 일섬좌라 부르지 말고, 이제부터 세컨드 3관이라고 부를까요?"

술에 취한 건지, 두 사람 다 농담을 늘어놓기 시작했다.

그러는 사이, 파티는 꽤 흥겨워졌다. 시곗바늘을 보니, 어느새 자정이 지났다. 파티 중에 누구 한 사람 「내일은 예장전이 있으니 적당히 끝내」 하고 말하지 않았다. 왜냐하면 가장 그 말을 할 법한 이 파티의 주역이, 마시지도 않고 먹지도 않고 말도 안 하기 때문이다.

나는 슬슬 끝내야겠단 생각이 들어, 파티 종료를 선언했다.

그리고 해산하기 직전, 알프레드를 불렀다.

"그 눈에 걸린 주술을 푸는 것에 관해서야."

"아!"

눈에 주술이 걸렸다는 이야기는 들었다. 성녀만이 풀 수 있다는 이야기도 말이다.

아마 그 주술은 갑등급 던전에 서식하는 어느 마물에 의한 것이다. 그 마물은 플레이어를 실명시키는 주술을 쓰는 것으로 유명했다. 마물 한정의 스킬이다. 즉, 에른테는 실력이 뛰어난 테이머를 고용했을 것이다.

치료하는 방법은 두 가지다. 하나는 【회복마술】《회복·이(異)》 혹은 《회복·전(全)》을 쓰는 것이다. 다른 하나는 죽었다가 리스폰되는 것이다. 후자는 이 세상에서 불가능하니, 전자가 타당할 것이다.

하지만, 하나 신경 쓰이는 점은…… 『성녀』라는 존재다.

《회복·이》와 《회복·전》은, 아니, 【회복마술】 습득방법은 전부 『카멜교』와 관련이 있다. 치료법에 해당하는 이 두 가지는 카멜 신국이 있는 『성지』에서만 습득할 수 있다.

뫼비온에는 성녀라는 존재가 없었다. 있어봤자 교황 정도다. 게다가 캐스탈 왕국과도 이렇게 사이가 나쁘지 않았으며, 카라메리아 같은 약물도 들어본 적이 없다.

……수상하다. 안 그래?

"언제가 될지 모르겠지만, 내가 익혀오겠어. 그러면 연락을 줄 테니까, 그때까지 카멜교와는 얽히지 않는 편이 좋을 거야."

"……아! 감사하기 그지없습니다. 그리고, 충고 감사합니다."

알프레드는 감격한 표정으로 예를 표하더니, 시종과 함께 돌아갔다.

갑자기 집안이 조용해졌다. 들리는 것은 하인이 식기를 치우는 소리 정도다.

조금 쓸쓸했다. 귀천장전이 끝났다는 것을 다시 실감했다.

"자아, 실비아."

나는 멍하니 있는 용사를 데리고 내 방으로 갔다. 나도 몇 번 경험한 적이 있다. 그래서 잘 안다. 절대 질 수 없는 시합에서 진다는 건, 이런 거다…….

"울어도 돼."

나는 정면에서 마주하며, 상냥히 미소 지었다.

"……흑, 으, 으으으, 으윽—!"

갑자기, 실비아의 눈에서 눈물이 넘쳐흐르기 시작했다.

나는 그녀를 품에 안은 후, 떨고 있는 등을 상냥히 쓰다듬어줬다.

—분하다. 분하다. 분하다. 오열 섞인 목소리로, 몇 번이고 그렇게 말했다.

아아, 그녀는 괜찮다. 분명 다시 일어서서, 맞설 수 있다. 그럴 수 있을 만큼 강하다.

이렇게 강한 실비아가, 좌절할 리가 없다. 전혀 걱정할 필요 없다.

너는, 최고다. 다시 반한다는 건, 이런 걸 두고 하는 말이리라.

그렇게, 우리는 꼭 포옹한 채 밤을 함께 보냈다. 다음은, 예장전이다.

◇◇◇

예장전의 날이 밝았다. 나는 아침부터 텐션이 하늘을 찔렀다.

"오늘을 실컷 놀아야지!"

아침 식사 자리에서, 나는 그렇게 선언했다. 하인들에게 받은 조언 중 하나, 활약하고 도발해서 전 세계의 강자를 하계 타이틀전에 부른다는 작전. 오늘이 그것을 실행에 옮기는 날이다.

"논다고? 뭐, 뭐야. 대체 무슨 짓을 할 작정이지? 불길한 예감밖에 안 드는구나!"

다음 날 아침, 실비아는 겉보기엔 완전히 원래대로 되돌아갔다. 너는 정말 강하구나.

"화려하게 승리하는 것만 생각하며, 효율을 도외시한 과시 플레이를 해보려고."

"……머리가 지끈거리는군요."

유카리가 관자놀이를 누르며 그렇게 중얼거렸다. 술을 너무 많이 마신 걸까?

"타이틀전 활성화를 위한 거야. 기대하라고~. 이번은 몰라도, 다음 타이틀전은 훨씬 재미있을 거야~."

"그렇게 잘 풀릴까……."

"이미 잘 풀리는 걸로 확정이라고~."

"확정~."

"예이~."

에코와 하이파이브를 하며, 흥겹게 아침 식사를 마쳤다.

어제와 그저께는 살벌했으니 오늘은 흥겨운 분위기로 가자.

"아. 세컨드…… 일섬좌. 좋은 아침입니다."

"아, 체리 양. 오래간만이네."

투기장에 도착하니, 출전자용 관전석에는 목각 인형 같은 인상의 키가 작은 검은 머리 여자애, 궁정마술사 체리 양이 있었다. 이곳은 출전자의 관계자도 드나들 수 있다. 즉…….

"누구를 응원하러 왔어?"

"으, 으음, 뭐, 네. 작은 할머님께서 출전하시거든요."

흐음, 작은할머니…… 그건 제쳐두고, 으음? 왠지 태도가 어색한

걸. 전에는 그렇게 독설을 입에 달고 살았는데 말이다. 역시 나한테 맞고 엉엉 운 일 때문일까.

"그때는 미안했어."

"네? ……앗. 아뇨, 일섬좌께서 신경 쓰실 일은 아닙니다."

체리 양은 마치 「방금 듣고 생각났다」는 듯한 표정을 지으며 반응을 보였다. 아무래도 그 일 때문은 아닌 것 같았다. 그럼 왜 이렇게 태도가 어색한 걸까? 게다가 이 애한테 일섬좌라고 불리니 위화감이 엄청났다. 전에는 나를 뭐라고 불렀지? 당신? 그러고 보니 이름으로 불린 적이 없었다. 아, 그런 건가.

"내가 타이틀 보유자라고 그렇게 대할 필요 없어."

"아니, 그런 건……."

이것도 아니었다. 그럼 뭘까. 모르겠네…….

"—이 애는 부끄러워하는 거란다."

"하, 할머님!"

내가 고개를 갸웃거리고 있을 때, 통로 쪽에서 챙이 넓은 삼각 모자를 쓰고 커다란 로브를 걸친 기운 넘치는 할머니가 나타났다. 와우, 멋지네. 딱 봐도 마녀 같은 모습이다. 이 사람이 체리 양의 작은 할머니인가.

"처음 뵙겠습니다. 세컨드라고 합니다. 참 멋지시군요."

"어머, 참 예의가 바르구나. 나는 체스터라고 한단다. 너야말로 사내답게 생겼는걸."

"일섬좌. 저는 부끄러워하는 게 아닙니다. 절대로, 부끄러워하는 게 아니에요. 그 점만은 정정해주세요!"

내가 인사를 나누고 있을 때, 얼굴을 붉힌 체리 양이 필사적으로 부정했다. 그런 반응을 보이면 정답이라고 인정하는 거나 다름없다고. 금방 발끈하는 걸 보면, 변함이 없는 것 같아서…… 조금 안심이 됐다.

"세컨드 님. 체스터 님은 예전에 궁정마술사단장을 맡으셨던 분이다. 무례를 범하면 안 돼."

실비아가 몰래 충고를 해줬다. 고마운 정보다. 내가 임시 과장 보좌 대리이고 제파 제1궁정마술사단장이 과장이라면, 체스터 씨는 부장 정도 될까.

"궁정마술사단장이셨나요? 임시 강사를 맡긴 했었는데, 그런 직책이 있는 줄은 몰랐어요."

"지금은 없지만, 이 늙은이 시절에는 있었단다."

"할머님이 은퇴하신 후로 그 직책을 맡을 실력을 지닌 사람이 나타나지 않았어요."

오오. 그렇다면 체스터 씨는 상당히 강하겠는걸.

……아냐. 이러면 안 돼. 괜히 기대하지 말기로 결심했잖아.

"우리 체리가 신세를 진 것 같구나. 답례를 해야겠는걸."

"아뇨. 저는 강사로서 할 일을 했을 뿐이니까요."

"흐음~, 참 괜찮은 남자네. 체리, 너는 남자 보는 눈이 있구나."

"그만 좀 하세요! 정말!"

체리 양은 이미 체스터 씨에게 내 이야기를 한 것 같았다. 분위기로 볼 때, 칭찬을 한 것이리라. 그래서 부끄러워하는 건가. 귀여운 애라니깐.

"하지만 이 인기남의 실력은 어떠려나?"

"인격에는 자신이 없습니다만, 실력이라면 그 누구보다도 자신이 있습니다."

"맞는 말이야…… 아얏."

실비아가 괜한 소리를 하자, 그녀의 팔꿈치를 몰래 꼬집어줬다.

"그래. 네 마술이 어느 정도 수준인지, 참 기대되는걸."

"첫 시합, 잘 부탁드립니다."

"내가 할 말이란다, 신 일섬좌."

기대를 받고 있는 것 같지만, 전력을 다하진 않겠다. 오늘은 놀기로 결심했으니 말이다.

상대가 체리 양의 할머니일지라도, 계획을 변경할 생각은 없다.

자아, 첫 시합부터 화끈하게 해볼까……!

◇◇◇

예장 무라티 토리코로리. 그는 오늘이라는 날을 죽도록 고대했다. 【마술】의 심연을 들여다볼 수 있을 듯한 느낌이 들었기 때문이다. 그리고 이틀 전— 그는 확신했다.

세 개의 타이틀전에 출전하는 비정상적인 남자, 세컨드 퍼스티스트. 그가 일섬좌를 획득했다. 그것도, 압도적이라는 말도 부족할 정도의 실력을 선보이면서 말이다.

분명 그는 내가 모르는 것을 알고 있다! 그렇게 생각한 무라티는 매우 흥분했다. 예장전까지 기다리지 말고 지금 바로 이야기를 들으러 가고 싶을 정도였다. 하지만 낯가림이 심한 탓에, 좀처럼 행동하지 못했다.

다음날. 예의 시범경기를 본 무라티는 더욱 큰 흥분에 사로잡혔다. 분명 재미있을 이야기를 들을 수 있을 것이다. 그걸 알면서도, 이 뒤룩뒤룩 살찐 몸은 꼼짝도 하지 않았다. 기분 나빠할 것이다. 제대로 이야기를 나눌 수 있을 리 없다. 어차피 내일 만날 거니 됐다. 행동을 하려고 할 때마다, 그런 변명만 머릿속에서 떠올랐다.

그는 외출을 싫어하는 비만 남성이다. 어릴 적부터 30년가량 방에 틀어박혀, 좋아하는【마술】만 하염없이 연구했다. 어쩔 수 없었다. 유일하게 제대로 이야기를 나눌 수 있는 상대라고는 친척인 사로티 정도다. 그의 소꿉친구이자, 오타쿠 동료인 남자다.

그런 그도【마술】에 있어서는 예외적으로 활동적이었다. 경험치 벌이, 새로운【마술】습득, 마물 특유의【마술】조사 등을 위해 빈번히 혼자서 밖으로 나갔다. 하지만 거기에 타인이 끼게 된다면 이야기는 달라진다. 그는 타인이 무서웠다.

누구와도 만나려 하지 않고, 누구와도 이야기를 나누려 하지 않았다. 그런 그에게 붙은 별명은「고고한 예장」— 그에게 있어 불명예스러운 별명이었다.

그런 그가, 오늘, 몇 년 만에 용기를 내려 했다.

자신의 내면에 있는 용기라는 불씨에 필사적으로 연료를 쏟아 넣으면서, 그 거대한 몸을 억지로 움직이려 했다.

"힘내라, 힘내, 무라 님! 지지 마라, 지지 마, 무라 님!"

친구의 성원을 등 뒤로 들으며, 예장전의 무대로 향했다—.

예장전 출전자 닐 바이스로이는 여유로운 표정으로 관전석에 앉아 있었다. 오늘로 128세. 그 여유가 나이에서 비롯된 것이냐면, 그렇지 않았다. 엘프라는 종족은 개체 차이가 있기는 하지만, 기본적으로 나이에 비해 정신 및 육체의 발달이 느리다. 수명은 약 인간의 다섯 배에 달하며, 성장 속도는 인간보다 느리다. 즉, 128세는 인간으로 치면 25세 정도다. 그리고 닐의 정신연령은 스무 살도 되지 않을 것이다.

그래서, 낙관하고 있다. 예장전 도전자 결정 토너먼트 준결승, 닐 바이스로이 대 알파 프롬나드. 이 시합에서 이기면, 닐은 자신의 염원대로 알파를 차지할 수 있다. 이것은 엘프 계에서 마술의 대가인 「바이스로이 가」와 엘프 계에서도 비교적 신흥 마술 가게인 「프롬나드 가」 사이에서 맺어진 약속이다. 결코 뒤집을 수 없다.

욕망에 눈이 먼 닐은 자신이 알파에게 질 거라고는 조금도 생각하지 않았다. 바이스로이 가의 적자와 프롬나드라는 신출내기 가문의 여식. 그것도 예장전 첫 참가에 자신보다 28살이나 어린 그녀가 자신의 상대가 될 리 없다고 여겨도 이상할 게 없었다.

"흥. 저 자식도 주제넘게 우쭐댔지……."

투기장 중앙에서 마주 선 두 사람은 일전에 닐에게 시비를 걸었던 무례한 남자, 세컨드 퍼스티스트와 전직 궁정마술사단장 체스터다.

닐은 세컨드의 얼굴을 멀리서 관찰하면서, 아무에게도 들리지 않게 거친 말투로 증오심을 담아 그렇게 중얼거렸다. 하지만 그의 표정에는 곧 여유가 어렸다.

"그렇게 나를 조롱해놓고, 첫 시합에서 탈락하는 건가? 흥, 웃기지도 않는군."

질 게 뻔하다— 그렇게 생각하는 건 닐만이 아니었다. 【마술】을 아는 이라면 다들 그렇게 생각했다. 세컨드는 【검술】 뿐만 아니라 【궁술】도 갈고닦았다. 그렇다면 【마술】을 습득할 여유가 있을 리 없다고 생각하는 것이다.

게다가 상대는 바로 캐스탈 왕국 최강의 궁정마술사로 이름 높은 「불꽃의 마녀」 체스터다. 【검술】과 【궁술】과 【마술】까지 잡다하게 익힌 자보다, 【마술】 하나만을 익힌 전문가가 더 강할 게 뻔하다고 다들 생각하고 말았다.

"어디 부질없는 발버둥이라도 쳐봐라, 세컨드 퍼스티스트."

그렇기에, 이렇게 기고만장했다. 저 밉살스러운 남자는 질 것이며, 좋아하는 여자는 손에 넣는다. 그리고 운이 좋으면 예장 타이틀도…… 닐은 순풍에 돛을 단 듯한, 탄탄대로를 걷는 같은 기분이었다.

"—시작!"

심판이 신호했다. 드디어 예장전 첫 시합이 시작된다.

자아, 어떻게 나오려나……. 세컨드의 모습을 본 순간, 닐은 무심코 눈을 치켜떴다.

세컨드는 5형의 마술진을 전개한 것이다.

"하, 하하하! 바보군!"

닐은 조소를 터뜨렸다. 다들 그렇게 생각했다. 「영창을 시간 안에 마칠 수 있을 리 없다」 하고 말이다.

5형은 최강이자 최약이다. 위력은 압도적으로 뛰어나지만, 영창에 시간이 걸리는 탓에 대인전에서는 거의 쓸모가 없었다.

"저 남자, 진짜 구제 불능이군."

닐의 조소는 냉소로 변했다. 그의 눈으로 볼 때, 세컨드는 명백한 『조무래기』였다. 「저 자식, 뭐 하는 거야」 하며 어처구니없어하는 게 당연했다.

체스터도 같은 생각일 것이다. 그녀는 세컨드의 발치에 전개된 마술진을 순식간에 간파하더니, 그것이 5형이라는 것을 눈치채자마자 재빨리 접근했다. 그리고 주저 없이 《불 속성·3형》을 영창했다. 준비 시간이 짧으며, 위력 또한 나무랄 데 없는 뛰어난 【마술】이다.

"결판을 내려는 건가. 이걸로 끝나겠지."

닐은 이 3형으로 세컨드가 다운된 후, 그대로 이어지는 1형의 연타에 당해 그대로 패배하리라고 예상했다. 체스터가 접근한 이유는 바로 1형의 연타를 고려해서라고 생각했다.

또한 세컨드가 5형의 영창을 도중에 파기하고 1형으로 변경할 경우, 일부러 그 공격을 맞고 자신의 영창 시간을 벌면서 반격하려는 의도도 있었다. 그럴 경우, 접근하는 편이 체스터에게 매우 유리했다. 거리가 짧아서 상쇄가 어려워지기 때문이다.

"이 한순간에 거기까지 판단하다니, 역시 불꽃의 마녀군. 결승에서는 애 좀 먹겠는걸."

닐은 벌써 체스터가 이긴 후의 일을, 그리고 자신이 알파한테 이긴 후의 일을 생각하기 시작했다.

……하지만, 그 예상은 경악이라는 형태로 뒤집혔다.

"―윽?! 아니?!"

체스터의 《불 속성·3형》이 발동하더니, 세컨드의 복부에 명중했다.

분명, 정통으로 명중했다. 하지만…….

"왜 다운되지 않는 거지?!"

다들 경악했다. 세컨드가 다운되지 않은 것이다. 체스터도 놀란 표정을 숨기지 못했다.

―거기에는, 이 자리에 있는 이들 중에서 세컨드와 무라티 예장만이 명확하게 인식하고 있는 어떤 사실이 존재했다. 그것은 대미지와 HP의 비율과 다운 효과의 관계다.

【마술】 3형의 다운 효과는 「HP를 1할 이상 줄이는 대미지」가 아니면 발생하지 않는다. 이것은 【마술】이 게임으로서 세세한 부분까지 분석된 세계에서 태어난 자, 혹은 취미로 【마술】의 세세한 부분의 세세한 부분까지 연구한 자가 아니면 알 수 없는 사실이다.

즉, 관객의 상식으로는 「3형을 정통으로 맞고 다운되지 않으면 이상하다」이며, 무라티의 상식으로는 「3형을 맞고 HP가 1할도 깎이지 않다니 대단하다」이다.

……그리고, 5형의 준비가 완료되고 말았다.

"말도 안 돼……."

닐은 공포에 떨었다. 긴 역사를 지닌 예장전에서, 5형 마술이 펼쳐진 것은 백몇십 년 만이다. 그럴 만도 했다. 발동시키려 해도, 영창 중에 반드시 다운되고 마는 것이다. 웬만해서는 발동시킬 수 있을 리도 없다.

"마, 맞아! 좋아, 다가가라고!"

닐은 무심코 고함을 질렀다. 왜냐하면 체스터가 세컨드와의 거리를 한계까지 줄인 것이다.

5형은 매우 강력한 범위 공격 스킬이다. 다가가면 지나치게 넓은 공격 범위 탓에 세컨드도 휘말리게 되기에, 발동시킬 수 없다. 체스터는 그렇게 생각했다.

……하지만, 상대는 머리의 나사를 풀었다. 특히 오늘 아침에 그 나사가 더 헐거워졌다.

누가 뭐라 해도 「놀겠다」며 고집을 피웠던 것이다.

그리고, 세컨드는 만면에 미소를 지으면서 《번개 속성·5형》을—자기 몸에 날렸다.

"뭣?!"

그 순간, 투기장 전체가 경악과 당혹에 휩싸였다. 이 자리에 있는 이들이 한 생각은 두 가지로 나뉜다. 「지금 저 녀석은 자폭한 건가?!」, 그리고 「저 마술은 대체 뭐지?!」다.

눈부신 섬광이 번쩍이더니, 천둥 같은 굉음이 일대에 울려 퍼졌다. 투기장 중심에서는 번개가 용처럼 날뛰고 있었다. 관객들은 그 빛 한 줄기 한 줄기에서 온몸의 털을 솟구치게 하는 살상력을 느꼈다. 불 속성도 물 속성도 바람 속성도 흙 속성도 아닌 처음 보는 【마술】, 존재할 리가 없는 【마술】. 예장 무라티조차 처음 보는 특수한 속성. 정령대왕 앙골모아와, 그 주인에게만 허락된 힘— 번개 속성 마술.

"윽…… 쿨럭……."

점점 잦아드는 번개 안에서, 한 남자가 모습을 드러냈다. 남자는 온몸이 상처투성이였다. 그뿐만 아니라 피를 흘리고 있었으며, 새하얗고 아름다운 피부는 무참하게 타들어간 부분도 있었다.

……한편, 그 옆에 기절한 채 뻗어 있는 노파는 멀쩡했다.

그 모습은 광범위하게 수도 없이 방출되는 번개의, 그 최초의 몇 발이 『치명상』이 된 것을 의미했다. 그 후의 번개는 전부 결투 시스템에 의해 무효화된 것이다.

마술사란 그 정도로 빈약한 HP를 지녔다. 반대로 검술사는 근거리 전투 직업이기에 HP를 올라가기 쉽다. 게다가 궁술사이자, 소환술사이며, 에코를 훈련시키기 위해 【방패술】 스킬도 고단까지 올린 세컨드의 HP는 체스터의 몇십 배는 됐다.

그렇기에, 세컨드는 《번개 속성·5형》을 견뎌냈다. 강렬한 고통을 오랫동안 받는다는 대가를 치르면서 말이다.

……즉, 그는 퍼포먼스를 보인 것이다. 온몸이 타들어갈 정도의

번개를 피하는 것보다, 예장전을 달아오르게 해서 하계 타이틀전에 강자들이 나오게 하기 위한 퍼포먼스를 말이다.

그것을 놀이라고 말하는 걸 보면, 그는 그 누구도 감당할 수 없는 존재일 것이다.

"스…… 승자, 세컨드 퍼스티스트!"

심판은 당황한 채 그렇게 선언했다. 하지만 결과는 결과다. 예장전의 기념비적인 첫 시합은 세컨드의 자폭 공격에 의한 승리라고 하는, 경악스러운 결과로 끝났다.

◇◇◇

첫 시합의 내용은, 관전자 전원에게 어마어마한 충격을 안겨줬다.

특히 충격을 받은 이는 바로 예장 무라티 토리코로리였다. 세컨드가 펼친 《번개 속성·5형》…… 그 마술진을 본 순간부터, 그는 자리에서 벌떡 일어나 무심코 고함을 질렀다.

환희, 경악, 흥분. 그 어떤 말로도 표현할 수 없다. 그의 감정은 36년 인생에서 가장 큰 폭발을 일으켰다. 그렇다. 역시 존재했다. 이 세상에는, 존재한 것이다. 아직 본 적 없는【마술】이—!

"……아!!"

무라티는 투기장 중심에서 미지의【마술】을 행사한 청년의 일거수일투족을, 구멍이 뚫릴 것만 같을 정도로 응시했다. 이 순간, 그는 인생에서 가장 집중했다.

마치 태어나서 처음으로 본 영상 작품에 몰두한 어린애 같았다. 입을 쩍 벌린 채, 그저 하염없이 뿜어져 나가는 번개를 응시했다. 그에게 있어 저 번개 속성 마술은 그 어떤 오락보다도, 수면보다도, 식사보다도, 여자의 몸보다도, 약물보다도 더 끝내주는 쾌락 같았다.

인생을 걸고 추구해온【마술】의 심연. 그것이 느닷없이 구현되어서 눈앞에 강림한 것만 같은, 너무나도 직접적이고 자극적이며 궁극적인 충격이다. 뇌에 직접 쾌락 물질을 끼얹은 듯한 행복과 절정을 느꼈다. 즉…….

"최~~~~~~고—!!"

"드디어 이 순간이 왔구나, 알파. 이 시합이 끝나면, 약혼하자."

예장전 도전자 결정 토너먼트 준결승. 닐 바이스로이 대 알파 프롬나드.

물빛 머리카락을 지닌 잘생긴 남자 엘프와, 짙은 갈색 롱 헤어에 검은 테 안경을 쓴 수수한 인상의 글래머 여자 엘프의 시합이다. 세간의 평가로는 닐의 우세로 점쳐지고 있다. 알파는 첫 참가이기에, 경험과 실력이 닐보다 뒤처졌다.

"저, 저기……."

"음? 왜 그러지?"

알파가 무슨 말을 하려고 입을 열자, 닐은 느끼한 어조로 그렇게 물었다.

알파는 잠시 침묵한 후, 닐을 쳐다보면서 이제까지와 다르게 강한 어조로 말했다.

"저는 안 질 거예요."

안경 너머의 눈에서, 투지가 불타오르고 있었다.

"……."

불의의 반항에, 닐은 침묵했다. 이틀 전까지만 해도 알파는 체념하고 있었다. 프롬나드 가문에 태어난 자의 숙명이라고, 가문을 위한 일이니 괜찮다고 어쩔 수 없다고 여겼다. 하지만 태어나서 처음 본 일섬좌전이, 귀천장전이, 그녀에게 용기를 줬다.

승리를 위해 사력을 다하는 아름다움. 기술을 향상시키기 위해 고심하고, 개량하며, 노력하는 숭고함. 그리고 진다는 것을 알면서도 맞서는 자의 강함.

그녀는 진심으로 동경했다. 자신도 그렇게 되기를 바랐다. 백 살이라는 젊은 나이가, 그녀를 그렇게 만들었다.

"그 남자에게 무슨 말이라도 들은 건가?"

"……그렇다면 어쩔 거죠?"

닐이 날카롭게 노려봤다. 최근의 불순분자라면 그 남자, 세컨드뿐이다.

"이기는 건 나다. 이 시합이 끝나면…… 각오해라."

"—큭."

알파의 등을 타고 오한이 흘렀다. 닐의 눈이 순식간에 폭력적으로 변모한 것이다. 자기도취라는 마스크를 던지자, 그의 본성이 드러났다.

"두 사람, 위치로!"

심판이 지시를 내렸다. 닐과 알파는 서로와 거리를 벌리더니, 지정된 위치에 섰다. 그리고…….

"—시작!"

드디어, 시합이 개시됐다.

……재미있게도, 그 후에는 일방적인 대결이 펼쳐졌다.

닐은 다양한 손속과 방법을 동원해 알파를 공격하려 했고, 알파는 아슬아슬한 사정거리에서 1형을 쏴댔다. 닐은 초조했다. 한 번도 공격을 성공시키지 못해서였다. 그럴 만도 했다. 알파는 공격보다 회피에 전념하고 있었다. 1형이라고 하는 준비 시간이 가장 짧은 【마술】의 영창 중에도, 닐의 공격을 눈치채면 직전에 영창을 파기하며 전력으로 회피 행동을 취할 정도였다. 신중함을 그림으로 그린 듯한 전투 스타일이다.

그리고, 빈틈을 발견하면 1형을 날렸다. 하염없이 회피하고, 조금씩 공격했다. 멋진 히트 앤드 어웨이였다. 1형은 위력이 약하지만 【마술】 중에서 가장 빠른 공격 수단이다. 닐은 그 공격에 일일이 대응하느라 뜻대로 공격을 펼치지 못했다.

그러자, 닐도 1형을 이용한 히트 앤드 어웨이를 전법으로 채용했다. 하지만, 쉽지는 않았다. 현재 알파에게 선수를 빼앗겼기에 닐이 주도권을 되찾는 건 어려웠다. 그래서 카운터를 노리려 해도,

【마술】에 【마술】을 맞춰서 상쇄시키려면 유리 속성 혹은 같은 속성이어야만 한다. 그래서 대응에 쫓기다 보니, 계속 주도권을 빼앗기고 말았다. 그렇다고 공격을 맞는 것을 각오하며 난타전을 벌이더라도, 같은 페이스로 대미지를 입는다면 알파의 1형을 이미 몇 발이나 맞은 닐이 먼저 쓰러지고 말 것이다.

—외통수다. 설마, 자신이 이런 상황에 몰리다니…….

하지만 아무리 머리를 굴려도 닐은 적당한 대책이 하나도 생각나지 않았다.

초조해졌다. 이대로 가다간 알파를 손에 넣을 수 없다. 게다가 「약혼이 걸린 일전에서 프롬나드 가의 여식에게 박살난 남자」로서, 평생 바보 취급을 당하고 만다.

초조했다. 초조했다. 초조했다…….

"젠자아아아앙!!"

닐이 울부짖었다. 위협했다. 알파를 협박했다. 폭언을 토했다. 하지만 알파는 개의치 않으며 그저 냉정히 회피하고, 거리를 벌리며, 1형을 계속 펼쳤다. 간단한 일은 아니다. 주정뱅이가 계속 귀찮게 구는 상황에서 폭탄 처리를 하는 것이나 다름없다. 어중간한 집중력으로는 불가능하다.

그리고, 30분이 흘렀다. 시합 시간은 한 시간. 즉, 반환점이다.

이대로 가면, 더 많은 대미지를 입힌 알파의 판정승이다.

"……아!"

시합 시간은 20분 남았다. 바로 그때, 닐은 좋은 생각이 났다.

일전의 세컨드 대 체스터 전. 거기서 체스터가 취한 작전은 5형 영창 중인 세컨드에게 접근해서 3형을 날리는 것이었다.

—『접근』. 그리고, 일부러 1형을 맞아서 자신의 영창 시간을 번다.

"이 방법뿐이야……!"

닐은 무방비하게 알파를 향해 전력 질주했다. 알파는 거리를 벌리면서 1형을 날렸다.

"—큭!"

닐은 일부러 무방비한 상태에서 돌진했다. 그리고 1형을 맞으면서도 《물 속성·3형》의 영창을 시작해서, 즉시 발동시켰고—.

"꺄앗."

드디어, 알파에게 공격을 명중시켰다.

"하, 하하, 해냈다!"

닐은 매우 기뻐했다. 1형 몇 발보다 3형 한 발이 위력은 크다. 즉, 이대로 시합 시간이 끝날 때까지 가면 닐의 판정승이다. 게다가…….

"자아! 네가 펼친 교활한 작전이다! 그대로 갚아주마!"

알파가 다운되면서, 공격의 주도권이 바뀌었다.

이번에는 닐이 히트 앤드 어웨이로 알파를 농락하게 된 것이다.

알파는 신중하게 회피했다. 그리고 신중하게 대응했다. 하지만, 반격할 기회는 단 한 번도 찾아오지 않았다.

남은 시간은 15분. 이 상황이 이어지다간, 알파의 판정패다.

"……큭."

하지만, 어찌할 방법이 없다.

그녀는 반쯤 포기했다. 죽을힘을 다해 기어 올라온 절벽에서, 그대로 미끄러져 떨어지고 말았다. 그렇게 또, 예전의 그녀로 돌아갈 뿐이다. 강함을 동경하기 전의, 그저 약자이던 그녀로 말이다.

"—진정해!"

관전석에서, 고함이 들려왔다.

귀에 익은 남자 목소리였다. 그녀는 돌아보지 않고도, 그 목소리의 주인이 누구인지 눈치챘다.

"크……!"

불가사의하게도 몸에 힘이 들어갔다. 용기가 샘솟았다. 맞서려 하는 기력이 샘솟았다.

그의 말이니, 아직 승기가 있을 것이다. 왠지 그녀는 그렇게 납득했다.

……지고 싶지 않다. 심장이 크게 뛰었다. 그녀의 감정이 매우 고조됐다.

그리고, 그의 말을 떠올렸다. 3형은 최악의 상황에서의 눈속임—.

"……아! 갑니다!"

그녀는, 눈치챘다. 눈속임이란 말 그대로 상대의 눈을 속인다는 의미다. 거짓, 속임수, 현혹이다.

알파는 닐의 《물 속성·1형》을 피하면서, 주저 없이 《바람 속성·3형》을 영창하기 시작했다. 영창을 마칠 수 있을 리가 없다. 그건, 누구나 알고 있다.

"멍청한 자식! 부질없는 저항이다!"

닐은 기회라는 듯이 준비 중이었던 《물 속성·1형》의 영창을 마친 후, 회피에 집중하기 위해 움직였다.

이 상황에서 두 사람의 성격 차이가 드러났다. 신중한 알파라면 이때 1형의 영창을 즉시 캔슬하며 회피에 전념했을 것이다. 하지만 닐은 「상대가 3형을 영창 중이라면 1형을 맞춘 후에 피해도 여유롭다」고 생각하고 말았다.

사실, 그 생각이 옳았다. 3형의 영창은 금방 끝나지 않는다. 하지만…….

"멍청한 건, 당신이에요!"

알파는 《바람 속성·3형》의 영창을, 개시하고 겨우 0.3초 만에 파기했다. 3형은 눈속임이다. 한순간, 상대가 「3형을 영창하고 있구나」라고 생각하게 만들려는— 페이크다.

"아니?!"

그 직후, 닐의 머리에 《바람 속성·1형》이 정통으로 명중했다. 3형 파기 직후에 준비한 1형이다.

그렇게 공수가 교대됐다. 남은 시간은 약 10분. 총 대미지 양은 닐이 약간 우세했다. 하지만 알파는 매우 차분했다. 「조바심내지마」라고, 그 사람이 말해주는 느낌이 들었다.

그 후, 그녀는 꾸준히 히트 앤드 어웨이를 이어갔다. 닐의 접근과 페이크에도 현혹되지 않으면서 신중하게 1형으로 공격했다.

남은 시간은 1분. 누적 대미지 양이 드디어 역전됐다.

"—시합 종료! 판정에 따라, 알파 프롬나드의 승리!"

그리고, 그녀는 승리했다.

◇◇◇

예장전 도전자 결정 토너먼트 결승.

시합 직전, 나는 글래머 안경 엘프인 알파 프롬나드와 대화를 나눴다.

"저기, 세컨드 일섬좌. 일전에는 감사했어요."

"조언 말이야?"

"네. 당신의 조언이 없었으면, 저는 졌을 거예요."

"그래도 너는 재능이 있어. 내 조언을 듣고 이틀 만에 그 수준에 도달한 거잖아? 센스가 끝내줘."

"……가, 감사합니다."

내가 솔직하게 칭찬해주자, 그녀는 볼을 붉히며 고개를 숙였다.

안경과 머리카락에 가려서 표정이 보이지 않지만, 분명 부끄러워하고 있을 것이다.

"두 사람, 위치로."

심판의 지시에 따라, 거리를 벌렸다.

자아, 이번에는 상냥하고 부드럽게 가자. 첫 시합이 화려했으니, 이쯤에서 완급을 조절하는 것도 중요하다. 너무 기름진 것만 먹으면, 관객들도 속이 더부룩할 것이다. 하루 세끼 전부 튀김을 먹는 건 무리잖아?

"—시작!"

시합이 시작됐다. 알파의 전법은 닐과 싸웠을 때와 마찬가지로 《바람 속성·1형》을 이용한 히트 앤드 어웨이였다. 나는 이번에 번개 속성을 봉인했다. 왜냐하면 알파가 상쇄할 수 없기 때문이다. 번개 속성이 대인전에서 반칙급으로 강한 이유 중 하나는 【마술】을 격돌시켜 상쇄시킨다는 대응이 어렵단 점이다. 그걸 쓰면 너무 일방적이라 재미없다.

"어이, 이건 알아?"

나는 알파의 1형을 가볍게 피한 후, 그렇게 말하면서 지면에 엎드렸다.

"뭐, 뭐하는 거죠…… 앗!!"

알파는 곧 눈치를 챈 것 같았다. 그렇다. 이 자세에서 【마술】을 영창하면 술자의 발치에 출현하는 마술진이 잘 보이지 않는다. 즉, 속성과 【마술】의 형을 간파하기 어려운 것이다. 매우 원시적이지만, 꽤 성가신 수법이다. 하지만 보기에 꼴사나운 만큼 그다지 쓰고 싶지는 않다.

그렇게, 엎드린 채로 《물 속성·1형》을 발동시켰다. 알파는 한 템포 늦게 같은 《물 속성·1형》을 써서 대응했다. 관찰력이 나쁘지 않다.

"괜찮네. 그럼, 이건 어때?"

나는 이어서 《바람 속성·1형》을 영창했다. 알파는 사정거리 밖으로 도망치기 위해 거리를 벌리기 시작했다. 히트 앤드 어웨이의 기본이다. 이러면 내가 곤란해진다고 여기고 있겠지만…….

"말도 안 돼?!"

내 《바람 속성·1형》은 내 발치에 발사됐다.

그 풍압을 이용해 점프한 나는 몸을 대각선 45도 방향으로 띄웠다.

대미지 판정이라 조금 아프지만…… 이것으로, 단숨에 거리를 좁힐 수 있었다. 그리고…….

"이건 이동 중이 아니라 영창이 가능하거든."

점프 순간부터 영창을 개시해서, 영창을 하며 이동한다고 하는 원래라면 생각도 할 수 없는 상황이 가능해졌다. 사정거리 밖으로 도망친 알파에게 다가가서 《불 속성·3형》의 영창을 진행하며 착지했다.

"착지를 실수하면 영창이 망하니까 주의하라고."

한 마디 덧붙이면서 3형의 준비를 마쳤다. 알파의 위치는 적정 사정거리. 이 3형은 언제든 쏠 수 있다. 확실하게 명중할 것이다. 나와 알파의 공격력 차이를 생각하면 틀림없다. 그녀는 유효한 대응을 하지 못한 채 패배할 운명이었다.

……하지만, 나는 일부러 한 박자 기다려줬다. 알파가 어떻게 대응할지 보고 싶었다. 그녀는 센스가 뛰어나다. 가르쳐주고 싶은 게 잔뜩 있다. 아직 지도 대전을 이어가고 싶었다.

"큭……!"

그리고, 알파는 놀랍게도 그 자리에서— 엎드렸다.

"……아아, 최고야."

이 상황에서 생각해낼 수 있는 최고의 대응이었다. 엎드려서 영창해 마술진을 숨겨서, 패배가 확실한 상황인데도 「무엇을 할지 모른다」고 하는 긴장을 상대방에게 강요하는, 실수를 유도하는 교묘한 한 수다.

그뿐만이 아니다. 이 『포복 영창』을 내가 가르쳐준 것은 바로 몇 분 전이다. 그런데도 그녀는 응용을 했다. 완벽하게 궁지에 몰린 이 상황에서, 최고의 형태로 말이다.

"좀 더, 해볼까."

나는 《불 속성·3형》을 알파의 코앞을 향해 날린 후, 후퇴하듯 거리를 벌렸다.

더, 더, 보고 싶다. 그녀에게 많은 것을 가르쳐주고 싶어졌다.

"네……! 잘 부탁드립니다!"

3형의 여파를 맞고 약간의 대미지를 입은 알파가 필사적으로 나를 물고 늘어졌다.

……그로부터 수십 분간, 우리는 관객들 앞에서 지도 대전을 이어갔다.

관객들은 「꽁냥대지 마!」, 「이건 시합도 뭐도 아니잖아요!」, 「역시 가슴이냐! 가슴인 거냐!」, 「돌아가서 드릴 말씀이 있습니다, 주인님」, 「배고파~!」 같은 소리가 들려왔다.

때로는 이런 것도 괜찮잖아. 너희도 공부가 되지 않았어?

"시합 종료! 승자, 세컨드 퍼스티스트!"

심판이 판결을 내렸다. 나와 알파는 웃으며 악수를 한 후, 무대를 뒤로했다.

자아, 다음은 드디어 예장과의 대결이다. 과연 어떤 녀석일까? 기대된다.

◇◇◇

"아, 아아, 아, 아, 안녕하세요."

예장전, 최종 시합. 위험한 녀석이 무대에 올라왔다.

"……안녕."

"으, 헤, 으, 으흐. 세, 세. 세컨드 씨. 으흐흐……."

예장 무라티 토리코로리. 한마디로 말하자면……「오타쿠」일까?

덩치가 좋은 정도가 아니라 배가 셔츠를 찢고 튀어나올 것만 같을 정도로 살이 뒤룩뒤룩 찐, 안경을 쓰고 땀을 삐질삐질 흘리는 남자다. 그리고 숨이 가쁘고, 괜히 친한 척을 하며, 움직임이 이상하게 민첩한데다, 말투도 독특했다. 아키하바라에서 흔히 볼 듯한 인상이다.

"아, 앗, 맞다. 세컨드 씨. 버, 번개, 번개 속성 말인데요~."

더듬거리는 말투, 뜬금없는 발언, 압도적으로 서툰 회화 능력, 그리고 쓸데없이 친근한 태도……. 이 녀석은 인간도, 엘프도, 수인도 아니다. 오타쿠란 종족이 틀림없다.

"소생은, 마술을 좋아해서, 아, 번개 속성, 엄청났어요. 후헤헤. 하지만 소생도 안 진달까, 아~. 어, 맞다. 저기, 4대 속성의 5형 습득 방법, 전부 가르쳐줄테니, 버, 번개 속성 마술, 이야기를, 들려 달라고나 할까…….”

부자연스러운 일인칭을 쓰고, 자기가 흥미가 있는 이야기만 하며, 틈만 나면 혼잣말을 늘어놓는 데다, 멋대로 이야기를 마무리 지으며, 쓸데없이 우위에 서려 하며, 중요한 부분을 말하다 혀가 꼬이는 걸로 모자라, 전체적으로 거동이 수상했다.

틀림없다. 이 자식은 오타쿠다……!

“어, 어때요? 어떤가요? 조, 조건은 나쁘지 않다고…….”

“아니, 이미 다 알거든.”

“어어…… 그런가요. 아~. 그럼 어쩐다…… 아…….”

일격에 남은 목숨이 바닥난 것 같았다. 왠지, 이 녀석…… 좀 귀엽다는 생각이 들었다. 아, 이상한 의미는 아니다. 자기 나름대로 필사적으로 커뮤니케이션을 하려는 느낌에서, 나는 꽤 호감을 느꼈다.

“이 시합에서 선전하면, 들려줄 수도 있어.”

“앗, 신이시여! 세컨드 씨, 완전 신!”

“그렇지? 숭배해도 돼.”

“너무 신성해서 소생은 과다 기쁨 경보 발령 중인 건에 대해…… 아, 번개 속성 말고도 완전 신이었달까요. 드러누워서 마술진을 숨기거나, 날아서 이동하며 영창한다든가 같은 발상은 너무 놀라서 두피가 다 벗겨질 정도였을까요.”

“네 체형으로는 둘 다 쉽진 않겠지만 말이야.”

“으, 으흐, 이거 한 방 먹었군요. 아야야야.”

……어라? 이상한데. 이야기를 나누고 있으니 즐겁다.

이 녀석도 나한테 익숙해진 건지, 대화가 꽤 자연스러웠다.

"왜 번개 속성 마술에 관해 알고 싶은 거야?"

"잘 물어보셨어요. 소생은 어릴 적부터 마술 연구를 해왔는데요. 아, 참고로 소생은 여덟 살에 왕립 마술학교를 졸업했소이다. 처음에는 꾸준히 다녔는데 죽도록 괴롭힘을 당해서 월반으로 1년만에 졸업했지요. 그 후로 한 36년 인생 전부를 마술에 쏟아부으며 지금에 이르렀는데, 그런 소생조차도 번개 속성 마술은 한 번도 본 적이 없습니다! 상식적으로 생각해서, 어떻게 신경이 안 쓰이겠냐고요!"

"그래. 아, 알았어! 알았다고! 떨어져! 얼굴이 너무 가깝다고!"

"시, 실례했습니다."

이 자식, 거리감이 엉망진창이네.

여덟 살에 마술학교를 졸업한 건가. 5형과 4대 속성을 전부 습득한 것 같으니, 다른 출전자와는 레벨이 다르다. 연구라는 착안점도 좋다. 이익을 추구하는 것이 아니고, 누구에게 공개하는 것도 아니며, 전부 부질없어질지도 모른다. 언뜻 봐선 독이 될지 약이 될지 모르는 세세한 부분에 열중하고 있는 것이다. 왠지 공감되는걸.

무라티는 분명 【마술】을 너무나도 좋아할 것이다. 나도 그렇다. 뫼비우스 온라인이라는 게임을, 너무나도 좋아한다.

"좋은 시합을 하자."

"오오~. 세컨드 씨 상대로 선전해서 번개 속성 마술에 관해 듣자 편~.”

“그래그래.”

텐션이 너무 상승해서 정신이 나간 걸까? 괜찮으려나. 겨울인데도 땀범벅이 됐다.

“두 사람, 위치로.”

평소처럼 지정된 위치로 이동했다. 무라티는 기우뚱거리며 걸어갔다. 운동신경이라고는 조금도 없어 보였다. 정말 괜찮은 걸까.

놀자고 생각했지만, 이래서는 예상보다 더 봐줘야 할지도 모르겠다.

“—시작!”

시합이 시작됐다. 그 직후, 무라티는 《불 속성·1형》을 날렸다. 사정거리 밖에서—.

“하하!”

걱정할 필요는 없는 것 같았다. 이 자식, 뭘 좀 아는걸!

“자아, 갑니다~!”

지면에 명중해서 활활 타오르는 불꽃이 무라티의 발치에 펼쳐진 마술진을 가렸다. 나무랄 데 없는 첫수다. 아마 이 녀석은 『정석』을 가지고 있다. 독자적인 정석을 말이다. 그렇다면, 평가해줘야 할 것이다.

“덤벼!”

나는 옆 방향으로 이동하면서, 무라티가 《물 속성·3형》을 영창하는 것을 간파한 후에 《바람 속성·3형》을 준비했다.

【마술】의 속성 사이에는 상관관계가 존재한다. 「불〉흙〉바람〉물〉

불」이라는 형식으로 유리 속성과 불리 속성을 지녔다. 【마술】에 【마술】을 명중시켜 상쇄시킬 경우, 기본적으로 동일 속성 혹은 유리 속성으로만 가능하다. 하지만 유리 속성을 명중시킬 경우는 엄밀하게 따지자면 상쇄가 아니라 『소멸』시키는 것이지만, 큰 차이는 없다.

여기서 중요한 것은 바로 어느 쪽이 선수이고 어느 쪽이 후수인가. 동일 속성 혹은 유리 속성으로 격돌한다면 후수에서 대응할 때만 상쇄 혹은 소멸이 가능해진다. 선수이냐 후수이냐는 【마술】을 펼치는 순간에 결정된다. 당연히, 먼저 쓴 쪽이 선수다.

"얍."

"핫."

서로가 느긋한 목소리로 3형을 펼쳤다.

후수인 나의 바람 속성이 유리 속성이기에, 무라티의 《물 속성·3형》은 공중에서 흩어졌다.

"오우~."

그 순간, 무라티의 MP가 감소했다. 이것이 유리 속성으로 소멸시켰을 경우의 추가 효과다. 예장전에 올라오는 실력자의 스테이터스라면 개의치 않아도 될 정도의 손실이다.

"바람을 쓴다면, 이걸 쓰도록 할까요."

이어서 무라티는 《흙 속성·1형》을 영창하기 시작했다.

호오, 호오! 아까 내가 바람으로 대응하면서 이 근처에는 물이 안개처럼 흩뿌려졌다. 흙 속성에 대응하려면 동일 속성인 흙 아니면 유리 속성인 불을 써야 한다. 하지만 불 속성은 현재 나와 무라티 사이에 흩뿌려진 물 때문에 불리했다. 으음, 함정인가. 아마 완전히 소멸시킬 수는 없을 것이다. 그렇다면 나는 《흙 속성·1형》을 맞게 된다. 그러니 흙 속성으로만 대응할 수 있다. 이쪽의 행동을 강제하려는 것이다. 역시 정석을 지니고 있는 것이다.

"좋아, 좋아!"

1형 정도는 맞아봤자 아무렇지도 않다. 하지만 그렇다고 맞아준다면 재미없다.

나는 즉시 《흙 속성·1형》을 준비한 후, 무라티의 공격에 대응했다.

"역시 걸려들지 않는 것인가요. 그렇다면……."

무라티는 한순간 3형을 영창하는 듯한 페인트를 넣은 후에 《물 속성·1형》을 영창했다.

물 흐르듯 자연스러운 눈속임이다. 꽤나 익숙해 보였다. 하지만 나는 속지 않으며 《바람 속성·1형》으로 대응할 준비를 했다.

"……어이쿠."

영창 완료 후, 무라티는 1형을 날리지 않고 즉시 캔슬했다. 그리고 바로 《바람 속성·3형》을 영창하기 시작했다.

으음. 이대로 내가 개의치 않으며 1형을 날린다면, 상대는 아마 다운될 것이다. 나는 INT가 꽤나 높고, 상대는 전업 마술사라 HP가 낮으니 말이다. 하지만 원래라면 다운이 되지 않고, 상대는 3형을 늦지 않게 펼칠 것이다. 그게 무라티의 정석이리라.

조금만 더 맞춰주며 그의 정석을 살펴보는 것도 재미있겠지

만…… 그냥 쏴버리자.

"크억~! 마, 맙소사…… 위력이 너무 세……."

직격. 예상대로 무라티는 다운됐다. 이걸로 3형 영창은 중단됐다. 게다가 상당한 대미지를 받은 것 같았다. 발이 후들거리고 있었다.

"꽤 괜찮은 작전이었어. 스테이터스가 차이나지 않았다면 해볼만했을 거야. 번개 속성에 관해 이야기해줘도 괜찮겠는걸."

"어엇?! 세, 세, 세컨드 씨이~!"

"이번 타이틀전이 끝나면, 우리 집으로 와."

"꼬, 꼭 가겠습니다! 꼭 가겠어요~!"

무라티는 감격했다. 너무 감격한 나머지 눈물마저 흘리고 있었다. 아아…… 이 자식은 예장 따윈 아무래도 상관없을 것이다. 【마술】에 관해서 알 수만 있다면, 다른 건 아무래도 상관없는 것이다.

흐음, 괜찮은걸. 나는 이해가 안 되지만, 왠지 보고 있으니 시원시원한 느낌이 들었다.

"언제든지 와도 돼."

"네, 네에……. 으흑, 갈게요……. 우, 우엥……."

……시합 중이라는 게 믿기지 않는 상황이다. 그것도 그럴 것이, 서로가 멀뚱멀뚱 선 채 잡담만 나누고 있으니 말이다. 게다가 한 사람은 엉엉 울고 있었다.

하아, 어쩔 수 없지. 마지막으로 화끈하게 분위기를 띄운 후에 끝내도록 할까.

"특별 서비스야. 똑똑히 봐두라고."

"끄, 끄끄, 끝내주는 것, 인가요?!"

"그래. 그러니 빨리 울음 그쳐. 짜증난다고."

나는 무라티와 거리를 조금 벌린 후, 《불 속성·3형》을 영창했다.

"단발 마술에는 2분의 1의 확률로 대응할 수 있어."

"하핫. 확실히, 이, 2분의 1이죠~. 네 가지 속성 중, 유리 속성과, 동일 속성으로요."

"그래. 하지만, 그래선 전술로선 부족하지 않아?"

"네? 그게 무슨 소리죠?"

"2분의 1의 확률로 운 좋으면 대응할 수 있잖아. 그럼 재미없지 않겠어? 운 요소가 섞여있으니 말이지. 실력으로 짓밟아줄 수가 없다고."

무라티는 영문을 모르겠다는 표정을 짓더니, 조그마한 동물처럼 고개를 갸웃거렸다. 나이 꽤나 먹은 아저씨가 귀여운 척하는 것 같아서 매우 징그러웠다.

"오칸류라고 불리는 거야."

"오, 오한이라고요?"

오칸류란 이름의 유래는 두 가지다. 하나는 처음으로 이 전법을 쓴 이가 「Ok4NN(오칸)」이어서다. 그리고, 다른 하나는—.

"마술에 마술을 『복합』시키는 마마술이지."

"네?!"

마궁술이 있고, 마검술이 있다. 그렇다면 마마술이 있더라도 이상할 건 없다. 마마술이라면, 결국 【마술】만 쓰는 것이니 예장전에 서도 써도 될 것이다…… 하고 Ok4NN 씨가 시합 직전에 말했고, 실제로 예장전 본선에서 쓴 것에서 비롯됐다.

그 결과, 아무런 문제도 없이 쓸 수 있었다. 다들 놀랐고, 또한 웃었다. 좋은 시대였다.

Ok4NN 씨가 쓴, 마마술. 그래서—『오칸류』.

"《불 속성·3형》과 《바람 속성·3형》의 복합. 이걸 상쇄할 수 있는 건 동일한 복합 마술뿐이야. 유리 속성은 없지. 불과 바람에 동시에 이길 수 있는 속성은 존재하지 않거든. 그러니 운에 맡기고 대응할 경우, 성공확률은 6분의 1까지 줄어."

그렇게 말하고 《불 속성·3형》에 《바람 속성·3형》을 《복합》시켰다.

"아, 아~! 하아~! 하아아아아앗!!"

"우왓. 갑자기 왜 그러는 거야?"

"……죄, 죄송합니다. 그게, 너무 흥분해서요. 처음으로 들어본 스킬인지라요."

무라티는 양손을 치켜들며 환성을 지른 후, 거친 숨을 내쉬며 그렇게 말했다.

아직 본격적으로 시작도 안 했는데, 괜찮으려나……?

"복합, 상승, 유격. 마마술에는 세 종류가 있어."

다른 것도, 예를 들자면 마궁술도 마찬가지다. 각각의 《복합》은 【궁술】에 하나의 【마술】을 펼치는 스킬이다. 《상승》은 【궁술】에 두 가지 【마술】을 부여해 펼치는 스킬. 《유격》은 【궁술】과 【마술】의 화력을 합친 차지식 배율 공격 스킬.

《상승》이 오칸류에서 중요한 스킬이 된다. 나는 《불 속성·3형》과 《바람 속성·3형》의 《복합》을 파기한 후, 다시 처음부터 《불 속성·3형》을 영창하기 시작했다.

"복합은 마술로 마술을 펼쳐. 그러니 두 개의 마술만 합칠 수 있어. 하지만 마술에 두 가지 마술을 싣는 『상승』이라면…… 이렇게 되지."

"?!!!"

《불 속성·3형》에 《바람 속성·3형》과 《흙 속성·3형》에 의한 《상승》, 즉…….

"세 가지 마술을 합치는 거야. 핵심은 무엇에 무엇을 싣느냐에 따라, 대응이 달라진다는 점이거든."

복잡해지기 시작했는걸~.

"처음의 하나와 나중에 싣는 두 개를 따로 생각해야만 해. 그러니 이 녀석에 대응하려고 할 경우에는 조합이 늘어나니까…… 으음. 대응 자체가 현실적이지 않아."

그렇게 말하며 《상승》을 캔슬했다.

그리고 다시 한번. 이번에는 세 개의 【마술】을 동시에 영창했다.

"이렇게 동시에 영창할 수 있어. 마술진은 발치에 세 개 다 전개되지만, 순식간에 1+2의 속성에 대응할 준비를 하는 건…… 매우 어렵지."

불가능하진 않지만 말이야.

"알겠어? 이렇게 운 요소를 줄이면, 전술의 폭이 넓어지는 거야."

"　"

반응이 없다. 무라티는 입을 쩍 벌린 채, 얼이 나가 있었다.

이야, 이렇게 멋진 리액션을 보여주니 설명하는 보람이 있는걸.

"좋아. 이번이 마지막이야. 『유격』…… 기억해두라고. 마술로 가장 뛰어난 화력을 자아내는 법이야."

나는 이참에 《번개 속성·3형》을 준비하며 《유격》을 발동시켰다.

《유격》은 모으면 모을수록 화력이 상승하는 배율 공격 스킬이다. 마마술의 경우, INT+INT의 순수화력이며, 《유격》 9단이면 응축 시간 최대 10초, 그 배율은— 800%. 즉…….

"10초를 기다리면 3형을 기존의 16배 위력으로 쏠 수 있어. 그리고 크리티컬이 발생하면 48배지."

……모은다, 모은다, 모은다. 내 주위의 공간이 왜곡되더니, 흉흉할 정도로 엄청난 위력이 3형에 응축되는 느낌이 들었다. 발치의 마법진에서 덩굴 같은 번개가 새어 나오더니, 지면을 할퀴고 있었다.

"하, 하아아아! 뭡니까?! 대체 뭐냐고요!"

무라티의 얼굴에 흥분과 환희와 공포가 뒤섞인 감정이 어리더니, 최종적으로는 호기심에 사로잡혀 땀과 눈물과 침과 콧물을 질질 흘리면서 기쁨에 찬 표정으로 그렇게 외쳤다.

"우리 집에 왔을 때, 가르쳐주지."

마지막은, 퍼포먼스 시간이다.

보여주겠다. 그리고 갱신해주겠다. 예장전에서 【마술】 최대 대미지 기록을 말이다.

"—읏."

《번개 속성·3형》의 풀차지 《유격》이, 무라티를 향해 날아갔다. 무라티는 환한 미소를 지으며 두 손을 펼쳤다. 감개무량하다고 해도 과언이 아닌 표정이었다. 맙소사. 이 자식, 정신 나갔네.

"우엇."

명중. 동시에, 예상 이상의 충격이 투기장 전체를 뒤덮었다.

나는 자세를 낮추면서, 폭풍 속에서 한순간 표시된 대미지를 확인했다.

크리티컬 히트는, 발생했다. 대미지는— 935,411.

……아마 이 자리에 있는 관객과 출전자 전원이 본 적 없는 수치이리라.

이것으로 크나큰 활약, 그리고 나쁘지 않은 도발을 선보였다고 생각한다.

일섬좌와 예장으로, 2관이 됐다. 알파라는 엘프는 센스가 좋았으니 조금 더 가르쳐주고 싶고, 무라티라는 마술 오타쿠를 통해 문제없는 수준까지 스킬 습득 조건의 공개도 가능할 것 같다.

벌써 하계 타이틀전이 기대되는걸……!

"—스, 승자, 세컨드 퍼스티스트!"

◇◇◇

"누, 누구, 본 적이 있나요? 방금, 주인님이, 세운…… 대미지 말이에요."

"아아, 다행이야. 제가 잘못 본 게 아닌 것 같군요."

샨파니가 주위를 둘러보며 입을 열었다. 그러자 코스모스는 안도한 표정으로 대꾸했다. 코스모스가 음담패설을 입에 담지 않는다…… 이것은 메이드 사이에서 비정상적인 사태가 발생했다는 것을 의미했다.

"둘이서 즐겁게 잡담을 나누나 싶더니……."

"장난 아니네……. 자릿수가 한두 개 정도 달랐다고."

—93만 대미지. 그것은 세컨드 퍼스티스트라는 그들의 경애하는 주인이 낸 기록인데도 불구하고, 그들을 질리게 할 정도의 숫자였다.

하인들도 이럴 지경이었다. 관객들은 얼이 나가는 정도를 넘어서, 완전히 뇌가 정지됐을지도 모른다. 그리고…….

"—대단해."

타이틀전 출전자에게는, 엄청난 효과였다.

저 대미지를 자신도 내보고 싶다— 하고, 다들 생각했다.

온라인 게임에서의 의욕은, 동경에서 비롯된다.

사상 최초의 2관을 달성한 저 기묘한 남자를, 다음에는 따라잡을 수 있기를.

기나긴 역사를 지닌 타이틀전의 흐름이, 상식이, 지금 변하려 하고 있었다.

그렇게 예장전이 끝나고, 금강전이 시작된다—.

제3장 동계 타이틀전 후편

“금강전은 드워프 천지구나.”

아침에 실비아가 관전석에서 문뜩 생각났다는 투로 그렇게 말했다.

“그래?”

“역대 금강도, 고로와즈 현 금강도, 도밍고 님도, 에코의 첫 상대인 지단 님도 전부 드워프다.”

“다섯 명 중 세 명이 드워프구나.”

“게다가 수인인 에코와 인간인 로큰체어 님은 이번이 첫 참가지. 그전에는 수십 년 동안 드워프뿐이었다고 한다.”

열렬한걸. 그래도 확실히 합리적이기는 했다.

“드워프는 비교적 HP와 VIT와 STR이 높은 종족이야. 타고난 스테이터스 성장성이 방패술에 적합하다고 할 수 있어.”

“역시 그런가. 그럼 수인과 인간은 어떻지?”

“양쪽 다 성장 타입에 따라 다르다고 말할 수밖에 없겠는걸. 하지만 성장 타입이 맞지 않으면 관두는 편이 나아. 드워프는 성장 타입이 맞지 않더라도 어찌어찌 할 만하다는 이야기지.”

“드워프는 엄청난걸. 그럼 에코는 어떻지?”

“에코는 명백하게 근육 승려잖아. 너무 잘 맞아서 탈일 정도야. 안 그래?”

"응~?"

"아무것도 아냐."

내 말을 안 듣고 있었던 것 같았다. 내가 에둘러 말하자, 에코는 다시 관전에 집중했다.

그녀는 금강전 도전자 결정 토너먼트 준결승, 도밍고 대 로큰체어의 시합을 보고 있었다. 드워프 대 인간의 시합이 지금 시작되려 하고 있었다.

"—시작!"

심판이 그렇게 외친 직후, 방패와 방패가 격돌했다.

"오오, 화끈하구나!"

실비아는 흥분했다. 확실히, 금강전은 화려한 편이다.

방어하는 쪽은 각행·향차·보병으로 흘려보내거나, 금장·계마로 튕겨내거나, 은장으로 패리한다.

공격하는 쪽에서는 은장 패리의 반격이나, 비차의 돌진이나, 용마에 의한 관통이나, 용왕에 의한 충격을 가한다.

무엇을 하든, 방패와 방패가 맞부딪칠 때가 많은 것이다.

"하지만…… 저 녀석은 꽤 하네."

관전하면서 눈치챘다. 로큰체어란 인간은 상당한 실력자다.

평범한 키와 덩치를 지닌 별다른 특징 없는 30대 후반 가량의 짧은 흑발 남성은 조그마한 방패, 미스릴 버클러를 멋지게 휘두르고 있었다. 매우 날카롭다. 얼핏 봐도 스킬 운용의 차원이 달랐다. 저 정도면 무라티와 동급이거나 그 이상이다.

격렬하게 맞부딪친 것은 개막 직후뿐이다. 중반을 지나 종반에 이르자, 갑자기 조용해졌다.

시합이 일방적이라는 증거다. 드워프답게 수염을 기른 도밍고란 남자는 상대가 되지 못했다. 곧 로큰체어가 깔끔하게 승리를 거둘 것이다.

"거기까지! 승자, 로큰체어!"

시합 개시부터 10분만에, 일찌감치 승패가 갈렸다.

"인간이 이겼잖아."

"음, 뜻밖이구나. 이건 역사적으로도 크나큰 승리일 테지."

사상 처음으로 드워프가 아닌 금강 탄생, 그 첫걸음이다.

말도 안되는 일은 아니다. 저 남자는 다른 이들과 비교해도 훨씬 강했다.

"에코. 결승전에서는 전력을 다 발휘해. 저 남자, 아마 상당한 강적이야."

"알았어~!"

엄격한 표정으로 그렇게 말하자, 에코는 환하게 웃으며 고개를 끄덕였다. 여전히 무슨 생각을 하는지 알 수 없을 만큼 귀여운 표정이다. 하지만 본인이 즐거워 보이니, 그걸로 됐다.

"……에코?"

—느닷없이. 우리의 등 뒤에서 목소리가 들려왔다.

고개를 돌려보니…… 왠지 에코를 닮은 인상의, 고양이 수인 남성이 눈에 들어왔다.

"……아빠……."

에코의 얼굴에서, 미소가 사라졌다. 잠깐만, 아빠라고……?

"마술학교는 어떻게 한 거냐. 왜 이런 곳에 있는 거지?"

"혹시, 에코의 아버지?"

"……그렇다만. 자네는 누구지?"

옆에서는 실비아가 「거짓말?!」 하고 리액션을 보였다.

"어제 일섬좌에 이어 예장을 차지해 2관이 된 세컨드 퍼스티스트입니다. 당신은 누구시죠?"

"그, 그랬나. 오늘 아침에 이곳에 도착한 탓에 몰라봐서 미안하군. 나는 쇼 리플렛. 저기 있는 에코의 아버지다."

정말로 에코의 아버지였다. 그렇다면 시골의 수인 마을에서 머나먼 왕도까지 응원하러 와준 것인가? 그런 것치고는 에코의 모습을 보고 놀란 것 같은데…… 게다가 2관이라는 말을 듣고도 그다지 놀라지 않았다. 타이틀전 사상 첫 2관이거든? 오늘 아침에만 해도 투기장에 들어갈 때도 난리였다. 뒷문으로 들어가는데도 관객이 너무 몰려서, 제3기사단이 출동했을 정도다.

"여기에는 무슨 일로 오신 거죠?"

모르는 게 너무 많았기에, 일단 대놓고 물어봤다.

"내일 열리는, 영왕전에 출전하는 카피트의 일행으로 온 거다. 오늘은 관전석을 살펴보러 온 거지. 겸사겸사 마술학교에 들러서 에코의 얼굴도 볼 생각이었는데, 설마 이런 곳에 있을 줄이야."

"……."

에코의 아버지가 그렇게 말하자, 에코는 고개를 숙였다. 그래. 에코의 아버지는 딸이 아직 왕립 마술학교에 다닌다고 생각하는 건가. 그거 놀랐겠는걸. 왜냐하면 얼마 전까지 【마술】을 배우러 왕도의 학교에 입학한 딸이, 지금은 【방패술】의 최고봉을 가리는 자리에 있으니 말이다. 반년 만에 이과 학생이 문과, 아니 예체능 계열로 바뀐 것이나 다름없다. 「무슨 일이 있었던 거지?!」 하고 생각하는 게 틀림없다.

"흐음…… 영왕전이라고요. 그 카피트란 사람도 에코와 고향이 같나 보죠?"

"우리 마을 제일의 마물 조련사지. 이제까지는 바깥세상을 방랑한 것 같은데, 어느 날 갑자기 돌아와서 이번에 왕도에서 열리는 대회에 나간다고 하니까 딸을 만날 좋은 기회 같아서 내가 동행하겠다고 자원한 거다."

왕도의 대회? 2관에 놀라지 않는 것을 보고 불길한 예감이 들긴 했는데…… 설마, 에코의 아버지는 타이틀전을 모르는 건가……?

"하지만 엄청 분위기가 뜨거운걸. 이렇게 큰 대회인 줄은 몰랐군. 만약 카피트가 활약한다면, 마을의 부흥에 큰 도움이 되겠지."

역시 그랬구나! 이 사람은 모르는 거야. 이래서 촌뜨기는 문제라니깐…….

"에코. 오늘은 수업이 없는 것이냐? 그런데, 왜 관계자 말고는 들어올 수 없는 관전석에 있는 거지?"

"……관뒀어."

"뭐?"

"학교…… 관뒀어."

"……뭐라고?!"

아, 큰일 났다. 이해력이 부족한 시골의 고집쟁이 아버지와, 상경해서 홀로 노력해온 딸. 불길한 예감이 들었다.

"에코! 너, 입학금을 모으느라 얼마나 고생했는지 알긴 하는 거냐?! 마을 사람들에게 뭐라고 말하란 말이냐! 이 아버지에게 창피를 주려는 거냐!"

아아, 하면 안 되는 말을…….

"에코, 무시해도 돼. 지금은 금강전만 생각해."

"으, 응……."

에코의 아버지가 어떤 심정일지 이해가 안되는 건 아니다. 하지만 에코가 괜한 부담을 느끼고, 괜한 고통을 받으며, 괜한 노력을 할 필요는 없다.

그저, 눈앞의 일을 웃으며 한껏 즐긴다. 너는 그러기만 하면 돼.

"무슨 소리를 하는 거냐! 이건 가족간의 이야기다! 남이 끼어들지 마라!"

"에코 아버지. 나중에 에코를 만나러 갈 예정이었다면, 시간이 있겠네요?"

"그게 어쨌단 거냐!"

이렇게 하겠다는 거다.

"실비아."

"음."

"아니?!"

나와 실비아가 에코의 아버지를 양쪽에서 잡아서 억지로 앉혔다.

사상 첫 타이틀 2관과 귀천장전 도전자 결정 토너먼트 승자의 협공이다. 어때? 못 도망치겠지?

"뭐 하는 거냐!"

"얌전히 보고 있으세요. 이렇게라도 해야 이해가 될 테니까요."

"나도 동감이다. 에코를 위해, 나의 소중한 동료를 위해, 잠자코 있을 순 없어."

똑똑히 깨닫게 해주겠다.

저 조그마하고 귀여운 고양이 수인 여자애가, 당신의 친딸이, 얼마나 대단한 녀석인지를 말이다.

"에코, 다녀와."

"……응!"

금강전 도전자 결정 토너먼트 준결승. 에코 리플렛 대 지단.

투기장 중심에서 대치한 두 사람을, 우리는 눈앞에서 관전했다.

잠시 후, 에코의 아버지가 저항하지 않게 됐다. 아무리 힘을 써도 도망칠 수 없다는 것을 눈치챈 것이다.

"에코는 금강전에서 93년만의 수인 출전자다."

실비아가 그렇게 중얼거렸다. 나는 작게 탄성을 흘렸고, 에코의 아버지는 입을 다물었다. 대답이 없지만, 실비아는 듣고 있을 거라 여기며 말을 이었다.

"금강전의 출전 조건은, 방패술 스킬을 전부 9단까지 익히는 것이다."

"……에코가, 그걸 해냈다는 거냐?"

"음, 그렇지."

"농담하지 마라."

……뭐, 안 믿기겠지. 에코는 반년 전까지만 해도 【마술】을 공부하던 소녀였는데 지금은 금강전 출전자다. 이 세상의 기준으로 보자면, 솔직히 말해 비정상적일 것이다.

"똑똑히 봐둬라. 저것이, 당신 딸의 현재 모습이다."

"—시작!"

그 직후, 시합이 시작됐다. 에코는 즉시 《비차방패술》로 돌진하면서, 간격을 좁혔다.

"저건 이동을 위해 쓴 겁니다. 저대로 격돌하진 않죠."

나는 그가 이해할 수 있도록 해설해줬다. 그러자 에코는 내 말대로 지단과 부딪치기 직전에 《비차방패술》을 종료시키면서 즉시 《용왕방패술》을 준비하기 시작했다. 이것은 【방패술】 중에서 매우 강력한 공격 스킬이다. 근거리에서 맞으면, 방어가 의미 없을 정도다.

"상대는 각행으로 완전히 받아낸 후에 카운터를 노릴 생각인가 보네. 에코의 예상대로야. 문제는 이 용왕에 상대가 어떻게 대처할지인데……."

지단은 에코가 용왕을 준비하고 있다는 것을 눈치채더니, 즉시

《비차방패술》을 준비했다.

"먼저 비차의 돌진을 맞춰서 용왕의 준비를 무너뜨릴 생각인가 보군. 이거, 이쪽의 전법에 완전히 걸려들겠는걸."

"……전법?"

"그래. 기습전법, 그 첫번째……."

【방패술】 기습전법, 그 첫번째—『양동 몰이비차』.

"—간다!"

지단이 《비차방패술》을 준비하는 것을 본 에코는 0.2초 후에 《용왕방패술》을 캔슬하더니, 그와 마찬가지로 《비차방패술》을 준비하기 시작했다.

두 사람의 거리는 가깝다. 그러니 나중에 준비한 쪽은 스킬을 펼칠 수 없다. 다들 그렇게 생각할 것이다. 관객도, 출전자들도, 그리고 대전 상대인 지단도 말이다.

"간단한 이야기야. 상대는 한순간『할 수 있다』라고 생각했어."

에코는 《비차방패술》을 준비하기 시작한 직후, 딱 0.3초 후에 《비차방패술》을 캔슬하고 《금장방패술》을 준비하기 시작했다.

"—?!"

그러면 어떻게 될까. 불가사의하게도 지단은 이미 《비차방패술》을 발동시키고 마는 것이다.

한순간「할 수 있다」고 생각하게 만든 효과다. 언뜻 보면 중간에 비차를 준비하는 행위가 아무 의미 없는 짓 같지만. 0.2초 후라고 하는 절묘한 타이밍에「할 수 있다」고 생각하게 만든 것은 기습으로서 매우 중요한 의미를 지닌다.

……몇 번이나, 연습했다. 에코와 함께 몇 번이고, 몇 번이고, 몇 번이고 말이다. 서로의 위치를, 발동 타이밍을 몇 번이고 연습했다. 3주 동안, 그것만 연습했다.

이 움직임은 응축된 테크닉이다. 한 수 위의 상대에게 한 방 먹여주기 위해서 갈고닦은 날카로운 진검 같은 기교이며, 그 안에는 많은 것이 가득 담겨있다.

"저 자식은, 이제, 멈출 수 없어."

지단은 이미 《비차방패술》을 발동시키고 말았다. 그리고, 캔슬할 틈도 없다. 왜냐하면…….

"저기 봐. 빨려 들어가네."

그렇다. 《금장방패술》은 범위 유도 방어+넉백 스킬이다. 일정 범위 안의 상대가 펼친 공격을, 자신의 방패로 유도한다. 지단은 점점 에코의 방패로 빨려 들어가듯 다가갔고…….

"크억!"

접촉과 동시에 넉백 효과가 발동되면서, 지단은 뒤편으로 튕겨 날아갔다.

그 직후, 에코는 방심하지 않고 《비차방패술》을 준비했다.

"끝났네."

다시 일어서려 하는 지단에게, 날카로운 추가타를 날렸다. 커다란 방패에 의한 돌진이 무방비한 머리에 정통으로 명중하자, 지단은 대형 트럭에 부딪힌 것처럼 튕겨나면서 지면에 박치기하듯 쓰러지며 기절했다.

"—시합 종료! 승자, 에코 리플렛!"

대단하다. 첫 번째 기습전법 『양동 몰이비차』가 완벽하게 들어간, 나무랄 데 없는 일전이었다.

나는 일어서서 박수를 쳤다. 실비아 또한 마찬가지로 뜨거운 박수를 보냈다. 에코의 아버지는 무뚝뚝한 표정을 지으며 자리에서 일어나지 않았지만…… 박수만은 치고 있었다.

아직 전부 납득하기에는 재료가 부족할 것이다.

하지만 멋진 활약을 보인 딸에게, 작게나마 박수를 보낼 수는 있었다.

이 부녀의 관계는 그렇게 걱정하지 않아도 될 것 같았다. 만면에 미소를 지으며 이쪽을 향해 손을 흔드는 에코와, 박수를 치고 있는 아버지의 모습을 본 나는 문뜩 그렇게 생각했다.

"그런데 세컨드 님. 에코는 기습전법의 이름을 외치지 않았지 않느냐. 그건 예의에 벗어나는 짓 아니냐?"

"그런 예의는 없어."

"……뭐? ……뭐어?! 속인 거냐?! 또! 또 나를~……!"

"향차 로켓을 받아라!! 라고 외쳤었지?"

"세, 세컨드 니이이이이이임!!"

"미안해. 잘못했어."

"오래간만에 창피를 당했다! 그, 그것도 수많은 관중 앞에서……!"

"앞으로는 안 할게."

"거짓말하지 마라!"

"……미안하지만, 나를 사이에 두고 사랑싸움 좀 하지 말아줬으면 좋겠군."

◇◇◇

금강전 도전자 결정 토너먼트 결승. 에코 리플렛 대 로큰체어. 금강전에서는 매우 드물게도, 수인 대 인간의 시합이다.

마주선 두 사람은 매우 대비되었다. 한 사람은 자기 몸집만 한 커다란 방패를 들고 있는 조그마한 수인 소녀. 다른 한 사람은 버클러라는 조그마한 방패를 팔에 찬 인간 남성. 누가 이길지는 아무도 모른다. 그런 승부가, 지금 시작되려 하는 것이다.

"준결승의 전법, 멋졌습니다. 한 수 배웠어요."

"응. 엄청 연습했어~."

"후후후, 그렇군요. 저도 엄청 연습했어요."

"그럼, 같네~!"

"네, 같군요."

타이틀 도전자 결정전답지 않은 훈훈한 분위기였다. 에코의 타고난 붙임성과 로큰체어란 남자의 뛰어난 인덕이 그런 분위기를 자아냈다.

"당신은 참 즐겁게 싸우는군요. 보고 있으면 저도 즐거워집니다."

"나, 지금 행복해. 즐거워~."

"네. 이 시합, 저도 즐기겠습니다."

"잘 부탁해!"

"네, 잘 부탁합니다."

에코는 지금, 행복했다. 옛날과는 비교도 안 될 것이다. 그러니 그녀는 그 이상을 바라지 않는다.

지금 눈앞에 즐거운 일이 있다면, 그녀는 그것만으로도 가장 행복해진다.

"—시작!"

그리고, 시합이 시작됐다. 그 순간, 두 사람의 표정이 변했다. 사냥감을 노리는 사냥꾼이 된 것이다.

로큰체어는 대결의 시작을 알리는 신호 삼아 《비차방패술》을 펼치며 돌진했다. 그렇게 에코와의 간격을 좁혔다.

에코는 그 첫수를 보더니…… 《보병방패술》을 준비했다.

"앗!"

왜, 하필이면 보병일까. 로큰체어는 돌진하면서 생각했다.

이대로 《비차방패술》로 충돌하면, 위력 차이로 에코의 《보병방패술》은 무너지면서 상당한 대미지를 입을 것이다.

"……아냐."

이건, 함정이다. 대미지는 가할 수 있겠지만, 다운시킬 수 있을지는 확실하지 않다. 그러니, 그 후의 카운터가 두렵다.

살을 내주고 뼈를 취할 생각이다. 그것이 그가 내린 최종적인 예상이었다.

"어라……."

로큰체어가 격돌 직전에 돌진을 멈추며 간격을 좁히기만 하자, 에코는 아쉽다는 듯한 목소리를 냈다. 로큰체어의 예상이 정확하게 들어맞은 것이다.

기습전법, 그 두번째—『팩맨』. 이것은, 불발로 끝났다.

방금 펼친 《보병방패술》은 사실 교묘한 미끼였다. 다들 한입에 먹어 치우고 싶어지는 맛있는 미끼다. 상대방이 이걸 「기회」라 보고 그대로 《비차방패술》로 공격한다면, 자신이 튕겨난 그 순간부터 《용왕방패술》을 준비해서 상대가 다음 공격을 날리기 전에 발동시킬 수 있다. 거리가 가까운 상태이기에, 상대는 회피가 불가능하다. 【방패술】 최대 화력인 용왕을 정통으로 맞고 게임이 끝날 예정이었다.

"이야, 무시무시하네요. 함정 보물상자 같은 전법이군요."

로큰체어는 가볍게 움직이면서 즐거운 듯이 그렇게 말했다. 실로 정확한 표현이다. 먹음직스럽다고 여기며 달려들었다간 그대로 끝장나고 마는 지뢰 같은 보물상자가 보란 듯이 놓여 있었다.

"그럼 이번에는 제 차례겠군요."

에코의 전법에 경의를 표하듯, 로큰체어는 소형 방패를 치켜들며 움직이기 시작했다.

그의 강점은 가벼운 몸놀림과 속도다. 소형 방패는 방어력을 기대할 수 없지만, 대신 상대를 속도로 농락하는 게 그의 전투 스타일이다. 이제까지의 금강전에서는 좀처럼 볼 수 없는, 매우 특이한

【빙패술】의 전투방식이다.

"하앗!"

"윽!"

에코의 주위를 재빠르게 이동하면서, 빈틈을 발견하면 《비차방패술》로 공격한다. 에코가 《각행방패술》로 막으면, 가볍게 이탈하면서 계속 그녀의 주위를 돈다. 그리고 또 빈틈을 발견하면 비차로 공격한다.

에코는 《계마방패술》로 넉백을 노리려 했다. 하지만 충분히 여유를 가지며 간파한 로큰체어는 비차를 캔슬하고 또 거리를 벌리더니, 에코의 주위를 빙글빙글 돌며 또 농락했다.

"으~."

"어떻습니까. 피곤하지 않습니까?"

로큰체어는 몸이 가볍기에 아무리 움직여도 쉽게 지치지 않았다.

한편, 커다란 방패를 쓰는 데다 언제 날아올지 모르는 공격에 계속 대응해야만 하는 에코는 육체적으로도 정신적으로도 힘들었다.

이 상태가 이어지면, 영원히 승기가 보이지 않을 게 명백했다.

……그렇다면, 쓸 수밖에 없다. 기습전법, 그 세번째—『게게은』을 말이다.

"야압."

에코는【방패술】스킬을 쓰지도 않고, 로큰체어를 향해 돌진했다.

이 상황을 어떻게든 타개한다. 그러기 위한 첫수다.

"오호라, 좋죠!"

로큰체어는 정면에서 받아줬다. 그는 승부를 필요 이상으로 즐기는 것 같았다.

《비차방패술》을 준비해서, 무방비하게 돌진하는 에코와 정면에서 맞부딪치려고 돌진했다.

"여기!"

에코는 절묘한 타이밍에 《은장방패술》을 준비했다.

"어이쿠?!"

그 너무나도 기민한 움직임을 본 로큰체어는 허둥지둥 비차를 캔슬했다.

《은장방패술》은 평소보다 약간 견고하게 방어하는 스킬이다. 비차를 완벽하게 막아낼 수는 없지만, 그렇다고 비차로 무너뜨릴 수 있는 스킬도 아니다. 즉, 적당히 대미지를 줄 수 있다. 그러니 그대로 격돌해도 나쁘지 않은 승부가 된다.

하지만, 은장에 의한 『패리』라면 이야기가 달라진다. 『반격 효과』가 더해지면서, 비차를 날린 쪽이 범상치 않은 대미지를 입고 만다.

은장 패리는 테크닉으로서는 매우 어렵다. 게다가 급하게 준비한 은장으로 패리를 하는 건 더욱 난이도가 높다. 하지만, 만에 하나의 가능성도 있다. 특히 에코가 이제까지 선보인 치밀한 작전으로 볼 때, 범상치 않은 테크닉을 지녔다고 여겨지기에 경계할 수밖에 없었다.

"간다~!"

로큰체어가 머뭇거렸다. 그 망설임을 기민하게 감지한 에코는 기회라는 듯이 《비차방패술》을 준비했다. 방어에서 공격으로 변경한 것이다.

"큭!"

《은장방패술》을 준비한 로큰체어는 패리를 쓰지 않고 에코의 《비차방패술》을 받아냈다.

에코의 돌진은 그 방어를 완전히 무너뜨리지 못했지만, 비차의 대미지가 로큰체어에게 가해졌다.

"아직 멀었습니다!"

이어서 로큰체어는 즉시 《비차방패술》을 준비했다.

에코는 커다란 방패를 치켜들더니, 스킬을 준비하지 않으며 서 있었다.

로큰체어의 돌진이 에코에게 명중하기 직전, 에코는 또 《은장방패술》을 준비했다.

"……틀렸나."

로큰체어는 포기했다. 패리가 두려웠던 것이다. 《비차방패술》을 캔슬하고, 몇 걸음 후퇴했다.

그 틈에, 에코는 또 《비차방패술》을 준비해서 펼쳤다. 로큰체어는 그것을 《각행방패술》로 받아냈다. 강화 방어 스킬이다. 대미지는 한 자릿수만 들어갔다.

"그래……. 알겠어."

로큰체어는 반격을 위해 《비차방패술》을 준비하면서 눈치챘다. 에코의 작전을 말이다.

에코는 자신과 상대가 공격와 방어를 번갈아서 하게 만들 심산이다. 비차로 돌진하고, 막게 한 후, 비차로 돌진하게 해서, 막는다. 그리고 또 비차로 돌진…… 이 일련의 반복에서 「은장의 패리에 절대적인 자신감을 지닌 자신이 유리」하다고 판단했다.

게게은— 패리의 테크닉을 이용한 『밀어붙이기』다. 《은장방패술》에 의한 패리를 백발백중으로 해낼 자신이 없다면, 쓸 수 없는 작전이다.

하지만 에코는 패리가 특기다. 수인 특유의 날카로운 감각 중에서도 특히 청각이 좋고, 균형 감각이 매우 뛰어난 고양이 수인은 오감을 최대한 활용해서 그 타이밍을 재는 것이 능숙했다.

확실히 로큰체어는 두려워하고 있다. 은장으로 패리를 당하면 큰일이기에, 비차를 도중에 캔슬하며 공격을 관뒀다. 에코의 비차를 그가 은장으로 패리할 수 있냐면, 그다지 자신이 없었다. 성공확률은 세 번에 한 번 정도다.

즉…… 에코의 패리 성공률이 100%가 아니라 50%일지라도, 먼저 쓰러지는 건 로큰체어 쪽이다.

"……."

어떻게든 이 상황을 타개할 필요가 있다. 로큰체어는 《비차방패술》을 준비하며 생각했다.

이대로 비차로 돌진해버리면, 에코는 또 패리를 노릴 것이다. 그렇다고 비차를 캔슬해버리면 그 순간에 에코가 비차를 준비하기 시작할 것이며, 로큰체어는 그 공격을 받아낼 수밖에 없다. 《각행방패술》로 방어하면 문제가 없지만, 교착상태에서 벗어날 수 없다.

이 경우, 《계마방패술》 혹은 《금장방패술》의 넉백으로 상대를 무너뜨리는 게 좋겠지만…… 로큰체어가 거기까지 생각했을 즈음, 비차의 준비가 끝나면서 발동했다.

"우왓?! 보병인가!"

갑작스러운 변화에 놀랐다. 에코가 준비한 것은 대응 스킬이 은장에서 보병으로 바뀌었기 때문이다.

이것은 함정 보물상자다. 열어선 안 된다.

게게은에서 팩맨으로, 그리고 다시 게게은으로. 자유자재로 변환하는 기습이다.

어찌 됐든 간에 로큰체어는 비차를 캔슬할 생각이었다. 하지만 순간적인 동요를 감출 수가 없다. 몇 분 전과 달리, 이번에는 그가 농락당할 차례였다.

비차를 캔슬한 직후, 에코가 비차로 추가타를 날렸다.

로큰체어는 동요한 상태에서 《금장방패술》을 준비하기 시작했다.

"됐어~."

에코는 기쁜 듯이 그렇게 말하더니, 즉시 비차를 캔슬하고 《용왕방패술》을 준비하기 시작했다.

"—윽!!"

큰일났다. 로큰체어는 확신했다. 금장은 범위 유도 방어 스킬이다. 이대로 있으면 용왕에 유도당하고 만다. 그러면 자멸이다. 용왕은 금장도 개의치 않으며 박살내는 위력을 지녔다.

하지만 지금 당장 금장을 캔슬하더라도, 용왕을 겨우겨우 막아낼 수 있는 각행이나 용왕 발동 전에 공격 가능한 비차를 쓸 수 없다. 아까 동요가, 영향을 끼친 것이다.

……쓸 것인가, 말 것인가. 로큰체어는 망설였다.

고로와즈 현 금강을 쓰러뜨리기 위해 남겨둔, 비책.

"……쓰자."

눈앞의 그녀는, 고로와즈 금강보다도 벅찬 상대다.

그렇게 생각한 로큰체어는, 그 비책을 이 자리에서 쓰기로 결심했다—.

◇◇◇

"아~. 저 자식, 그걸 아는구나……."

나는 무심코 중얼거렸다. 현재 에코는 게게은에 팩맨을 섞어서 능숙하게 몰아붙이고 있다. 그 바람에 그녀는 방심했다. 내가 조심하라고 말한 『그것』을, 완전히 잊은 눈치다. 아니, 게게은에 열중했다고 말해야 할까. 전혀 의식하지 못하는 것 같았다.

뭐, 잊었더라도 이상할 건 없다. 상식적으로 생각하면 말도 안되니까 말이다.

로큰체어란 남자는 에코의 《용왕방패술》을 보고, 준비하던 《금장방패술》을 캔슬했고…… 에코와 몸이 맞닿을 만큼 접근했다.

"어?!"

관객이 술렁거렸다. 로큰체어가 영문 모를 행동을 취했기 때문이다.

그리고, 그는, 내 예상대로—《계마방패술》을 펼쳤다.

"우냣?!"

—다음 순간, 에코가 넉백했다.

자신의 방패가 상대에게 닿은 상태에서 계마 혹은 금장을 쓰면, 닿은 상대의 방패가 공격으로 판정되어서 넉백 효과가 발동한다. 【방패술】의 잔기술이다. 이렇게 수준이 낮은 가운데, 용케 독자적으로 그 수준을 도달했다 싶었다. 역시 그는 다른 이들보다 몇 수 위의 실력자다.

이렇게 아슬아슬한 상황까지 온존해둔 것을 보면, 이 전술은 그에게 있어 비책 중의 비책일 것이다.

아마 이 자리에서는 나만 알고 있던 기술이다. 하지만, 이것으로 이 자리에 있는 모두가 알고 말았다. 현 금강은 얼마 남지 않은 시간 동안 대책을 세울 수 있을까.

하지만, 이 자리에서 저 기술을 쓴 것은 정답이다. 만약 쓰지 않았다면…… 에코에게 이기지 못했을 테니 말이다.

"—시합 종료! 승자, 로큰체어!"

용왕 발동 전에 튕겨나 다운된 에코에게 인정사정없는 추가타가 가해졌다. 에코는 저항하지 못하며 당했고, 그대로 기절하고 말았다.

"……좋은 시합이었다."

박수가 울려 퍼지는 가운데, 실비아는 감회에 젖은 목소리로 말했다.

"꽤 수준 높은 시합이었어. 마지막에 실수만 안 했으면, 에코가 이겼을 거야."

"음. 정말…… 아쉽구나."

갈채를 받는 로큰체어를 보니, 나도 분했다.

하지만 그에게 아낌없는 박수를 보냈다. 멋진 시합이었다.

"……."

옆을 힐끔 쳐다보니, 에코의 아버지인 쇼 씨가 투기장 중앙에 쓰러진 딸의 모습을 말없이 지켜보고 있었다.

"……그럼 가볼까요. 같이 갈거죠?"

내가 말을 건넸다. 에코를 마중하러 가려는 것이다. 쇼 씨는 아무 말 없이 고개를 끄덕이더니, 자리에서 일어났다.

그대로 출전자 대기실로 이동했다. 나와 실비아는 이제 그의 양옆에 서서 언제든 말릴 수 있도록 대비하지 않았다.

"—에코!"

대기실에 가장 먼저 들어간 이는 바로 쇼 씨였다.

"아…… 아빠~."

이미 정신을 차린 에코는 침대에 누워 있었다.

"괜찮으냐? 다친 데는 없지? 이걸 마셔라."

쇼 씨는 에코에게 다가가서 걱정스러운 목소리로 그렇게 말하더니, 인벤토리에서 절대 싸지 않은 포션을 꺼냈다.

"괜찮아. 나, 직접 할 수 있어."

포션을 거절한 에코는 【회복마술】《회복·중》을 자신에게 걸어서 회복했다.

"그래…… 그렇구나."

놀란 듯한, 그러면서도 안심한 듯한 어조로 그렇게 중얼거리며…….

쇼 씨는 그런 딸의 모습을 눈을 동그랗게 뜬 채, 그리고 쓸쓸한 눈길로 응시했다.

"세컨드…… 봤어?"

"그래."

"졌어."

"졌네."

"응……."

"분해?"

"……응."

"즐거웠어?"

"……응……응……!"

에코는 열심히 웃으려고 했다. 그런 그녀의 눈에서 눈물이 방울져 흘러내렸다.

"이리와."

나는 그렇게 말하며 에코를 꼭 안아준 후, 그녀의 조그마한 머리를 쓰다듬어줬다.

그녀는, 아쉬움의 눈물을 흘릴 정도로 타이틀전에 열중했다.

그 사실에, 나는 무심코 눈시울이 뜨거워졌다.

"저희의 집에 같이 가겠습니까?"

금강전이 끝나고 해질녘이 되자, 나는 쇼 씨를 집으로 초대하려 했다.

최종전은 격전 끝에 로큰체어의 승리로 끝났다. 로큰체어 신 금강의 탄생이다. 금강전 첫 인간 금강이라고 한다. 하지만 내가 2관을 차지한 바람에 그는 크게 주목받지 못했다. 그리고 나는 곧 3관이 될 테니, 더 주목받지 못할 것이다. 이야, 죄송하군요.

"미안하지만, 이제부터 카피트와 합류할 예정이라서—."

"—어라, 쇼 선생님? 벌써 마술학교에서 돌아온 거예요?"

투기장 뒷문의 통로에서 이야기를 나누고 있을 때, 뒤편에서 누군가가 말을 걸어왔다. 젊은 남성의 목소리였다.

"선생님?"

"아, 나는 마을의 학교에서 교사를 맡고 있거든. 그는 나의 옛 제자지."

아하. 그래서 말이 능숙한 건가. 하지만 이렇게 상식이 부족한데 용케 교사를 맡고 있는걸…….

"카피트, 마침 잘 왔다. 이 아이는 내 딸인 에코이고, 그가 바로—."

"……어엇?!"

카피트라는 개 귀가 달린 수인이 나와 시선이 마주치자마자 괴상한 소리를 내며 굳었다.

"호, 호, 호, 혹시가 아니라 진짜로, 세, 세, 세컨드 2관이신가요……?!"

"뭐야, 아는 건가. 그럼 이야기가 빠르지. 현재 내 딸은 그에게 신세를 지고 있다는구나."

"그그그, 그라고 부르면 안 돼요, 선생님!! 이, 이분이 어떤 분인지 알긴 하는 거예요?! 아니, 딸?! 로큰체어 금강을 궁지에 몬 에코 양이요?! 우와아?! 잘 보니 실비아 도전자도 계시네?!"

"그게 무슨……."

"크아아아아아! 정말! 이래서 시골이 싫다고!!"

"뭐? 카피트, 너! 자기 고향을 무시하는 건……."

"선생님은 입 좀 다물어요! 세, 세컨드 2관!! 제 고향 분이 실례를 범했습니다……!!"

카피트가 새파랗게 질린 얼굴로 고개를 숙였다.

"역시 이게 제대로 된 반응이겠지."

실비아는 구구절절한 어조로 그렇게 중얼거렸다. 잘은 모르겠지만, 됐다. 곧 있으면 해가 질 것이다.

"카피트라고 했지? 너도 올래?"

"……네? 어, 어디에……?"

"우리 집."

◇◇◇

"이게 뭐야……. 이게 진짜로 집인가?"

"투, 투기장보다 큰 거 아니에요……?"

이동 중에 마차의 창문을 통해 부지를 본 두 사람이 그런 감상을 입에 담았다. 에코의 아버지인 쇼 리플렛과 에코와 마찬가지로 수인 마을 출신이자 영왕전에 출전하는 청년인 카피트다.

두 사람은 마차에서 내린 후에도 입을 쩍 벌린 채 주위를 둘러보고 있었다. 마치 도시에 처음 온 시골 사람 티를 풀풀 내고 있는 것 같았다. 뭐, 엄연한 사실이긴 하지만 말이다.

"다녀오셨습니까, 주인님."

호숫가의 저택에 도착하자, 유카리를 비롯해 하인들이 우리를 맞이했다. 오늘 밤에는 「금강전 뒤풀이 파티」다. 이전과 마찬가지로, 소소하게 말이다.

"방금 그 사람이 이 마을의 사람인가?"

"메이드란 거예요. 아마…… 그것보다 마을 사람이라니, 선생님……."

"어처구니없어하지 마라. 처음 보니 어쩔 수 없지 않느냐."

"저도 처음 본다고요!"

얼굴을 마주 댄 채 소곤거리는 두 사람을 거실로 안내했다.

좋은 향기가 났다. 저녁 식사 준비가 이미 끝난 것 같았다.

"프롤린 던전에서 모은 대량의 미스릴을 팔아서 이 집을 샀어. 돈을 벌 방법은 그것 말고도 있으니까, 앞으로도 길바닥을 나앉을 일은 없을 거야. 안심해."

나는 자리에 앉으면서 에코의 아버지에게 그렇게 말했다.

에코를 맡은 사람으로서, 그런 부분을 설명해둬야겠다 싶었다.

"프롤…… 저게 무슨 소리인지 아느냐?"

"……선생님은 따님이 여기 있는 동안에는 안심, 안전, 건강하게 지내게 해주겠단 약속을 받았다고만 알아두면 돼요."

"그래. 그거 잘됐군."

"하아……."

이 두 사람, 사이가 좋은걸. 그러는 사이에 요리가 나왔다. 에코의 아버지와 함께 식사하는 만큼, 곁들이는 술도 꽤나 좋은 것이었다. 큐베로가 신경을 써준 것 같다. 그 증거로, 큐베로는 쿨하면서도 우쭐대는 표정으로 이쪽을 쳐다보고 있었다. 큐베로는 술 창고의 관리도 하는데, 나는 평소에 술맛 같은 걸 몰라서 대중적인 싸구려 술만 마시니까 분명 술 창고를 관리하는 보람이 없었을 것이다. 확실히, 비싼 술은 이럴 때 팍팍 꺼내놔야 한다. 안 그러면 계속 쌓이기만 할 것이다.

"그럼, 건배할까."

각자에게 요리가 전해진 후, 술을 따랐다.

뜻밖에도, 이 술의 가치를 아는 건 에코의 아버지뿐인 것 같았다. 눈을 동그랗게 뜨며 라벨을 응시하고 있었다. 한편, 카피트는 술을 잘 아는 것 같지 않았다.

그리고 「에코, 수고했어!」란 말에 맞춰, 오늘 밤에도 소소한 파티가 열렸다—.

"세컨드 2관은 정말 대단해요. 타이틀전 세 종목에 출전한다는 건 각 종목의 출전 자격을 가지고 있단 거잖아요? 게다가 사상 처음으로 2관을 달성했다고요. 말도 안 되는 거 아니냐고요. 안 그래요? 선생님, 제 말 듣고 있어요?"

"그래."

"전인미답의 경지인 거예요. 게다가 테크닉도 장난 아니잖아요. 숨쉬듯 초절정 기교를 펼쳐댄다니까요. 그리고 전법도 엄청나요. 상식을 근본부터 뒤엎어버려요. 아마 이 동계 타이틀전이 끝나면 타이틀전의 상식이 완전히 뒤바뀔 거예요. 틀림없어요. 대체 얼마나 레벨이 얼마나 높은 거냐면서요. 듣고 있어요?"

"……그래."

"일섬좌전은 진짜 충격이었어요. 그 로스만 전 일섬좌를 어린애 취급했다니까요? 그리고 시범경기도 최고였고요. 궁술도 뛰어난 거냐! 하고 생각했다니까요. 다들 마찬가지였을걸요? 이야, 웃을 수밖에 없네요. 그리고 완전 리스펙트예요. 아~, 나도 저 사람처럼 되고 싶어~ 하고 다시 한번 생각했어요. 진짜 시골에서 나오기 잘했어요. 거기 계속 있었다간 우물 안 슬라임이었을 거예요. 듣고 있어요?"

"……음? 응…… 그래."

파티가 한창 무르익었을 때, 얼굴부터 목까지 시뻘게진 카피트가 에코의 아버지에게 수다스럽게 말을 늘어놓고 있었다. 나를 칭찬하거나, 나를 동경한다거나, 시골은 최악이다 같은 말을 무한 반복으로 늘어놓고 있었다.

에코의 아버지는 술잔을 기울이면서 카피트의 말에 대충 맞장구를 치며 고개를 꾸벅거리고 있었다. 에코와 마찬가지로 술을 마시면 자는 타입 같았다.

"그러고 보니 카피트는 몇 살이야?"

"아, 저요? 스물한 살인데요."

연하인 줄 알았더니, 연상인가……. 마음이 복잡한걸.

"그 나이에 영왕전에 출전하는 것도 충분히 대단하지 않아?"

"어어…… 무슨 소리를 하는 거예요. 세컨드 2관은 열일곱 살이잖아요? 에코 양과 실비아 양도 10대죠?"

"아니, 우리는 제외하고 일반적으로 말이야."

"아~, 확실히 팀 퍼스티스트는 특별하긴 하죠!"

카피트는 왠지 우리에 대해 잘 아는 것 같았다. 나를 동경한다는 말은 혹시 『아부』가 아니라 진심인 걸까?

"저는 열다섯 살에 시골 생활이 싫증나서 마을을 뛰쳐나왔어요. 그 후로 쭉 마물들과 함께 필사적으로 살다 보니, 어느새 마물소환과 송환과 조련이 9단까지 올랐죠."

영왕전의 출전 자격은 《마물소환》, 《송환》, 《조련》을 9단까지 올리거나, 《정령소환》, 《송환》, 《정령빙의》 세 가지를 9단까지 올리는 것이다. 카피트는 전자인 것 같았다.

"모험가였어?"

"네. 그것 말고도 이것저것 했어요. 왕국 안의 마을을 전전하거나, 여러 던전을 돌아보기도 했죠."

"용케 살아남았네."

테이머는 초반에 『사고』가 많이 일어나는 직업으로 유명하다. 갓 테이머를 시작했을 즈음에는 마물을 사역해 자기 대신 싸우게 하며, 자신은 아무것도 하지 않는 경우가 많다. 즉, 자신은 약하다. 마물에게 한 번이라도 공격을 받으면 위험한 것이다.

"저는, 저기, 운 좋게, 강한 마물을 조련해서…… 그 후로 잘 풀렸달까요."

아하~, 그렇게 된 거구나.

"오케이, 이야기 안 해도 돼. 첫 시합은 나와 붙지? 기대하고 있을게."

"네! 잘 부탁드립니다!"

대체 어떤 마물을 조련한 것일까? 이것으로 영왕전의 즐길 거리가 하나 늘었다.

카피트는 정말 시원시원하고 좋은 청년이다. 얼굴은 잘생겼지만, 회색 단발머리에서 튀어나온 개 귀가 귀여움을 자아내고 있어서 공수 양면에서 빈틈이 없다. 이 정도면 연상한테도 사랑받을 것 같다.

"또 언제든 놀러 와."

"네! 감사합니다!"

서로가 내일 타이틀전을 치러야 하는 만큼, 너무 시간이 늦기 전에 해산하기로 했다. 우리 하인이 여관까지 데려다주는 것 같았다. 카피트는 곯아떨어진 에코의 아버지를 부축하며 마차에 탔다.

그리고 헤어지기 직전, 카피트는 술에 취했으면서도 진지한 표정으로 나에게 말했다.

"슬림이란 녀석을 주의하세요. 소환술사들 사이에서 그다지 좋은 소문을 들은 적이 없거든요."

"그래. 충고해줘서 고마워."

"아뇨. 그럼 이만 실례할게요. 내일 봐요."

"응, 조심해서 가."

그렇게, 두 사람은 마차를 타고 돌아갔다.

소환술사 슬림. 「Mr.슬림」이란 이름으로 도전자 결정 토너먼트에 참가했다. 그가 나와 맞붙게 되는 건 결승이다. 혹시 악랄한 짓이라도 꾸미려나?

카피트가 충고를 해줬으니 주의할 생각이지만, 그래도 나는 조금 마음이 들떴다.

영왕전, 여러 가지 의미에서 기대되는걸…….

◇◇◇

"보그, 그렇게 단련하는 게 의미가 있긴 한 거야?"

"입 다물어, 샐러맨더러. 송환당하고 싶어?"

"어이쿠, 그건 사양하겠어. 몸이 엄청 둔해졌으니까 전날에는 운동 좀 시켜달라고."

왕도 인근의 숲속. 그곳에는 절세의 미녀란 표현으로 부족할 만큼 아름다운 와인레드 장발을 허리까진 기른 엘프 여성과 진홍색 눈동자와 활활 타오르는 듯한 붉은 머리카락을 지닌 잘생긴 남자가 있었다.

밤인데도 두 사람의 주위는 대낮처럼 밝았다. 진홍색 남자의 온몸이 불꽃처럼 일렁이며 빛을 뿜고 있었기 때문이다.

"……읏?! 뭐, 뭐 하는 거야?!"

"응? 아, 미안해."

보그라 불린 여성이 갑자기 언성을 높였다. 그녀의 시선은 활활 타오르는 초목을 향했다. 샐러맨더라라고 불린 남자는 이제야 눈치 챘다는 듯이 시치미를 떼며 뒤통수를 긁적였다.

"너무 의욕이 나서 좀 샜나 보네. 뭐, 오래간만이니 말이야."

"빨리 억눌러! 숲에서 불 속성 마술을 쓰다니, 제정신이야?!"

"그래그래……. 하아, 되게 고지식하다니깐."

보그는 설교를 하면서 《물 속성·2형》을 펼쳤다. 하지만 좀처럼 불길이 꺼지지 않았다. 그러자 이어서 《물 속성·4형》을 펼쳤다. 다음 순간, 불길은 나무를 완전히 뭉개며 사라졌다.

"휘유~! 위력이 괜찮은걸."

"누구 뒤치다꺼리를 하는 건지 알긴 해? 반성의 빛이 전혀 안 느껴지네."

"아앙~? 내가 없으면 아무것도 못 하는 꼬맹이가 그딴 소리를 늘어놓는 거냐?"

"나도 이미 144살이야. 어린애 취급하지 마."

"나한테 있어서 너는 언제나 질질 짜며 구질구질하게 굴기나 하는, 마음에 하나도 안 드는 망할 꼬맹이라고."

"하아. 이래서 나는 네가 싫어……."

샐러맨더러를 불쾌한 표정으로 쳐다본 보그는 자기 단련에 다시 힘썼다.

"—하앗!"

출현한 마물, 애시 슬라임을 향해…… 검을 휘둘렀다.

그녀의 검은 애시 슬라임을 일격에 해치웠다. 【검술】 스킬을 쓰지 않고 말이다.

"내 생각에, 검을 연습해봤자 의미 없다고 생각하는데 말이지."

"소환술사는 자기 자신이 약점이야. 그 약점을 노려지는 자가 영왕에 걸맞을 리가 없잖아."

"……어이, 망할 샌님. 미리 말해두겠는데 말이다."

"뭔데?"

"네가 나설 일은 과거 현재 미래를 통틀어 단 한 번도 없어. 누구도 내 즐거움을 빼앗을 수 없다고. 적은, 내가, 혼자서, 전부 해치울 거야. 알았지?"

◇◇◇

영왕전 도전자 결정 토너먼트 준결승. 내 상대는 개 수인인 시원시원한 청년, 카피트다.

"긴장했어?"

"아, 네. 처음으로 참가하는 거라서요……. 게다가……."

"응?"

"설마 제가 동경하는 세컨드 2관과 맞붙는 날이 올 줄은…… 몇 달 전의 저한테 가르쳐주고 싶을 지경이에요."

영광인걸.

"그럼 동경의 대상인 내가, 너한테 한마디 해도 될까?"

"네, 하세요."

"그 2관이란 호칭을 쓰지 마."

"어…… 싫으세요?"

"아니. 곧 3관이 될 거니까. 그리고 다음 타이틀전에서는 8관이 될 거라고. 그러니 성가시지 않겠어?"

"……아, 아하하! 알겠습니다, 세컨드 씨. 하지만 제가 저지하고 말겠어요!"

"바라는 바야."

기합이 들어간 것 같았다. 나도 엔진에 시동을 걸어야겠다.

"서로에게 인사! 준비!"

심판의 지시에 따라, 거리를 벌렸다. 영왕전의 경우에는 다른 타이틀전보다 더 상대와 거리를 벌린다. 서로가 마물이나 정령을 전방에 소환하기 위한 적정 거리를 확보하기 위해서다.

"—시작!"

시합이 시작됐다. 카피트는 즉시 《마물소환》을 펼쳤다. 상당한 반사신경이다.

"오오."

투기장이 술렁거렸다. 그가 소환한 것은—『어스 드래곤』. 몸길이가 7~8미터 가량되는 땅 속성의 거대한 드래곤이다.

아하. 이 녀석을 《조련》한다면, 경험치를 순조롭게 벌어서 쑥쑥 성장했을 테니 잘 풀렸다고 말하는 것도 납득이 됐다.

"빙의."

나는 어스 드래곤의 눈앞에서 앙골모아를 《정령소환》하는 것과 동시에 《정령빙의》를 펼쳤다. 콤마 몇 초일지라도 낭비를 줄이는 것이 바로 소환술사가 보이는 『틈』을 없애는 유효한 방법이다.

"크……!"

카피트는 여기까지 예상한 것 같았다. 내 《정령빙의》를 보자마자 어스 드래곤의 뒤편으로 숨듯 후퇴했다. 소환술사의 약점은 소환술사 본인이다. 「표적이 되면 끝」이라고 여기며 경계하는 게 틀림없다.

뭐, 다들 그럴 것이다. 게다가 나는 【검술】, 【궁술】, 【방패술】, 【마술】 등, 다양한 스킬을 익혔다. 즉, 누적 경험치의 양이 어마어마하다. 순수 스테이터스가 얼마나 뛰어날지 짐작할 수 있는 것이다. 게다가 《정령빙의》로 모든 스테이터스가 4.5배가 됐으니, 각종 스킬을 쓰지 않더라도 맨몸으로도 그에게 있어서는 충분히 위협적이다.

그러니 4.5배라는 비정상적인 STR과 AGI를 활용해 카피트에게 재빨리 접근한 후, 한 방 먹여줘서 결판을 낼 거라고 관객들을 예상할 게 틀림없다.

하지만 그래서는 재미가 없다. 크게 활약하고, 적당히 도발한다. 그래서 하계 타이틀전에 강자들을 모은다는 계획은 예장전에만 한정된 것이 아니었다.

그러니 오늘도 놀아야 한다. 아니, 놀고 싶다. 어스 드래곤— 그 힘은 메티오 던전의 녹룡과 적룡 정도로 여겨진다. 백룡의 두 배 정도로 강하다.

제한 시간, 한 시간. 무기, 없음. 스킬, 《정령소환》 뿐. 할 수 있을까……?

"아니, 해내겠어."

"(뭐? 짐이 나서는 게 아닌 게냐?)"

"(네가 나서면 순식간에 끝나잖아. 그러면 재미없어.)"

"(짐이 바라는 건 기골이 있는 상대이니라.)"

"(나도 같아.)"

"(……그건 그렇고, 지룡을 상대로 맨몸으로 뭘 하려는 게지?)"

"(아, 관객들의 간담을 서늘하게 해줄까 해서 말이야.)"

"(아, 아니, 설마…… 자, 잠깐만, 어이! 나의 세컨드여! 하다못해 검이라도 쓰거라!)"

"(그럼 재미없다고.)"

"(어이, 어이! 관둬라! 재미를 따질 때가 아니지 않느냐! 어이!)"

나는 앙골모아를 빙의시킨 채, 어스 드래곤에게 맨손으로 달려들었다.

「어어어어어어어?!」— 관객석 곳곳에서 경악에 찬 목소리가 터져 나왔다. 다행이다. 분위기가 달궈진 것 같다. 내 펀치는 크리티컬 히트했다. 대미지는 《보병검술》보다 아주 약간 나은 정도. 으음, 크리티컬로 이 정도라면, 어찌어찌 되겠는걸.

어스 드래곤은 아픈지, 울부짖고 반격을 하려고 몸을 비틀었다. 나는 대각선 아래쪽으로 고개를 숙였다. 꼬리 공격은 예비 동작이다.

"하앗."

나는 그 자리에 엎드리며 꼬리를 피했다. 부웅 하고 공기를 찢는 듯한 소리와 함께 경차 정도 크기의 혹이 달린 거대한 꼬리가 머리 위를 가르고 지나갔다. 오~ 무섭네.

자아, 내 차례다. 《정령빙의》 중에는 AGI가 어마어마하게 높기 때문에 순간이동을 하듯 움직이는 게 가능해서 상대의 공격을 여유롭게 피할 수 있다. 그리고 마찬가지로 STR도 높다. 즉, 대미지를 벌 거면 지금이 기회다.

"우랴우랴우랴앗!"

어스 드래곤의 다리를 주먹으로 두들겨팼다. 다운치를 축적시키면서 HP를 갉아먹는 것이다.

"(곧 풀릴 게다.)"

적당히 흥이 났을 때, 《정령빙의》가 풀리려 했다. 빠른걸. 벌써 300초가 흘렀다. 다시 사용 가능해지는 건 250초 후다. 그때까지는 완벽하게 맨몸이다.

"휴우……."

빙의가 풀렸다. 갑자기 몸이 무거워진 듯한 느낌이 들었다.

하지만 어스 드래곤은 개의치 않으며 달려들었다.

“우워!”

얼간이처럼 울부짖었다. 브레스 공격이 날아왔다. 나는 어스 드래곤을 중심으로 크게 원을 그리듯 회피 행동을 취했다. 그 직후, 어스 드래곤은 화산 분출물 같은 빔을 토했다. 날아오리라는 것을 알고 있으면, 피하는 게 어렵지 않은 공격이다. 빙의 중이라면 공격으로 전환하겠지만, 공교롭게도 앞으로 231초 동안은 빙의를 쓸 수 없다. 그래서 나는 회피에 전념했다.

점프한다는 건, 깔아뭉개기 공격을 하겠다는 신호다. 어스 드래곤의 진행 방향과 수직 방향으로 달려가서 전력으로 회피하는 게 정답이다. 두 걸음 후퇴하는 건, 돌진하겠다는 신호다. 최대한 기다린 후에 좌우 한 방향으로 몸을 날리면, 추가타를 걱정하지 않으며 회피할 수 있다.

……자아, 그러는 사이에 빙의가 풀린 후로 250초가 지났다.

“빙의.”

한 세트 약 560초. 제한 시간 3600초. 즉, 이것을 반복할 수 있는 건 앞으로 다섯 번이다. 그동안에 어스 드래곤을 쓰러뜨릴 수 있을까? 감각적으로는 아슬아슬하게 성공할 것 같았다. 도박인가.

……좋아. 긴장감이 느껴지는걸.

“승부다……!”

◇◇◇

나는 눈앞의 광경을 얼이 나간 채 쳐다보고 있을 수밖에 없었다.

시합 전에는 세컨드 씨가 정령빙의 상태로 나를 노릴 게 틀림없다고 생각했다. 그리고 그걸 내 파트너가 막아낼 수 있을지의 승부일 거라고, 나는 생각했다.

그런데…… 아니, 이게 대체 뭐냐고.

어스 드래곤을 맨손으로 두들겨 패? 상대는 드래곤이거든? 말이 돼? 아니, 말도 안되잖아. 어쩌면 이 사람은 바보일지도 모른다고 생각했어.

하지만 시간이 흐르자, 나는 세컨드 씨의 진의를 알 것 같았다.

이것은 『과시』다. 남들이 매료되고 마는 그의 바닥 없는 매력의 일부다.

시합 중인데도, 나까지 반해버리고 말았다. 대단해. 역시 당신은 최고야……!

"—우랴앗! 봤냐! 아슬아슬하게 성공했다고!"

시합 시간을 약 10초 남겨뒀을 즈음, 세컨드 씨가 어스 드래곤을 기절시켰다.

이 사람이 이겼어. 한 시간이나 걸려서, 어스 드래곤에게, 맨손으로, 이긴 거야.

남은 시간은 5초. 이대로 내가 도망친다면, 서로의 HP가 줄지 않았기에 무승부가 된다.

뭐, 그렇게 부끄러운 짓을 할 생각은 없지만 말이야.

"졌습니다."

나는 환한 표정으로, 패배 선언을 했다.

"거기까지! 승자, 세컨드 퍼스티스트!"

—그 순간, 투기장 전체에서 이제까지 들은 적 없는 엄청난 환성이 터져 나왔다.

다들 흥분하는 게 당연했다. 제한 시간을 10초 남기고 드래곤을 쓰러뜨리다니, 마치 연극 같았다.

아마 세컨드 씨에게도 이 시도는『도박』이었으리라. 해낼 수 있을지 알 수 없는 그런 도박에 도전한 것이다. 단순히 이기고 싶었다면 무기를 장비했을 것이다. 이 영왕전이라는 무대에서, 그런 도박을 하는 건 세컨드 씨뿐일 게 틀림없다.

얕보였다? 바보 같은 소리 하지 마라. 이미 실력은 하늘과 땅만큼 차이 난다. 오히려 순식간에 해치우지 않고 멋진 승부를 펼쳐준 것에 감사하고 싶을 지경이다. 게다가 세컨드 씨는 어스 드래곤을 쓰러뜨리지 못하더라도 끝까지 맨손으로 싸웠을 것이다. 설령 무승부가 되더라도, 지더라도 말이다.

……변함없네. 할 말은 하고, 하고 싶은 걸 한다. 그럴 수 있는 심지를 지녔으며, 그러기 위한 힘도 갖췄다. 처음으로 세컨드 씨를 봤을 때와 무엇 하나 달라지지 않았다. 무엇 하나 말이다.

저 사람은 모험가 길드에서 신참 사냥을 하는 모험가를 상대로「모험가 길드가 나쁘다」고 말했다. 당당히, 단호하게 말이다. 게다가 길드 안에 있는 이들 한 명 한 명을 모두 둘러보며 말이다. 방금 등록한 F랭크 모험가이면서 말이다. 「선생은 못난 학생을 돌보며 주의를 줄 의무가 있다」면서, 말이다.

눈이 마주친 순간, 온몸에 충격이 흘렀다. 그와 동시에, 무심코 눈을 돌리고 만 자기 자신이 진심으로 부끄러웠다. 너무나도, 부끄러웠다.

이제, 그 시절의 나로 돌아가지 않겠다. 나는 그 사람처럼 되고 싶다. 하고 싶은 말을 하고, 하고 싶은 일을 할 수 있는, 그런 굳은 심지를 지닌 남자가 되고 싶다.

"결승, 힘내세요."

"그런 말 안 해도, 이 자리에 있는 모두를 깜짝 놀라게 해줄 거야. 아, 그리고 내일은 3관 기념 파티를 열 거니까 너도 와."

"네! 꼭, 가겠습니다……. 꼭!"

가슴이 후련할 정도의 패배였다. 나는 아직 멀었다. 한참 멀었다. 졌는데도 왠지 의욕이 샘솟았다. 좋아, 더 힘내자……!

◇◇◇

"—세컨드, 마침 잘 왔어요. 부탁드릴 일이 있어요."

시합을 마치고 관객석으로 돌아가기 위해 통로를 걷고 있을 때, 갑자기 등 뒤에서 목소리가 들려왔다.

"어? 뭐야, 마인이잖아. 이런 데서 뭐 하는 거야?"

뒤를 돌아보니, 그 목소리의 주인은 마인이었다.

"말투를 신경 쓰세요. 그것보다, 부탁드릴 일이 있습니다."

"응? 아~, 일단 말해봐."

나를 이름만으로 부르는 점이나 약간 딱딱한 분위기에서 위화감이 느껴졌지만, 아마 여기가 『밖』이라서일 것이다. 국왕 폐하는 여전히 고생 많네.

"로이스 던전에서 마물이 대량으로 발생했다는 보고를 받았습니다. 현재 확인 및 대처가 가능한 사람은 세컨드뿐이에요. 부디 그곳에 가서 살펴봐주지 않겠습니까?"

"로이스구나. 뭐, 좋아."

"……어."

"왜 그래?"

"영왕전은, 어쩔 겁니까?"

아, 마인은 앙코의 존재를 모르지? 이런 일도 있을까 싶어서 왕도 주변의 주요 장소에는 이미 앙코를 데리고 방문해뒀다. 얼마든지 전이가 가능하다.

"괜찮으니까, 걱정하지 마."

"그렇습니까. 그럼 잘 부탁드립니다."

마인은 고개를 끄덕인 후, 돌아갔다. 저 녀석, 호위도 없이 혼자 돌아다녀도 괜찮나?

으음…… 뭐, 됐다. 그것보다 로이스 던전에서 마물이 대량 발생한 건부터 신경쓰자. 『스탬피드』 이벤트일까? 그런 것치고는 징후도 없이 너무 갑작스럽게 일어났고, 애초에 던전의 마물은 기본적으로 던전 밖으로 안 나오는데…… 대체 어떻게 된 거지?

좋아, 가보자. 여기서 생각해봤자 아무 소용 없다. 가보면 알 수 있을 것이다.

“아무것도 없잖아!!”

나는 화가 났다. 앙코의 도움을 받아서 로이스 던전으로 전이했지만, 입구 부근은 평소와 다름없었다. 주변을 조사해봤지만, 별다른 특이점은 없었다. 혹시나 싶어서 던전을 공략해봤지만, 평소와 전혀 다르지 않은 로이스 던전이었다.

그 결과, 한 시간 정도를 낭비했을 뿐이다. 다음 시합 전에 도착할 수는 있지만, Mr.슬림과 빅혼의 준결승은 관전하지 못했다.

“마인 자식…… 아니, 잘못된 정보를 전한 망할 누군가……!”

마인에게 화를 내봤자 소용없기에, 잘못된 정보를 전달한 누군가를 향해 분노를 터뜨렸다. 투기장 뒷문 쪽의 눈길을 끌지 않는 장소로 전이해서 안에 들어간 후, 통로를 걸었다. 아무래도 관전석에 들를 시간은 없을 것 같았다.

“어.”

통로 안쪽에 카피트가 있었다. 내가 경기장으로 직행하리라고 예상해서 응원하러 온 것일까?

“무슨 일이야. 나를 응원—.”

“세, 세컨드. 네 소중한 사람을 내가 맡아뒀다. 돌려받고 싶으면 다음 시합에서 져라."

"……뭐?"

소중한 사람?

"무슨 소리야?"

"인질이다. 지면 가르쳐주지."

카피트는 그 말을 남긴 후, 나한테 등을 보이며 사라졌다.

내 소중한 사람을 인질로 잡았다는 소리인가? ……어, 뭘 위해서지?

유카리한테서는 아무런 연락도 없는데? 그리고 실비아와 에코가 웬만한 녀석들에게 당할 리가 없어. 그리고, 카피트의 말투가 저랬나? 으음……?

"……뭐, 됐어."

다음 시합에서 지라고 지껄이던데, 영문을 모르겠다. 딱히 문제는 없을 것 같으니, 이대로 결승을 치르러 가기로 했다. 나는 통로를 그래도 나간 후, 무대에 섰다. 그곳에는 이미 대전 상대가 있었다.

꽤 키가 크고 실크햇을 쓴, 연미복 차림의 깡마른 남성이다. 아, 한눈에 알아봤다. 저 녀석이 Mr.슬림인가.

인기가 엄청났다. 내가 모습을 보인 것만으로도 관객들이 환성을 지르고 있다. 몰래 사인 연습을 해두기 잘했다.

"세컨드 씨~! 힘내세요~!"

오오, 카피트도 관전석에서 성원을 보내고 있었다. 나는 「고마워」 하고 말하며 손을 흔들었다.

……어?! 잠깐, 아까 전의 인질 운운은 어떻게 된 거야?!

"왜 그러시지요? 세컨드 2관."

내가 당혹스러워하자, 슬림이 말을 걸어왔다.

"아, 좀 혼란스러운 일이 있었거든."

"그거 큰일이군요. 저는 개의치 마시고, 그 건부터 먼저 해결하시지요."

슬림은 실크햇을 살짝 들어 올리며 예를 표했다. 모자 안에서 비둘기를 꺼낼 듯한 분위기의 남성이다.

"그거 고맙네. 하지만 시합이 끝난 후에 처리하겠어."

"그러시겠습니까."

눈을 가늘게 뜬 슬림이 실크햇을 다시 섰다. 어? 방금, 뭔가…….

"서로에게 인사! 그리고 준비!"

심판의 지시에 따라, 마주섰다.

아아~!! 하하, 알겠다~. 위화감의 정체를 알겠다고. 카피트가 충고를 해줄만하네. 확실히 이 세상의 사람들에게 이 자식은 꽤나 성가실 거야.

"부디 잘 부탁드립니다."

슬림이 신사답게 인사를 했다. 그 속내는 전혀 신사답지 않으면서 말이다.

……이 자식, 감히 이딴 짓을 벌여? 따끔한 맛을 보여주마.

"그래, 잘 부탁해. 카멜레온 조련사."

◇◇◇

"앗!!"

내가 「카멜레온 조련사」라고 말한 순간, Mr.슬림의 얼굴에서 여유로운 미소가 사라졌다.

아무래도 정답을 맞힌 것 같았다.

뫼비우스 온라인에는 『레이스』라는 마물이 있다. 다들 이 마물을 카멜레온이라고 불렀다. 그 이유는 단순했다. 바로 모습을 바꾸기 때문이다.

레이스는 온갖 것으로 변할 수 있다. 마물도, 플레이어도, NPC도 될 수 있으며, 화분이나 벤치나 대검처럼 1~2미터 길이의 물체라면 뭐든 될 수 있다.

아마 Mr.슬림은 레이스를 조련했을 것이다.

첫 싸움 직후에 통로에서 마주친 마인도, 방금 인질이 어쩌고 한 카피트도 분명 레이스가 변한 모습이 틀림없다. 한 나라의 왕이 호위를 한 명도 데리지 않고 있는 것도 이상하고, 가짜 카피트는 말투부터 시작해서 전부 이상했다.

그렇게 나를 영왕전에 출전하지 못하게 하거나 자신에게 지도록 유도하면서 정신을 흐트러뜨리려 하는 등, 비겁한 장외전술을 구사한 것이다.

네 시선을 보고 눈치챘어. 미스터 양반, 내 뒤편의 지면을 언뜻 쳐다봤지……?

"—시작!"

시합이 시작됐다. Mr.슬림은 즉시 《정령소환》을 썼다. 연출로 볼 때, 물의 정령인가.

"빙의."

마찬가지로 나도 《정령소환》, 그리고 거의 동시에 《정령빙의》를 펼쳤다.

"후후후. 저를 노릴 속셈입니까? 아니면 첫 시합 때처럼—."

슬림이 말을 늘어놓기 시작했다. 주목을 끌 속셈일 것이다. 네 속셈은 뻔히 보인다고, 멍청한 놈아. 나한테 카멜레온을 지적당하고 관뒀다면 눈감아줬겠지만, 이제는 용서 못 한다.

나는 슬림을 완전히 무시하며 크게 한 걸음 물러난 후, 그 자리에서 힘껏— 발꿈치 찍기를 날렸다.

"아니……?!"

슬림은 입을 쩍 벌리며 얼어붙었다.

내 발치에서 뭔가가 꿈틀거렸다. 나는 그것을 몇 번이나 걷어찼다.

"제, 젠장……!"

조급해진 슬림이 물 속성으로 보이는 정령에게—.

"(물의 정령 아쿠에라이니라.)"

물의 정령 아쿠에라에게 《물 속성·1형》을 영창시켰다.

"(그거, 할 수 있겠어?)"

"(짐에게 맡기거라.)"

할 수 있는 것 같았다. 얼빠진 정령과 그 주인에게만 통하는, 정령대왕의 특권.

"(무릎 꿇거라!)"

—지배의 번개.

그 순간, 앞으로 뻗은 내 손끝에서 붉은 번개가 뿜어져 나와서 슬림과 아쿠에라를 지면에 속박했다.

"이게 뭐지?! 뭐, 뭘 한 거냐?!"

"……?!"

겁먹은 자식 한정으로 머리를 강제로 숙이게 만드는, 정령대왕 특유의『성격 더러운 기술』이다.

아쿠에라는 말수가 적은 정령인지 아무 말도 안했으나, 표정은 경악으로 가득 차 있었다. 무릎을 꿇은 채 입을 다물고 있었지만, 고개만 이쪽으로 들어서「왜」,「어째서」하며 호소하고 있었다.

"자아, 우선 이 녀석에 관해서 이야기해볼까."

나는 발치에서 축 늘어져 있는 반투명한 인형 같은 마물의 목덜미를 잡은 후, 슬림 쪽으로 끌고 갔다. 이 녀석이 레이스다. 내 뒤편에서 얄팍하게 몸을 펼쳐서 지면으로 위장하고 있었다. 전투 능력은 거의 없다. 그렇기에 몇 번 걷어차자 바로 기절했다.

"크, 으으윽……!"

슬림은 원통한 것 같은 신음을 흘렸다. 왜냐하면『반칙』을 들켜서다.

시합 개시 전부터 레이스를《마물소환》해서, 내 등 뒤의 지면에 위장시켜뒀다. 소환은 시합 개시 후에만 해야 한다. 즉, 반칙이다.

이 녀석의 계획은 교묘한 화술(웃음)로 내 주의를 끈 후, 그 틈에 레이스를 발치로 이동시켜서 아쿠에라의 공격을 회피 못하게 기습적으로 내 발을 휘감는 것이었으리라. 원래라면 눈치챌 수 있을 리가 없다. 애초에 그런 능력을 지닌 마물을 본 적이 없다는 게 이 세상 사람들에게 있어 상식일 것이다. 그렇기에 슬림은 이 전법으로 이 자리까지 올라올 수 있었다.

으음. 반칙이지만, 나쁘지 않은 전법이다. 착안점은 뛰어나고, 들킬 일도 없다. 설마 지면으로 변하는 마물이 있을 거라고는 누구도 생각 못 할 테니 말이다.

하지만 딱 하나, 유감인 것은…… 내가 전 세계 1위였다는 점이다. 단순명쾌하게, 그게 전부다.

"반칙패와 KO패 중에서 고르게 해주지."

심판은 눈치채지 못한 것 같았다. 무리도 아니다. 레이스를 모른다면 판단을 내릴 수가 없는 것이다. 하지만 차근차근 설명해준다면 분명 이해할 것이다. 2관이 압승할 수 있는 시합인데도 불구하고, 상대방의 반칙을 설명해주는 것이다. 신용해줄 게 틀림없다.

"……끝까지 싸우겠습니다. 저도 명색이 소환술사니까요. 이번에는, 정정당당히 싸울 겁니다."

슬림도 그걸 눈치챈 것 같았다. 그러니 조금이라도 승산이 있는 쪽을 선택했다.

정정당당히, 라. 그 말을 믿어주지.

"(지배의 번개, 풀어도 돼.)"

"(알겠느니라.)"

나는 앙골모아에게 지시를 내린 후, 슬림에게 등을 보이며 원래 위치로 돌아갔다.

"—멍청한 놈! 레이스가 한 마리뿐인 줄 알았냐!!"

……어라라~. 아무래도 슬림은 레이스를 한 마리 더 숨겨뒀던 것 같았다.

또 한 마리의 레이스가 내 발을 움켜잡았다. 상반신만 움직여서 돌아보니, 《물 속성·3형》의 영창을 마친 아쿠에라가 눈에 들어왔다.

이 망할 자식, 애초부터 기습을 할 작정이었던 것 같았다.

"(역시 그랬느냐.)"

앙골모아는 즐거운 듯이 중얼거렸다. 안 봐도 알 수 있다. 너, 히죽거리고 있지?

"(그러면 안 되느냐?)"

"(아니…… 나도 같은 심정이야.)"

Mr.슬림. 이 기습은 실수야. 하다못해 내 《정령빙의》가 풀린 후에 해야했어.

"하아아아아아앗—!!!!!!"

나는 기합이 가득 들어간 목소리로 고함을 지르며, 풀파워로 돌진했다.

"읏?!"

발을 휘감은 레이스? 그딴 건 상관없다. 나는 「태클을 받아도 상대를 질질 끌며 나아가는 근육질 럭비 선수」를 이미지했다.

"쏴, 쏴라! 쏴!"

당황한 슬림이 아쿠에라에게 지시를 내렸지만, 이미 늦었다. 《정령빙의》 상태의 AGI로 전력을 다해 이동하면, 그 속도는 순간이동처럼 빠르다. 《물 속성·3형》 따위는 여유롭게 피할 수 있다.

……하지만 말이지? 나는 안 피한다고!

"아니?!"

내 안면에 《물 속성·3형》이 정통으로 꽂혔다.

"크아아아앗!!!!"

아파! 젠장. 아프고 피까지 났다. 득 될 게 전혀 없다.

하지만, 이것으로…… 슬림의 계략을 전부 받아주고도, 궁지에 몰아넣었다.

"감히 이딴 짓을 해……!"

"네, 네놈이 일부러 맞았지 않느냐!"

"시끄러워어어어엇!!!"

슬림은 공격을 이어가는 것마저 망각한 채, 뒷걸음질 쳤다.

겁먹은 것이다. 그렇다면, 잘했다 싶었다.

"(하하핫!)"

앙골모아가 웃었다. 아아, 나도 웃고 싶은 기분이야. 얼굴이 아파서 못 웃지만 말이지.

"타아아아아아아아아앗!!!!"

나는 포효를 지르면서 슬림에게 순식간에 접근했다. 피가 눈에 들어간 탓에, 슬림이 시뻘겋게 보였다.

"……히익……."

완전히 밀착한 상태에서, 눈과 눈이, 마주쳤다.

그리고, 혼신의, 박치기—! 박치기!

"—그, 그만! 승자, 세컨드 퍼스티스트!"

……이겼다. 꼴 좋구나.

"하아…… 하아…… 하아……."

타이틀전에서 비겁한 짓을 하면, 이렇게 따끔한 맛을 보게 된다. 좋은 걸 배웠지? 미스터.

◇◇◇

"……무서워."

관객석에 있던 셰리 럼버잭은 부르르 떨었다.

아무리 동경하는 사람일지라도, 방금은 너무 무시무시했다.

"마치 반야 가면을 연상케 하는걸."

옆에서 그렇게 말한 이는 헤레스 럼버잭, 셰리의 친오빠다.

이 세상에는 불교가 존재하지 않지만, 반야 가면은 장비 아이템으로 존재한다. 그래서 그는 반야 가면을 아는 것이다.

"역린을 건드린 게 분명해. 저 Mr.슬림이라는 작자, 이상한 소문이 따라다녔거든."

"아무리 역린을 건드렸다고 해도, 그것 때문에 마술을 일부러 안면으로 맞아서 얼굴 전체가 피범벅이 된 상태로 박치기를 날릴까?"

"……할지도 몰라. 저 녀석은 여자애를 주먹으로 때려서 5미터나 날려버린 남자거든."

"하하하하! 제정신 아닌걸. 역시 재미있는 남자야."

"오라버니는 저 남자가 꽤나 마음이 들었나 보네."

"그래. 그가 에른테와 믹스 자매를 무릎 꿇렸다는 이야기를 들었을 때부터, 나는 그에게 반했어."

"그런 위험한 짓도 벌였던 거야?!"

새로운 사실을 안 셰리가 경악하자, 헤레스는 우쭐대는 듯한 표정을 지었다.

그런 남매를 흘겨보고 있는 메이드가 한 명 있었다.

"제 귀에는 문제가 참 많은 남자의 이야기처럼 들립니다만……."

"마리포사는 그렇게 생각해? 꽤나 신랄한걸."

"아뇨, 일반적인 의견일 거라고 생각합니다."

마리포사라 불린 메이드는 헤리스를 향해 날카로운 시선을 보냈다. 그와 그녀는 주종관계지만, 평상시에는 주종관계가 정반대인 게 아닐까 싶은 특이한 사이다.

"나는 말이지. 그를 멋대로 라이벌로 여기고 있어. 일섬좌전 결승에서는 허무하게 지고 말았지만, 다음에는 그렇지 않을 거야. 목표를 제시해준 그에게 고마운 마음마저 든다고. 그래서, 이렇게 편애하는 거지."

"헤레스 님. 좋은 말로 할 때, 세컨드 2관을 목표로 삼는 건 관두시죠."

"맞아, 오라버니. 아무리 노력하더라도, 무리인 건 무리야."

헤레스의 말을 들은 메이드와 여동생이 진지한 표정으로 말렸다.

하지만 헤레스는 그런 두 사람을 향해 도전적인 미소를 지었다.

"목표는 높을수록 좋지. 뭐, 꾸준히 노력하면 돼. 그러니 너희도 노력하라고! 하하핫!"

"젠장…… 그 남자, 절대 용서 못 한다……!"

시합 종료 후, 기절에서 깨어난 Mr.슬림은 분노를 터뜨리며 통로를 걸었다.

그가 소환술사 사이에서 경계되는 이유는 바로 이 지독한 성격 때문이었다.

마음에 안 드는 상대는 그가 지닌 마물『레이스』를 이용해서 사회적으로 궁지에 몬다. 쭉 그렇게 해온 결과, 「Mr.슬림을 조심해라」라는 소문이 돌게 된 것이다.

"키히힛! 두고 보자, 세컨드……. 너를 사회적으로 말살해주마……!"

그 이유는 마음에 안 들어서다. Mr.슬림은 그런 남자다.

"레이스. 나를 휘감아라!"

그는 레이스에게 지시를 내렸다. 그러자 레이스는 Mr.슬림의 몸을 얇게 감싸면서 달라붙었다. 그리고—.

"지금쯤, 세컨드는 대기실에 있겠지."

—Mr.슬림은 세컨드의 모습으로 변모했다.

이것이 바로 Mr.슬림이 가장 경계를 받는 요인이다. 그가 독자적으로 개발한, 레이스를 이용한 『변화』다. Mr.슬림은 이 변화를 이용해 사기를 치거나 여자를 안는 등의 온갖 악행을 마음껏 저질러 왔다.

"그 남자의 인생을 끝장내주마……!"

세컨드의 모습으로 변한 Mr.슬림은 어딘가로 향했다.

사회적으로 가장 큰 영향력을 지닌 상대가 있는 곳이다.

"—마인! 마인 있냐!"

캐스탈 국왕이 앉는 자리에 다가가서, 큰 목소리로 고함을 질렀다.

Mr.슬림은 생각했다. 「어떠냐. 국왕을 반말로 불렀다고」— 하고 말이다.

"아, 세컨드 씨. 무슨 일인가요?"

"……어."

무례한 태도로 반말을 쓴데다 자리에서 일으켜 세워 자기 쪽으로 오게 했는데도, 마인 국왕 폐하는 자못 당연하다는 듯이 걸어왔다. 놀라지 않은 것 같았다.

"아, 어, 아냐! 이 자식, 던전에서 마물이 대량 발생했다는 건 오보잖아! 어떻게 책임질 거냐고!"

Mr.슬림은 마음을 다시 잡은 후, 이렇게 생각했다. 「이 자식이라고 부른데다, 책임까지 떠넘겼지. 이번에야말로 폐하가 분노할 게 틀림없다」— 하고 말이다.

"던전이요? 어느 던전이죠? 정말인가요? 누구한테 들었나요?"

"……어, 어라?"

이상하다. 화내지 않았다. Mr.슬림은 혼란에 빠지며 당황했다. 설마 간파당한 것일까. 자신은 함정에 빠진 것일까. 하지만 이렇게 짧은 시간에 함정을 준비했을 리가 없다. 빨리 국왕을 화나게 만든 후에 도주해서, 세컨드의 신용을 땅에 떨어뜨려야 한다. Mr.슬림은 그렇게 생각하며, 마인을 화나게 만들 말을 생각해내려고 필사적으로 머리를 굴렸다.

"시끄러워! 아무튼 사과해! 확 죽여버린다! 죽고 싶냐! 마더콤! 범생이!"

"어~. 정말, 알았어요. 제가 잘못했어요~……. 자아, 이제 됐죠?"

"……."

폭언을 쏟아낸 끝에, 한 나라의 왕이 사과하게 만들었다.

"……그, 그래. 알았어. 이제 됐다고……."

Mr.슬림은 마인을 화나게 만들 방법을 더는 생각하지 못했다.

터벅터벅 돌아가는 Mr.슬림의 등을, 마인은 「무슨 일이지?」 하며 응시했다.

"—멈춰라! 이대로 돌려보낼 것 같으냐!"

갑자기 Mr.슬림의 왼발에 《보병검술》이 꽂혔다.

"커억?!"

공격한 이는 바로 마인의 시종인 클라우스였다.

"……앗!"

그 순간, 레이스의 변화가 풀리면서 Mr.슬림의 얼굴이 드러났다.

마인은 무심코 그렇게 외쳤다.

"역시. 세컨드 2관으로 변해서 그의 신용을 떨어뜨릴 속셈이었나."

"아, 아니……. 이건……!"

"변명해봤자 소용없다!"

클라우스의 날카로운 검이 Mr.슬림을 노렸다. 그는 타이틀전 출전 레벨에는 도달하지 못했지만, 그래도 국내에서 검술로 손꼽히는 실력자다. 소환술사를 상대로 기습을 해서 해치우지 못할 리가 없다. 그 결과…… Mr.슬림은 그 자리에서 클라우스에게 두 발의 힘줄을 잘렸고, 예속의 목걸이가 걸린 채 기사단으로 연행됐다.

그와 동시에 레이스의 존재가 명백히 밝혀지자, 세컨드가 그렇게 분노하며 Mr.슬림을 박살을 낸 이유 또한 관객들에게 널리 알려졌다.

"……그에게는 밝혀지지 않은 죄가 산더미처럼 있을 것 같습니다."

"네. 틀림없겠죠. 철저하게 조사하세요."

끌려가는 Mr.슬림을 본 마인이 그렇게 말하자, 클라우스는 고개를 끄덕이며 입을 열었다.

"하지만, 폐하도 대단하십니다. 세컨드 2관이 가짜라는 것을 간파하고, 일부러 화를 내지 않으며 대응해서 상대를 방심하게 만드신 거군요."

"……으, 음. 뭐, 그렇게 된, 거예요."

실은 전혀 눈치채지 못했다는 사실을, 마인은 도저히 밝힐 수가 없었다.

◇◇◇

최종전 상대는 현 영왕인 보그라는 여자 엘프다. 아름다운 와인 레드 빛깔 머리카락을 허리까진 기른, 모델 체형의 미인이다.

"만나서 영광이야, 세컨드 2관."

그녀는 나와 대치하더니, 우아하게 인사를 하면서 정중한 어조로 말했다. 그 미모에 걸맞은 아름답고 차분한 목소리였다.

"나야말로 영광인걸, 영왕."

내가 그렇게 대꾸하자, 보그는 빙긋 미소 지으며 예를 표했다.

……시종일관 태도에서 여유가 넘쳤다. 몸에 괜히 힘을 주지 않으면서, 표정에는 진지함이 흘렀다. 완전히 릴렉스한 상태에서 집중 상태를 유지하고 있는 것처럼 보였다. 어쩌면 그녀는 지금까지 싸운 이들 중에서 가장 **만만치 않을 지도** 모른다. 기대하지 않겠다고 그렇게 떠들어댔지만, 이번만큼은 기대하지 않을 수 없는 수준이었다.

"자신은 있어?"

나는 상대의 실력을 가늠하기 위해, 시험해보듯 한 마디를 건넸다.

"이 순간, 이 자리에서 최선을 다할 뿐이야. 나도, 당신도 말이지."

"맞는 말이네."

가볍게 흘려넘겼다. 정말 괜찮은걸.

그런 생각을 하고 있을 때, 이번에는 그녀가 질문을 던졌다.

"당신이 지닌 정체불명의 정령. 그 정체를 밝혀줄 거야?"

대뜸 핵심을 찔렀다. 아무래도 그녀는 앙골모아를 보고 싶은 것 같았다. 확실히 지금까지는 소환하자마자 빙의했기 때문에, 제대로 볼 기회가 없었을 것이다.

"안심해. 머리부터 발끝까지, 감추지 않고 보여주지."

"어머, 기쁘네."

이거, 꽤 즐길 수 있을 것 같다.

"서로에게 인사, 준비— 시작!"

시합이 시작됐다. 그 순간, 서로가 《정령소환》을 발동시켰다.

보그의 앞에, 올려다봐야 할만큼 높은 불기둥이 솟구쳤다. 그 안에서 모습을 드러낸 정령은 눈에 익었다. 저 녀석은 분명, 불의 대정령 샐러맨더러.

한편, 이미 《정령소환》을 했는데도 앙골모아는 모습을 보이지 않았다. 설마…….

"아앙~? 어이어이, 저 자식, 아직 소환 안 한 거냐? 좀 봐달라고! 오래간만에 좀 즐기나 했더니, 이딴 조무래기—."

"읏?! 샐러맨더러! 물러나!"

—그 직후, 지면에 가해진 충격이 투기장 전체를 뒤덮었다.

지진이 아니다. 앙골모아다. 그 녀석은 그저 눈에 띄고 싶어서, 일부러 소환 타이밍을 늦추고 연출까지 신경 쓰면서 화려하게 현현한 것이다.

"……윽…… 서, 설마……."

적발적안의 미남 정령 샐러맨더러의 얼굴이 새파랗게 질렸다. 왠지 그가 몸에 두른 불꽃의 기세도 줄어든 것 같았다. 역시 그 어떤 정령도 앙골모아를 질색하는 것 같았다. 하긴, 성격이 더럽잖아.

"하하하하하하핫~!"

큰 웃음소리를 토하며, 검붉고 흉흉한 문양이 그려진 거대한 팔이 지면에서 튀어나왔다. 투기장이 파괴되지는 않았다. 이것은 『연출』이다. 대미지는 없다. 그저 주목을 받고 싶어서, 그리고 상대를 겁주려고 만들어낸 거대한 환영이다. ……아마도 말이다.

"무릎 꿇거라!!"

거대한 팔은 번개를 뿜으면서 손바닥을 아래편으로 향하게 하더니, 보그와 샐러맨더러를 짓누르려는 듯이 급속도로 낙하했다.

"우오오오오?!"

샐러맨더러는 양손을 앞으로 내밀어서 순식간에 불꽃의 방패를 현현시켰다. 대단한걸. 이 세상의 대정령은 마술의 형에 얽매이지 않으며 이렇게 자유자재로 불꽃을 조종할 수 있는 건가.

"크……!"

거대한 팔이 샐러맨더러가 만들어낸 불꽃의 방패를 으스러뜨린 후, 흩어졌다.

순식간에 안개가 자욱하게 끼였다. 파직파직하고 번개가 치는 가운데, 어느새 내 눈앞에 당당히 선 중성적인 미모를 지닌 정령이 천천히 입을 열었다.

"—오래간만이구나, 샐러맨더러! 자면서 오줌싸는 버릇은 고쳤느냐?"

첫수, 조롱. 정령대왕 앙골모아의 강림이다.

"인마, 거짓말 하지 마! 나는 그런 적 한 번도 없다고!"

"흥, 짐의 기억이 잘못됐나? 아, 그래. 그건 네 아비였지."

"거짓말이지?! 아, 알고 싶지 않았어……."

샐러맨더러의 불꽃이 확 줄어들었다. 어쩌면 그의 온몸을 감싼 불꽃은 그의 텐션을 표현하는 걸지도 모른다.

"샐러맨더러, 저 정령은……."

"응? 아, 저 녀석은 앙골모아. 번개의 대정령이야."

"번개의……."

보그는 표정을 굳혔다. 샐러맨더러의 반응을 보고, 「정상적으로 싸워선 이길 수 없다」는 것을 눈치챈 것이리라.

"아니, 짐은 정령대왕이니라! 제대로 소개해라, 이 어리석은 놈아! 잘 듣거라. 짐의 이름은 앙골모아. 4대 속성을 지배하는 정령의 대왕이니라!"

대왕은 눈에 띄고 싶어서 여념이 없었다. 그리고 귀도 참 밝아서, 틈만 나면 상대를 조롱했다. 악랄하네.

"샐러맨더러, 1 대 1로 싸워서 이길 수 있을까?"

"솔직히 무리야. 한 시간 버티는 거라면 어찌어찌 되겠지만……."

"……최종전은, 제한 시간이 없어."

"골치 아프네……."

상대방은 작전을 세우는 것 같았다. 좋아. 기다려주지.

"(저 빨간 형씨는 어떻게 요리하면 좋을까?)"

"(저대로 썰어서 회로 내놔도 좋지. 삶거나 굽는 것도 괜찮을 거다. 풀코스도 괜찮겠구나.)”

즉, 순식간에 해치울 수도 있고 유린할 수도 있다는 건가…….

현재 시각은 오후 세 시 반 정도. Mr.슬림이 사고를 친 바람에 최종전이 늦게 시작됐기에, 일몰 때까지 즐기려 한다면 길어도 두 시간 정도인가.

“(풀코스로 부탁해.)”

“(후하하! 알겠노라!)”

아마 보그는 샐러맨더러와 앙골모아를 1 대 1로 싸우게 한 후, 나에게 1 대 1로 덤빌 것이다.

샐러맨더러로 《정령빙의》를 해서 직접 공격을 노리는 방법도 있지만, 조건은 나도 동일하다. 서로가 《정령빙의》를 해서 격돌할 경우, 스테이터스가 뛰어난 내가 이길 것이다. 그렇다면 빙의에 의해 스테이터스가 4.5배로 증가하지 않게 하는 편이 낫다. 맨몸으로 싸우는 편이 승산이 있다고 할 수 있으리라. 그렇다면…… 거기에 어울려주는 게 옳을 것이다.

“시작해 보자고, 대왕님아!!”

“좋다. 새끼손가락 하나로 상대해주겠노라.”

그거 봐. 예상대로, 정령과 따로 1 대 1인 것 같다. 나이스 판단.

그 직후, 샐러맨더러와 앙골모아는 불꽃과 번개로 공중전을 펼치기 시작했다.

……와우~. 대단한걸. 상상 이상이다. 고○라 대 킹○이냐고.

“한눈팔 때가 아닐 텐데?”

"다 보이니까 걱정하지 마."

접근해온 보그의 검을 피했다. 시선은 돌리고 있지만, 의식까지 돌리지는 않았다.

"실례했네."

"내가 할 말이야."

"당신, 쭉, 맨손으로, 싸울 거야?"

"으음, 아마도?"

스킬을 사용하지 않는 그녀의 검을 가벼운 움직임으로 피했다.

하지만 공격이 꽤 정확한걸. 방심하면 맞을 것 같다.

"흐읍!"

"우왓."

갑자기 검이 더욱 날카로워졌다. 완급을 자유자재로 조절하는 실력자다.

나는 약간 크게 회피 행동을 취했다. 그녀는 그 틈을 놓치지 않았다.

"에잇—!"

"엇!"

그녀가 펼친 것은, 검술이 아니었다. 등을 이용한 몸통 박치기—철산고.

팔극권이냐! 하며 놀라면서, 나는 팔을 교차시켜 방어했다. 몸에 충격이 가해졌다.

"……어이쿠."

뒤편으로 튕겨져 날아간 나는 균형이 무너지기는 했지만 무사히 착지했다. 밀려난 거리는 6미터 정도다. 팔이 저렸다. 엄청난 위력이다. 대단한걸.

보그 영왕. 그녀는 STR이 꽤 높다. 어쩌면…… 나보다 높을지도 모른다.

"참고삼아 묻겠는데, 검술 말고 또 뭘 올렸어?"

"당신처럼 용마와 용왕까지는 못 올렸지만 검술, 체술, 창술, 마술 정도는 익혔어."

"강할만 하네."

"어머, 칭찬 고마워."

우와. 이 엘프, 파워 타입이다. 나는 【검술】, 【궁술】, 【방패술】, 【마술】을 골고루 올렸지만, 그녀가 익힌 【검술】, 【체술】, 【창술】, 【마술】 중에는 STR을 상승시켜주는 근접 스킬이 다수 포함되어 있다. 그러니 단순한 몸통박치기가 이렇게 위력적인 것도 이해가 됐다.

"겁먹은 거야?"

"……그럴 리가 없잖아?"

기쁠 정도라고.

방침은 이미 정해져 있다. 나는 AGI를 활용한 히트 앤드 어웨이 전술이다.

"당신, 왜 웃는……!!"

나는 땅을 박차면서, 그대로 그녀의 품속으로 침입했다. 이런 건 속도 승부다. 검을 휘두를 틈을 줘선 안 된다.

바디 블로우를 날리고, 안면에 팔꿈치를 꽂은 후, 그대로 튕겨냈다. 아무래도 그녀는 STR이 높지만 VIT는 그렇게 높지 않아 보였다. 덕분에 대미지가 꽤 들어갔다.

"큭…… 꽤, 꽤 하잖아."

그녀는 코에서 흘러나온 피를 손등으로 훔치며 그렇게 말했다. 그런 그녀의 눈빛은 여전히 살아 있었다.

"겁먹었어?"

"……뭐, 조금은 말이지!"

보그는 도움닫기를 하며 달려들었다. 솔직한걸. 그녀의 STR를 고려해볼 때, 한 대라도 맞으면 위험하다. 그렇다고 너무 접근했다간, 이번에는 팔극권 같은 몸통 박치기가 날아올 것이다. 그렇다면 급속 접근해서 종이 한 장 차이로 공격을 피한 후에 한 방 먹여주고 이탈한다. 이걸 반복하는 게 가장 낫다. 할 수 있다면, 말이다.

"우랴앗!"

"큭……!"

피하고, 빗나간 후, 공격을 받았다. 자아, 앞으로 얼마나 더 이어갈 수 있으려나……?

두 시간이 흘렀다. 샐러맨더러와 앙골모아는 여전히 불꽃과 번개로 놀고 있었다. 샐러맨더러는 기력이 꽤 소모된 것처럼 보였지만, 아직 버티고 있었다. 한편 앙골모아는 참 악랄한 미소를 짓고 있었다. 샐러맨더러를 가지고 노는 게 정말 즐거운가 보다.

"하앗…… 헉……."

한편, 나와 보그는…….

"이젠 지쳤나 보네."

"응……. 당신, 체력 좋네……."

"체력이 많은 건 아냐. SP를 관리하는 기술을 익혔을 뿐이야."

기술 차이가 여실히 드러나고 있었다.

보그는 거친 숨을 내쉬며 어깨를 들썩이고 있었다. 하지만 나는 아직 SP가 남아있었다.

아무 생각 없이 움직이다간 보그처럼 지친다. 쓸데없는 움직임을 생략하고 SP를 철저하게 관리하면, 나처럼 된다. 단순한 이야기다. 하지만, 보그는 그게 납득되지 않는 것 같았다.

"……이상해. 이상하잖아. SP를 관리하기만 해도, 이렇게 차이가 나는 거야……?"

"믿기지 않나 보지?"

"그래……. 나는 144년이나 살아왔거든. 당신은 아직 17년밖에 살지 않았지……? 전혀, 납득이, 안 돼."

두 시간이나 나에게 농락을 당한 탓에, 약간 짜증이 난 것 같았다.

결국, 두 시간 동안 싸우면서도 그녀의 검은 단 한 번도 나에게 닿지 않았다. 몸통 박치기는 몇 번 맞았지만, 큰 대미지는 입지 않았다. 【방패술】을 올린 덕분에 내 VIT는 상당한 수준이 되어서 그다지 대미지를 입지 않은 것이다. 이 상황은 차분한 성격인 그녀도 스트레스를 받아 목소리가 거칠어질 정도로 『답답한 상황』 같았다.

"144세인가. 대단한걸."

"응. 인간의 기준으로 환산한다면 그렇게 많은 나이가 아니지만, 그래도 시간은 엄연한 시간이야."

144년간, 무리하지 않으면서 안전하고 꾸준히 경험치를 모아서 스킬을 올렸을 것이다. 확실히 그녀는 강하다. 이 세상의 수준으로 본다면, 꽤 강한 축에 들 것이다. 분명 천재로 분류될 것이다. 심기체 전부를 갖췄고, 두뇌가 명석하며, 발상이 뛰어난데다, 행동력을 지녔다. 용감하고, 신중하며, 행운 또한 따랐으리라. 하지만…….

"오만해. 아직 오만하다고. 144세의 누님에게 설교를 하고 싶지 않지만, 그래도 이 말은 해야겠어. 너는 아직 오만해."

"……뭐?"

"오만하다고. 100년 넘게 노력해서, 영왕으로 군림해오면서 누구도 너에게 범접 못 했을지도 모르지만, 그래도 만족해선 안 돼. 방어에만 치중해선 안된다고."

"안된다니, 대체 무슨 소리를……."

"너는 아직, 이 세상의 10%도 알지 못해."

"……당신은 전부 안다는 거야?"

"아니, 나는 아마 15% 정도 알고 있겠지."

"……당신, 무슨 소리를 하고 싶은 거야?"

"뭐든 다 알고 있단 착각에 빠지지 말라는 거야."

뫼비온은 수수께끼투성이였다. 그리고 이 세상은 더 심하다.

결코, 전부 알았다고 생각하면 안 된다. 만족하며 방어적인 자세를 취하면 안 된다. 그 순간, 모든 것이 정체되고 마는 것이다.

"오래간만에 꽤나 즐겼어. 답례로 내 비밀병기를 보여주지."

말로 해봤자 이해하지 못할 테니, 이해하기 쉽도록 경험시켜주기로 했다.

현재 시각은 17시 반. 그렇다. 주위는 어둑어둑해졌다. 태양의 빛보다 투기장의 조명이 더 밝게 느껴졌다.

"기다려. 아직 승부는—."

"앙골모아, 기다리게 해서 미안해."

"뭐냐, 이젠 끝인 게냐? 나의 세컨드여."

내 말을 들은 앙골모아는 마지막으로 특대 번개를 한 방 먹여준 후, 내 곁으로 돌아왔다.

"이, 이 자식! 기다려! 젠장……!"

샐러맨더러는 엉망진창인 상태였다. 꽤 일방적으로 공격을 받은 것 같았다. 그에 비해 앙골모아는 생채기 하나 나지 않은 채 웃고 있었다. 너무하네.

"보고. 너한테 있어서, 힌트가 되기를 빌겠어."

자아…… 좀 미안한 짓이지만, 어쩔 수 없다.

그녀가 100년 넘는 세월 동안 해온 노력이 얼마나 부질없었는지를 깨닫게 되겠지만, 어쩔 수 없다.

아무리 노력해도 넘을 수 없는 벽과 마주한 끝에 무릎을 꿇으며 절망하겠지만, 어쩔 수 없다.

어쩔 수 없다. 내가 이 세상에 와버렸으니, 어쩔 수 없다.

"나와— 앙코."

앙골모아를 뒤로 물러나게 한 후, 《마물소환》을 펼쳤다. 불러낸 것은 상대와 얼마나 차이 나는지를 알려주는 결정적인 요소를 응축해 승화시킨 결정. 암흑늑대 마인, 앙코.

"……!!"

아마 그녀는 검은 옷을 입은 여자의 모습을 본 순간, 진심으로 공포에 빠졌을 것이다.

즉시 샐러맨더러에게 《정령빙의》를 명하더니, 검을 고쳐 들었다.

"해치워도 되겠사옵니까?"

가늘게 뜬 눈과 부드러운 미소가 어린 입가. 평소와 다름없는 상냥한 표정을 지은 앙코가 나를 향해 그렇게 물었다.

"과시하는 느낌으로 말이지."

"알겠사옵니다, 주인님."

과시해야만 한다. 나와 상대의 차이를 말이다. 그러지 않으면, 하계 타이틀전을 기대할 수 없다.

"—윽?!"

앙코는 갑자기 보그의 등 뒤에 나타났다. 《암흑전이》다.

"와라, 흑염지창."

그리고, 도발을 하듯 그대로 《암흑소환》을 펼쳤다.

보그는, 도망쳤다. 공격하지 않고 도망치면서, SP의 회복과 동시에 대책을 짜면서 태세를 정비하려 했다. 나쁘지 않은 판단이다. 상대가 앙코만 아니었다면 말이다.

그 직후, 허공에서 어둠을 짜서 만든 듯한 흉흉하고 거대한 창, 흑염지창이 나타나서 앙코에게 장비됐다.

단언할 수 있다. 이것으로, 끝이다. 그 누가 상대일지라도 말이다.

결코 저 창을 장비하게 놔두면 안 된다. 저 창은 《암흑마술》보다 성가신 것이다. 절대로, 무슨 수를 써서라도 저지해야만 한다.

"아아, 유감스럽게도 즐길 수가 없을 것 같사옵니다."

앙코는 그렇게 중얼거렸다. 그 심정은 이해한다. 진심으로, 이해한다.

"우훗."

앙코는 흑염지창을 가볍게 휘두르더니, 재빠르게 이동하는 보그의 저항이 부질없다는 듯이 궁지에 몰았다. 길이가 3미터나 되는 창, 그리고 그것을 휘두를 때마다 방출되는 엄청난 위력의 흑염이 보그의 행동 범위를 좁혔다.

"말도 안 돼…… 이건, 있을 수 없는 일이야!"

《정령빙의》를 발동시켰는데도, 설령 반칙인 【검술】과 【체술】의 스킬을 모두 구사하며 싸우더라도 전혀 상대가 안 된다는 것을 이해했으리라. 보그는 장외 직전의 구석에서 패닉 상태에 빠진 채, 그렇게 외쳐댔다.

그것을 끝으로, 온몸이 흑염에 휩싸인 그녀는 《용왕창술》을 정통으로 맞고 기절했다.

"—승자, 세컨드 퍼스티스트!!"

이렇게, 허무하게…… 내 영왕 획득이, 그리고, 사상 첫 타이틀 3

관의 탄생이 결정됐다.

◇◇◇

밤이 되자, 폐회식이 엄숙하게 치러졌다.

마인은 투기장 정면에서 『마이크』를 써서 연설을 하고 있었다. 스피커도 없이 마이크만으로 음성이 확대되는 원리를 전혀 모르겠지만, 마이크란 아이템을 써서 목소리를 크게 한다는 사실만은 알고 있는 듯한 마인은 당연한 표정으로 사용하고 있었다. 참 불가사의한 세계다.

그런 와중에, 나를 비롯한 모든 타이틀전의 출전자는 투기장 중앙에 모여 있었다. 각 타이틀 별로 줄을 지어 서있으며, 그 선두에는 현 타이틀 보유자가 섰다. 예장과 영왕의 선두는 비어있다. 내가 일섬좌의 줄에 있기 때문이다.

연설이 끝나자 표창식으로 넘어갔다. 총 스무 개가 넘는 타이틀이 있기에 시간이 꽤 걸렸다. 나는 일부러 표창을 받는 현 타이틀 보유자들을 보지 않으려 했다. 하게 타이틀전의 즐거움이 줄기 때문이기도 했지만, 주된 이유는 질투에 가까운 감정 때문이다. 원래라면 저 타이틀 중 대부분을 내가 가져야만 한다. 스스로도 잘 모르겠지만, 타인이 타이틀 보유자로서 찬사를 받는 광경을 똑바로 바라볼 수 없었다.

"세컨드 퍼스티스트 일섬좌, 예장, 영왕."

마지막으로, 마인이 내 이름을 호명했다.

그 순간, 이제까지보다 몇 배는 더 큰 박수와 환성이 터져 나왔다. 엄청난 인기였다. 이렇게 인기 있었던 적은 전생에도 없었다. 역시 아바타가 잘 생겨서일까.

"귀하는 전인미답의 3관을 달성했고—."

그렇다. 사상 첫 3관이다. 그것도 이 인기의 이유일 것이다.

나는 공적을 치하하는 마인의 말을 건성으로 들으면서, 앞으로의 일을 생각했다. 어떤 식으로 이야기할까, 하고 말이다. 마인에게 「한 마디 하게 해줘」라고 미리 부탁해뒀다. 아마 이 표창이 끝난 후, 내 연설 타임이 시작될 것이다.

"—그 명예를 칭송하며, 이 표창을 내린다. 캐스탈 왕국 제18대 국왕 마인 캐스탈. 축하합니다, 세컨드 3관."

또 터져 나온 갈채를 받으며 표창장을 받고, 마인이 직접 각 타이틀의 배지를 가슴에 달아줬다. 세 개나 되는 만큼 달아주는 데도 시간이 걸렸다. 그동안에도 박새와 환성을 잦아들지 않았다.

"자아, 전부 달았어요."

마인은 나를 올려다보며 빙긋 웃었다. 자기 가슴을 쳐다보니, 옷 한가운데 즈음에 일섬좌, 예장, 영왕의 배지 세 개가 나란히 있었다. 「앞으로 더 늘어나는 거죠?」 하고 마인이 웃으면서 말했다. 내가 마주 웃으며 고개를 끄덕이자, 마인도 미소 지으며 고개를 끄덕인 후에 나를 자기 옆에 세웠다.

"정숙하세요!"

마인이 맑은 목소리로 그렇게 외치자, 투기장 전체에 정적이 감돌았다. 우와, 관객들의 매너가 질릴 정도로 좋은걸. 역시 국왕답다고 해야 할까. 역시 왕국민이라고 해야 할까. 보고 있을 뿐인데도 멋지게 느껴졌다.

"세컨드 3관에게 한 마디 청하겠습니다. 귀를 기울이십시오."

자아, 드디어 이때가 왔다. 연설 시간이다. 마인이 한 걸음 물러나자, 수만 명의 관객 전원의 시선이 나에게 집중되는 게 느껴졌다. 아니, 관객만이 아니다. 출전자와 타이틀 보유자도, 이 자리에 있는 모든 이가 나를 주목하고 있었다.

나는 숨을 들이마신 후, 천천히 침묵을 깼다.

"—단순해. 내가 할 이야기는 단순하다고. 내가 어째서 3관을 차지할 수 있었을까? 강해서? 천재라서? 아냐. 답은 하나. 매우 단순한 답이지."

투기장의 중앙, 타이틀전 출전자들의 얼굴을 둘러봤다.

이제부터 나는, 멋대로 그들의 승부욕에 불을 지필 것이다.

"너희가! 약해서다!!"

딱 잘라서 말했다. 허를 찔린 듯한 그들은 얼이 나간 듯한 표정을 지었다.

"전력을 다해. 모든 인생을 쏟아부어. 만족하지 마. 타협하지 마. 아직 더 높은 경지가 있어. 아직 너희가 모르는 세계가 있는 거야. 필사적으로 배우라고. 이기고 싶지? 응? 나한테 3관을 빼앗겨서 분하지 않아? 나는 다음번에 8관을 차지할 거라고. 괜찮겠어?"

어쩔 수 없을지도 모른다. 이 세상에서는 무리일지도 모른다.

하지만 바꿀 수 있는 건, 바뀔 수 있는 건, 지금뿐이다. 그러니, 바뀌어줘야겠다. 나를 위해서 말이다.

눈치채. 눈치채라고. 여기는, 최고의 세계란 말이다.

"검술과 마술과 소환술에 인생을 바치는 게 바보 같다고 생각해? 그럼 됐어. 앞으로는 절대 타이틀전에 출전하지 마. 너희끼리 유치하게 놀라고. 그래도 괜찮겠어? 잘 들어. 여기는, 이 무대는, 나한테 있어 모든 인생을 바쳐서 대결할 수 있는 자리야. 취미 삼아 즐기며 돈과 명성을 얻을 수 있는 그런 한심한 곳이 아냐. 그러니까, 제발 부탁이니까 출전하지 마. 타이틀이 더럽혀진다고."

조롱하고 또 조롱했다. 그들이 진심을 발휘하도록, 나에게 어울려주도록 말이다.

생각해봐. 타이틀 획득을 위해 실제로 인생 전부를 거는 자식들이 모여들지도 모르잖아? 그건, 바로……『이상향』이라고.

"인생을 건다는 건 말처럼 쉽지 않아. 그건 인정해. 하지만 나 같은 녀석도 할 수 있었으니까 너희도 할 수 있어. 지금부터라도 늦지 않아. 열일곱 살밖에 안 된 건방진 꼬맹이에게 타이틀을 세 개나 맡겨두고 싶지 않지? ……이겨. 이기라고. 나한테 이기란 말이다. 이길 수밖에 없어. 이제까지의 상식은 무엇 하나 통용되지 않아. 제로부터 다시 생각해. 나를 참고해도 돼. 관찰해. 연구해. 훔쳐. 유효할 것 같으면 전부 해봐. 사력을 다해 싸워. 다음 타이틀전까지, 반년 남았어."

그리고, 나와 함께, 현실이 된 뫼비우스 온라인을 즐기자.

"……기다리겠어."

마지막으로 그렇게 말한 후, 나는 마인에게 마이크를 돌려줬다. 관객석 한편에서 박수가 터져 나왔다. 아마 내 하인들일 것이다. 다른 관객들도 덩달아 박수를 치고 있었다.

일섬좌의 자리로 돌아가자, 바로 뒤편에 있던 금발 미남이 「멋진 연설이었어」 하고 칭찬해줬다. 셰리의 오빠다. 헤레스 럼버잭이었나?

"뭐? 농담이지? 분하지 않은 거야?"

"뭐, 분하긴 해. 덕분에 의욕이 샘솟았다고. 그러니 멋진 연설이었다고 평가하는 거야."

"……남매가 하나같이 괴짜네."

"하하하. 그 말, 자주 들어."

좀 이상하기는 하지만, 의욕이 났다니 됐다.

참고로 이 녀석도 내일 열 파티에 초대했다. 정확하게는 우리가 참가한 다섯 개의 타이틀전 출전자를 대부분 초대했다. 답해준 이는 알프레드와 무라티와 알파, 카피트다. 그들 이외에는 올지 안 올지 알 수 없다.

"내일, 올 거지?"

"물론이야. 셰리도 데리고 가겠어."

셰리도 와주는 것 같았다. 아마 더 늘어날 것이다.

기대된다. 내일도, 그리고 앞으로도 말이다.

◇◇◇

"말도 안 돼. 말도 안 되는 게 한둘이 아니지만…… 아무튼, 말도 안 돼!"

"셰리 님, 진정하십시오."

"마리포사! 들었어?! 저 녀석, 타이틀전 출전자 전원을 적으로 돌렸거든?! 게다가 8관이 된다고 늘어놨단 말이야! 그것도 자신만만하게!"

"그렇게 말씀하셨죠."

"대체 얼마나 나보다 앞서나가려는 거냔 말이야~!!"

셰리와 메이드인 마리포사는 관객석에서 세컨드의 연설을 듣고 있었다. 그리고 머리를 감싸 쥐며 분통을 터뜨리는 셰리를 본 마리포사는 평소 헤레스를 볼 때처럼 어처구니없는 시선으로 그녀를 달랬다.

셰리는 아직 영왕전 출전 자격을 얻지 못했다. 현재 병등급 던전인 그루텀을 돌며 경험치를 모으고 있을 뿐이다. 그녀가 목표로 하는 곳에 도달하려면, 한참을 걸릴 것이다.

"못 따라잡을지도 몰라~ 라는 생각에 조바심이 났나 보네요~. 마스터."

그녀가 사역하는 흙의 대정령 테라가 히죽거리며 놀렸다.

"시끄러워! 아냐! 이기는 이미지가 전혀 떠오르지 않을 뿐이야!"

"아~. 무리일 거예요~"

"바로 포기하지 마~! 분명 약점이 있긴 할 거야. 분명……."

셰리는 그렇게 중얼거렸다. 바로 그때, 손님이 찾아왔다.

"저기, 셰리 님."

"어머? 체리잖아."

"네. 오래간만입니다."

제1궁정마술사단의 체리였다. 두 사람은 그 일 후로 친분을 유지해왔다.

"너도 관전하러 온 거구나."

"네. 그게, 저기…… 이 말도 안 되는 감정을 누군가와 공유하고 싶어서요."

"이해해. 진심으로 이해한다니깐. 그 녀석 말이지?"

"네. 헛웃음밖에 안 나온다니까요."

"맞아~. 정말 어이가 없어. 그리고 하계 때 진짜로 8관을 딸 것 같아서 무서워……."

"제정신이 아니라니까요. 아, 물론 대단하긴 하지만요."

"응. 맞아. 대단해. 제정신은 아니지만 말이지."

두 사람은 웃으면서 험담을 늘어놓는 것 같지만, 실은 세컨드를 칭찬하고 있었다. 솔직하지 못한 두 사람 나름의 칭찬 방법이다. 이런 소소한 대화 때도, 두 사람은 마음이 잘 맞았다.

그렇게 두 사람은 저녁 식사를 함께한 후, 마음껏 세컨드란 남자에 대해 이야기를 나눴다.

다음날은 그의 집에서 파티가 열린다. 그러니, 과음은 하지 않으면서…….

"아~, 대박이네요. 저, 코피 날 뻔했어요. 그 사람, 너무 멋지지 않아요?"

폐회식 후, 숙소로 돌아가는 길…….

개 수인인 청년 카피트는 옆에서 걷고 있는 에코의 아버지, 쇼에게 말을 건넸다.

"……그는 그 자리에서 그런 소리를 해도 괜찮을까?"

"뭐, 괜찮겠죠. 걱정해봤자 소용없어요."

"하지만 그렇게 도발을 했으니, 수많은 이들에게 미움을 샀을 것 같은데 말이다."

"아마 세컨드 씨는 주위에 있는 이들 전원을 적으로 돌리고 싶은 것 아닐까요?"

"……."

카피트가 아무렇지 않은 투로 그렇게 말하자, 쇼는 말문이 막혔다.

"그 사람은 우리의 성장을 바라고 있어요. 빨리 자기와 같은 수준까지 올라오라며, 길을 만들어주며 기다리고 있는 거죠. 그렇다면 전력으로 쫓아가야 하지 않겠어요? 다들 쫓아가고 싶을 거라고요. 저처럼 동경해서 쫓아가는 녀석도 있다면, 증오스러운 적으로 여기며 쫓아가는 사람도 있겠죠. 세컨드 씨는 동경이든 적개심이든 상관없으니까 아무튼 필사적으로 전력을 다해 목숨을 걸고 자기를 쫓아와 주기를 바랄 거예요."

카피트의 말은 정확했다. 세컨드는 자신의 이상향을 실현하기 위해 남들을 도발한 것이다.

"그래……. 하지만, 팬의 마음은 어떻게 되지? 예를 들어 아까 전의 보그 영왕에게는 상당히 팬이 있을 거잖나?"

"아, 보그 씨 말인가요. 인기가 엄청나요. 미인인데다, 강하니까요. 그리고 20년 넘게 일섬좌로 군림해온 로스만 씨도 절대 제왕으로서 상당한 인기였죠."

"그런 팬들 앞에서, 그들을 그렇게 헐뜯었으니…… 팬들은 기분이 좋지 않을 텐데? 출전자만이 아니라, 일반인에게서도 미움을 받게 되면 어쩔 거지?"

쇼는 미적지근한 태도로 그렇게 말했다. 세컨드의 그 대담한 발언을 듣고 불안을 느낀 것이다. 사랑하는 딸을 맡겨둔 상대이자, 장래의 남편이라 여기기 시작했기 때문이다. 그런 쇼의 발언을 듣고 고개를 갸웃거리던 카피트는 큰 소리로 웃었다.

"뭐가 그렇게 웃기지?"

"아, 세컨드 씨라면 이렇게 말할 것 같아서요."

카피트는 헛기침을 몇 번 하더니, 멋진 포즈를 취하면서 진지한 표정으로 입을 열었다.

"—그건 보그와 로스만이 신경 쓸 일이야. 내가 이기면 내 팬이 기뻐하거든. 그 자식들이 이기면 그 자식들의 팬이 기뻐하겠지. 그뿐인 이야기라고."

빼닮았다.

"기다리시길, 에르테 귀천장."

폐회식 직후, 맹인 궁술사 알프레드가 왕도를 떠나려 하는 노인을 불러세웠다.

"무슨 일이지? 나는 바쁘다."

"잡으려는 건 아닙니다. 그저, 믹스 자매는 두고 가시길."

"……애초부터 그럴 생각이었다. 네놈이 맡겠다면, 그렇게 해라."

에른테의 뒤따르려던 디 믹스와 제이 믹스는 스승인 노인의 말에, 경악에 찬 표정을 지었다.

"사부님! 그 말은 믹스 가문의 궁술 사범직을 관두겠다는 말씀이신가요?!"

"자신의 복수조차 이루지 못한 채 꼴사납게 패배한 남자에게, 이미 넘겼다."

"갑자기 그런 소리를 하셔도……!"

"……지금의 나에게는 제자를 지도할 여유가 없다."

자신에게 매달리는 자매를 매정하게 뿌리친 에른테는 그대로 사라졌다.

"……아니……."

"이제부터 어떻게 해야…….

믹스 자매는 얼이 나갔다.

"그의 연설이 꽤 잘 먹혔나 보군. 거짓말만 늘어놓으며 도망친 건가…… 불쌍한 건 그쪽이다, 노인."

알프레드는 노인의 조그마한 등을 쳐다보며, 작게 중얼거렸다.

밤의 왕도에는, 투기장에서 왕립 마술학교의 학생 기숙사로 향하고 있는 수십 명의 집단이 있었다. 말할 필요도 없겠지만, 예의 거대 조직 「세컨드 팬클럽」이다.

“솔직히 말해 이 며칠은 내 인생 최고의 나날이었어. 나, 이제 죽어도 좋아.”

“완전 동감이야.”

“잠깐! 죽으면 세컨드 님을 못 보게 되거든?!”

“세컨드 님을 못 보게 되더라도 죽고 말 거야.”

“무슨 소리를 하는 건지 모르겠네…….”

“잠깐만 있어봐. 세컨드 님이 너무 좋아서 어쩌면 좋을지 모르겠어.”

“그냥 웃으면 돼.”

“잠깐만, 얼굴이 이미 웃고 있거든?”

““……기다리겠어.””

“유행어 확정.”

“저기저기~. 나, 세컨드 님으로 랭킹 만들어봤어.”

“역시 해석반은 일이 빠르군요~. 어디어디~.”

1. 첫 출전에서 전인미답의 타이틀 3관.

2. 사상 최초의 번개 속성 마술사.

3. 끄으으으으읕내주는 미남.

4. 출전자 전원 갓난아기 취급.

5. 출전자 전원에게 설교한 후 시비 걸기.

6. 시합 중에 5형으로 자폭해 승리.

7. 폐하와 절친.

8. 귀천장전 출전자도 아닌데 귀천장을 핸디캡을 짊어지고 박살냄.

9. 사역하는 정령과 마물이 비정상 그 자체.

"대박~. 전부 1위잖아."

"결승전 도중에 상대를 가르치다가 없어. 다시 만들어와."

"드래곤을 맨손으로 한 시간 넘게 패서 쓰러뜨리다(한 대도 안 맞고)도 없어. 다시 만들어와."

"93만 대미지가 없어. 다시 만들어와."

"……세컨드 님 말고 다른 사람이 이것 중 하나만 했어도 전설이 됐을 거야."

"맞아."

"응. 하지만 3위와 7위는 빼야 하지 않아? 세컨드 님만큼 잘생긴 사람이 이 세상에 있을 리 없고, 마인 폐하와의 만남 또한 세컨드 님의 그 성격 덕분에……."

"오케이~ 오케이~. 알았으니까 이제 그만 정신줄 잡아."

밤은 깊어만 갔다…….

에필로그 그리고 아침 해가 떠오른다

"……으음……."

침대에서 서서히 몸을 일으킨 후, 눈을 비볐다. 이른 아침이라 밖은 아직 어두웠다. 내일 파티를 열 거라서 어젯밤에는 음주를 하지 않았고, 며칠 동안의 피로 탓인지 식사 후에 졸음이 맹렬히 몰려온 탓에 그대로 깊이 잠들고 말았다. 그 결과, 평소보다 몇 시간 일찍 깨고 말았다.

"……이만 일어날까."

어쩔 수 없이 몸을 일으킨 나는 거실로 나갔다. 아직 유카리도 일어나지 않았을 시간이다. 당연히 하인도 대부분 잠을 자고 있을 것이다. 이렇게 이른 시간에 일어난 것은 참 오래간만이다.

얼굴을 씻고 이를 닦은 나는 물을 한 잔 마셨다.

아침의 정적이 왠지 기분 좋았다. 기분이 매우 개운했다. 그리고 불가사의하게도 가슴이 두근거렸다.

좋다. 아침 먹으러 갈 겸 해서 산책이라도 할까. 문뜩 그런 생각을 한 나는 밖으로 나가기로 했다.

현관문을 열자, 마침 해가 뜨고 있었다. 눈부신 아침 햇살이 눈에 스며들자, 아직 남아있던 졸음기가 전부 사라지고 말았다.

그 후로 광대한 부지 안을 15분 정도 걸었을 즈음, 집사복을 우아하게 갖춰 입은 미남과 마주쳤다.

"좋은 아침입니다, 세컨드 님. 이런 이른 시간에 산책 중이십니까?"

"좋은 아침이야, 큐베로. 아침 먹으러 가는 길이야. 같이 가겠어?"

"네, 동행하겠습니다."

아침 식사 일행이 늘었다. 집사 겸 시종인 큐베로다.

"너야말로 아침이 빠른걸."

"저는 이렇게 아침 순찰을 겸해 몸을 움직이는 게 일과입니다."

"순찰은 더 안 해도 돼?"

"어디까지나 취미 같은 것이니까요. 원래는 정원사가 할 일입니다."

"그렇구나."

정말 성실하다니깐.

"아."

문밖으로 한걸음 나섰을 때, 이번에는 뜻밖의 인물과 마주쳤다.

"이야, 3관. 설마 만날 수 있을 줄은 몰랐는걸."

"헤레스잖아. 좋은 아침이야. 조깅 중이야?"

"이 퍼스티스트 저택이 한 바퀴 뛰기에 좋다는 걸 눈치챘거든. 경치를 즐기며 달리던 참이야."

"그래. 아침 먹으러 같이 안 가겠어?"

"그거참 반가운 제안인걸."

일행이 한 명 더 늘었다. 셰리의 오빠인 금발 미남 검술사 헤레스 럼버잭이다.

"동행하는 사람은 없는 거야?"

"항상 같이 다니는 건 아니거든. 나는 기본적으로 혼자인 걸 좋아해."

"그럼 아침도 따로 먹을까."

"너무 그러지 말라고! 그럼 내가 문제 있는 사람 같잖아."

"농담이야."

농담을 나누면서 셋이 함께 길 한복판을 걸었다. 이른 아침의 왕도는 인적이 꽤 드물었다.

"앗!"

잠시 걷고 있을 때, 이번에는 옆에서 목소리가 들려왔다.

"세컨드 씨! 어, 헤레스 씨까지?! 이런 아침부터 뭐 하는 거예요?"

시원시원한 인상의 개 수인, 카피트였다.

"아침 먹으러 가던 길이야. 너야말로 뭐 하는 거야?"

"아, 저도 밥 먹으러 가던 참이에요!"

"그럼 같이 가겠어?"

"정말요?! 저야 좋죠!"

일행이 더 늘어났다.

"헤레스 씨와 큐베로 씨죠? 카피트라고 해요. 잘 부탁합니다."

"어스 드래곤을 부리던 애구나. 잘 부탁해. 하하하, 너무 긴장하지 마. 릴렉스하라고."

"네, 맞습니다. 저는 세컨드 님의 하인에 지나지 않으니, 존댓말을 쓸 필요도 없어요."

"에이, 어떻게 긴장을 안 해요! 헤레스 씨는 일섬좌전 도전자 결정 토너먼트 준우승자인데다 럼버잭 백작가 분이시잖아요! 큐베로 씨도 퍼스티스트 가의 집사인 거죠?! 강자가 우글거린다고 소문이 자자한 하인 중에서 우두머리인 거잖아요!"

"너, 아침부터 텐션이 하늘을 찌르는구나……."

셋이서 흥분한 듯한 카피트를 달래면서, 즐겁게 왕도의 대로를 걸었다.

"……어?"

5분 정도 흘렀을 때, 몇 미터 앞에서 눈에 익은 격조 높은 풍모의 남자를 발견했다.

"저 사람, 금강 아냐?"

"……그렇군요. 결승전에서 에코 님에게 이기신 분으로 기억하고 있습니다."

"3관, 말을 걸어보는 게 어때?"

"어, 정말요? 진짜로 말 걸려고요?"

"좋아, 헌팅해볼까. 나, 저 사람과도 한번 이야기를 나눠보고 싶었거든."

아직 열지 않은 가게 앞에서 멀뚱멀뚱 서 있는 로큰체어 금강에게 다가가서, 나는 최대한 상냥하게 말을 건넸다.

"저기, 안녕."

"우왓!"

……깜짝 놀란 것 같다. 로큰체어는 눈을 껌뻑이며 우리를 관찰하더니, 입을 열었다.

"실례했습니다, 세컨드 3관. 엄청난 멤버라 놀라고 말았어요."

확실히 전원에게 별다른 공통점이 없었다. 생각해보면 참 이색적인 조합일지도 모른다.

"뭐 하는 거야?"

"좀 부끄러운 이야기입니다만…… 여기서 아침을 먹을까 해서요."

"여기서?"

그의 눈앞에 있는 가게의 간판을 올려다봤다. 풍취 있는 조그마한 목제 간판이다. 거기에는 적갈색 글자로 화려하게 『카레 가게 카라이』라고 적혀 있었다. 어떤 곳인지 바로 감이 왔다.

"맛있어?"

"들은 이야기로는 그렇다더군요."

"우리도 같이 먹어도 될까?"

"물론입니다! 줄 선 사람은 저뿐이니, 제 뒤에 서시죠. 30분 정도 있으면 문을 열 겁니다."

아침 식사 멤버가 추가되어서 총 다섯 명이 됐다. 전부 남자다.

"에코와의 승부는 정말 멋졌어. 거기서 비장의 카드를 꺼내든 건 정답이야."

"영광입니다. 하지만 꺼내들 수밖에 없었달까요. 이야, 에코 양은 정말 강했어요."

"다음 타이틀전에서는 각오해두는 편이 좋을 거야."

"무섭군요. 하지만 기대되기도 합니다. 새로운 비책을 준비해야겠군요."

"그래. 지키는 입장도 참 힘들겠는걸."

"하하하하! 아무래도 타이틀 방어가 힘든 건 저뿐인가 보군요."

아하하, 들켰다. 그 고통은 전생에서 뼈저리게 느꼈지만, 이 세상에서는 별것 아니니 말이다.

"오늘 밤의 3관 기념 파티, 와줄 거지?"

"네, 꼭 가겠습니다."

"그래. 다행이야. 에코도 너와 이야기를 나누고 싶어 할 거야."

로큰체어는 미소를 지으며 고개를 끄덕였다.

그 직후, 그는 갑자기 내 등 뒤를 쳐다봤다. 왜 그러나 싶어서 뒤를 돌아보았다.

"윽."

들켰다, 하고 말하는 듯한 표정을 짓고 있는 그와 시선이 마주쳤다.

길을 사이에 두고 반대편에서 걷고 있는, 물빛 머리카락을 지닌 잘생긴 엘프 남성이었다.

"체포해~!"

반사적으로 외쳤다. 그리고 움직인 건 나와 큐베로 뿐이었다.

쏜살같이 도망치는 엘프 남성과, 그런 그를 쫓는 나와 민완 집사. 전업 마술사의 AGI로 도망칠 수 있을 리가 없었다. 나는 그 녀석한테 헤드락을 건 후, 카레 가게로 돌아왔다.

"나, 나를 어쩌려는 거냐! 나는 바이스로이 가의 외동아들이란 말이다!"

뭐라고 떠들어대고 있지만 개의치 않았다.

"같이 밥 먹자."

"……뭐어?!"

"한가하지?"

"아니, 나는……."

"한가하지?"

"……뭐……."

그럴 줄 알았다. 바이스로이 가가 얼마나 잘난 곳인지는 모르지만, 동행인도 없이 혼자서 돌아다니고 있으니 말이다.

"어, 누구인가 했더니 닐 바이스로이 씨잖아요! 프롬나드 가에 압력을 가해 일방적으로 약혼을 진행한 끝에 알파 양에게 진, 바로 그……!"

"이노옴! 다시 말해봐라!"

"히이익! 세컨드 씨, 도와주세요!"

카피트는 인정사정 없네……. 뭐, 사실이지만 말이다.

"뭐, 너무 그러지 말라고. 반성했을 거야. 하는 짓거리는 더럽기 그지없었지만, 여자를 손에 넣기 위해 싸운다는 점 하나는 높이 사야 한다고 생각해."

"하지만 3관. 나는 여성 취향이라는 점에서도 그를 높게 평가하고 싶어. 역시 글래머는 좋거든."

"그 점에는 나도 진심으로 동감해."

헤레스와 나는 서로를 쳐다보며 고개를 끄덕였다. 유심히 보니 로큰체어도 진지하게 고개를 끄덕이고 있었다.

"너무 풀 죽지 마, 닐. 인간은 누구나 좌절하기 마련이야. 중요한 건 실패하지 않는 게 아냐. 실패한 후에 어떻게 하는가, 라고."

"128세한테 반말을 쓰지 마라, 17세! 그리고 나는 인간이 아니라 엘프다!"

"그래, 그래."

"흥……. 애초에 그딴 여자한테는 관심 없었다. 나는 그저 두 가문의 의향에 따라 싸웠을 뿐이지. 그리고 그 여자가 비겁한 수를 쓰지만 않았다면 나는 지지 않았어."

"……우와아."

이 자식, 아직도 정신 못 차린 건가……?

"하지만 닐 씨, 나도 세컨드 3관의 말이 옳다고 생각합니다. 시합에 져서 좋아하는 여성을 손에 넣지 못했다고 비관할 필요는 없어요. 시야를 넓게 가지세요. 인생에는 여자 말고도 다른 즐거움이 잔뜩 있으니까요."

"……흥. 그건 네가 금강이라서 할 수 있는 소리다. 가지지 못한 자의 마음을, 내 마음을, 알 리가 없지……."

"나왔다~! 자기 마음은 아무도 알 리 없다고 정색하며 늘어놓는 녀석~!"

“뭐가 이상하단 거냐!”

“남의 마음을 이해할 수 있을 리가 없잖아? 상대에게 자신의 마음을 전할 노력조차 하지 않으면서 이해해줄 거라고 생각하면 그건 큰 착각이야. 어리광부리지 말라고.”

“……큭.”

“우와아. 이거 한 방 제대로 들어갔네요…….”

카피트가 분위기를 환기시키려고 했다. 배려심이 넘치는걸.

“아직 자각을 못 하는 것 같아서 하는 말인데, 너는 비겁한 짓을 했다가 진 거야. 게다가 바보티 팍팍 내서 체면을 구겼지. 변명하지 마. 체면 차리려고 하지 마. 받아들여. 그리고 아침밥 먹고, 다시 하루를 시작해서, 오늘 밤의 3관 기념 파티에 출석해. 그 후에 네 이야기를 늘어놓으라고.”

“마지막에 한 말이 본심인 거죠?”

“뭐, 맞아.”

눈치가 빠른 카피트 덕분에 분위기가 이상해지지 않았다.

그 후 「왜 바이스로이 가의 사람인 내가 이렇게 다 쓰러져가는 싸구려 가게에서 아침을 먹어야 하는 거냐」 하고 투덜거리는 닐을 놀리며, 가게가 열리길 기다렸다.

10분 후, 가게가 열렸다. 웨이트리스가 「어서 오세요옷?!」 하고 인사 도중에 우리를 보고 괴상한 소리를 내며 굳어버리자, 다들 무심코 웃음을 터뜨렸다.

“우와, 맛있네.”

카레를 한 입 먹자마자, 무심코 그렇게 말했다.

“그러십니까. 다음에 저택의 요리사를 데려와서 배우게 하겠습니다.”

그거 좋지. 하지만 이 맛을 내는 건 쉽지 않을 것 같은걸?

“이거 괜찮은걸. 아침부터 줄을 선 보람이 있어.”

“맞아요. 진짜 맛있네요.”

“입에 맞으시다니 다행입니다. 이 가게를 가르쳐준 카사카리 씨에게 감사해야겠군요.”

다들 마음에 든 것 같았다. 그래, 카사카리가 가르쳐준 가게인가. 그 아저씨한테도 화를 너무 내서 좀 미안했다. 다음에 만나면 감사 인사 정도는 하는 편이 좋을 것 같다.

“……윽!”

닐도 한 입 먹고 감격한 건지, 묵묵히 식사를 이어갔다.

어쩌면 우리 중에서 가장 빨리 먹어 치우고 있을지도 모른다.

그 후에 우리는 각자의 방법으로 카레를 먹었다. 나중에 토핑을 주문하거나, 테이블에 새콤달콤한 절임이나 가루 치즈나 매운 향신료 등이 놓여 있었기에 그것들로 맛을 변화시킬 수 있었다.

나는 전부 다 넣었다. 테이블 위에 놓인 것을 전부 말이다. 꽤 매웠지만 맛있었다. 큐베로는 「기본이 가장 맛있습니다」 하고 말하며 아무것도 안 넣고 먹었다. 헤레스는 가루 치즈만 뿌려서 심플하게 부드러운 맛을 더했다. 카피트는 나를 따라서 전부 넣었지만, 너무 매웠는지 입김을 내뿜고 있었다. 로큰체어는 여러모로 시도해보며 두 그릇을 먹어 치웠다. 닐은 한 그릇만 먹었지만, 가장 먼저 먹어 치운 후에 다른 이들의 접시를 부러운 듯이 응시했다. 식사에서도 이렇게 개성이 드러나는 법이구나.

"저기, 사, 사인 부탁드려요……!"

일찌감치 식사를 마시고 달콤한 밀크티를 마시고 있을 때, 아까 전의 웨이트리스가 색지를 들고 나한테 다가왔다.

"으음~."

나는 별생각 없이 무표정한 얼굴로 사인을 해줬다. 하지만 건네줄 때는 미소를 잊지 않았다.

"자아, 여기 있어."

"가, 감사합니다! 아, 앞으로도 응원할게요!"

그녀는 얼굴을 새빨갛게 붉히면서 가게 안쪽으로 사라졌다.

"저기, 저도 해주시겠습니까?!"

"세컨드 3관!"

"저도!"

"다음은 접니다!"

그러자, 다른 손님들도 나를 향해 사인을 청하며 밀려들었다.

우와, 큰일났다……. 유심히 보니 가게 밖에도 긴 줄이 있었다. 여기에 우리가 있다는 정보가 누군가에 의해 퍼져나간 것 같았다.

"3관. 좀 큰일 난 거 아냐?"

응, 큰일났다. 나는 일단 가게 안에 있는 손님에게 사인을 해주면서 어떻게 할지 생각했다.

답은 금방 나왔다. 좋아…… 튀자.

"먼저 실례하겠어. 오늘 밤 파티에서 보자."

나는 테이블 위에 일행 전원치의 밥값을 둔 후, 재빨리 《마물소환》으로 앙코를 소환해서 바로 《암흑전이》와 《암흑소환》을 명했다.

"어, 잠—."

"그럼, 이만!"

무슨 말을 하려는 다른 이들을 무시하며 그렇게 말한 후, 그대로 저택의 거실로 전이했다.

아연실색한 그들의 얼굴이 상상되는걸…….

"어머, 주인님. 외출하셨습니까."

귀가하자마자, 아침 청소를 하고 있는 유카리와 마주쳤다.

"으, 응. 아침밥을 먹고 왔어."

"……혼자서 말인가요?"

"아냐, 큐베로와 같이 갔어."

"……."

유카리의 표정이 얼어붙었다. 맙소사. 남자한테도 질투하는 거냐…….

"조, 좀 봐주는 게 어때? 그 녀석, 지금쯤 고생이 이만저만 아닐 거야."

실비아라면 이런 상황에서 나에게 화를 내지만, 유카리는 다른 이에게 화를 낸다. 그래서 나는 전력을 다해 큐베로를 감싸줬다.

참 시끌벅적한 아침이었다.

◇◇◇

"……당신 주인, 사라져버렸네요."

"네. 사라지셨군요."

남자 넷은 아연실색했고, 집사만은 여전히 침착했다.

"흔한 일입니다."

"대박……. 아직도 이런 비장의 카드가……."

큐베로는 마치 자기 일인 것처럼 의기양양한 표정을 지으며 대답했다.

그 말을 들은 카피트의 눈동자가 찬란히 빛났다.

"자, 잠깐만. 이대로 있으면 우리가—."

헤레스가 걱정스러운 어조로 그렇게 말한 순간, 식사를 마친 손님이 나가면서 다른 손님들이 몰려 들어왔다.

그 직후에 세컨드가 이미 없다는 것을 눈치챈 손님은 「뭐, 됐어」 하며 타협하더니, 색지를 들고 헤레스 일행이 있는 테이블로 쇄도했다.

"하하하, 밖으로 나갈까요."

가게에 폐를 끼칠 수 없다고 생각한 로큰체어는 난처한 웃음을 흘리며 그렇게 제안했다.

다섯 명이 밖으로 나간 순간, 아까의 몇 배나 되는 이들에게 둘

러싸인 탓에 도망치기 어려워졌다.

“우와아, 나도 드디어 사인을 하는 날이……!”

“젠장……. 왜 내가, 이딴 짓을…….”

“저기, 저는 퍼스티스트 가의 집사에 지나지 않습니다만…… 어어……?”

헤레스와 로큰체어만이 아니라 카피트와 닐, 그리고 큐베로에게도 수십 명의 팬이 사인을 청했다. 그들이 해방된 것은 그로부터 한 시간 후의 일이었다.

◇◇◇

저녁 시간, 저택에 타이틀전 출전자들이 모여들었다. 파티 장소는 저택 부지 북서쪽에 위치한 『물』을 모티프로 한 저택 1층이다. 맑은 물의 푸른색을 주역으로 해서, 우거진 자연의 녹색과 건물과 다리와 지면의 백색과 흑색과 갈색, 그 모든 것이 조화를 이루는 장엄한 장소다. 낮에 오면 거울 같은 수면에 푸른 하늘이 비치면서 한층 더 아름다운 풍경이 갖춰지지만, 저녁에는 차분한 분위기가 감돌면서 또 다른 매력을 자아낸다. 언뜻 보면 수몰된 유적처럼 보이기도 했다. 집이라기보다는 성에 가깝다. 마치 호텔처럼 거대한 건물이다.

참가자는 예정대로 총 열일곱 명이다. 일섬좌전에서는 로스만, 카사카리, 헤레스, 가람. 귀천장전에서는 믹스 자매와 알프레드.

예장전에서는 무라티, 체스터, 닐, 알파. 금강전에서는 로큰체어. 영왕전에서는 보그와 카피트가 참가했다. 또한 셰리와 체리 양도 와줬으며, 마인과 배럴 럼버잭 백작과 스팀 비터밸리 변경백작은 커다란 화환을 보내왔다.

그리고 마인의 화환을 가져다준 이가 그대로 파티에 참가했다. 마인에게 미리 허가를 받았다고 한다. 그의 이름은 클라우스. 원래 제1왕자였으며 제1기사단장이었던 그는 현재 동생 마인의 노예이자 시종이다. 정중한 존댓말을 쓰며, 오늘 밤에 열리는 3관 기념 파티에 참가하는 것에는 아무런 외교적 의도 없이 개인적으로 참가한다는 부분을 강조했다.

자아. 이것으로 배우는 모두 모였다.

오늘 밤은 평범한 파티가 아니다. 하계 타이틀전에 맞춘, 출전자들의 궐기 집회다. 당연히 하인들이 총출동해서 식사와 술에 신경을 썼다. 마시고 먹으면서 전원이 즐겁게 교류하는 것도 좋다. 하지만 빠지면 안 되는 게 있다. 파티하면 꼭 하는 바로 그것 말이다.

"빙고대회 말이야!"

나는 빙고대회의 그 두근거림을 꽤 좋아한다. 경품은 인원에 맞춰 열일곱 개 준비했다.

1등상은 『각교환』이 부여된 미스릴 귀걸이다. 크리티컬 발생률 5%업 효과를 지닌 귀 장비다. 대장장이 겸 부여사인 유카리가 「부여·해체·제작 루프」의 과정에서 나온 중복품을 이번 경품으로 삼았다.

2등상과 3등상은 스킬 습득 방법 전수다. 모르는 스킬의 습득 방법을 뭐든 하나 내가 가르쳐주는 선물이다.

4등부터 16등까지는 을등급 수준에서 나오는 마물의 특징과 행동 패턴을 세세하게 적은 메모를 줄 것이다. 즉, 던전 공략법 및 효율적인 경험치 벌이 방법을 전수해주는 것이다. 그걸 알았다고 바로 강한 마물을 노리러 갔다가 죽으면 곤란하니, 을등급 중위부터 상위까지의 「적정 수준보다 약간 아래」 랭크의 마물에 관해 적어뒀다. 이것으로 그들의 경험치 벌이가 빨라지기를 바란다.

그리고 17등. 최하위의 경품은 바로 시크릿 당첨이다. 그것은 바로 『어드바이스』. 내가 뭔가 적당히 깨달은 점을 가르쳐줄 뿐이지만, 실비아는 「이게 최고의 경품이구나」라고 말했다. 확실히 범위가 넓은 만큼, 재수가 좋으면 완전 대박일지도 모른다. 그 결과, 뜻하지 않게 꼴찌에게도 복이 가는 구성이 됐다.

이야, 정말 가슴이 뛰는걸. 담합과 사기와 방해, 뭐든 다 오케이인 빙고대회의 시작이다. 자아, 레츠 빙고—!

◇◇◇

총 열일곱 명의 참가자들은 어울리지도 않게 기대에 부풀어 있었다.

이곳, 퍼스티스트 저택에 발을 들일 때부터 그랬다. 아무리 타이틀전 출전자라도 이 정도로 「상상을 초월하는 부자」는 없다. 럼버잭 백작가의 남매도, 왕국에서 자란 클라우스조차도 부지 넓이에 얼이 나갈 정도였다.

또한, 하인의 레벨도 그들의 상상 이상이었다. 아직 숙련되지 않았지만, 젊음이 넘쳐나는 그들의 파워풀하게 일하는 모습은 꼼꼼함과 속도를 양립하고 있었다. 게다가 세컨드가 3관을 차지하면서 더욱 기합이 들어간 것 같았다. 다들 타이틀 3관왕 세컨드 퍼스티스트의 하인이라는 이름에 누가 되지 않도록, 세심한 주의를 기울이면서 머리부터 발끝까지 세세하게 신경 쓰고 있었다.

겨우 몇 달 전에 고용한 어중이떠중이 집단인 하인이 어떻게 이 정도의 팀워크와 퍼포먼스를 발휘하는 것일까. 퍼스티스트 가에 처음 와본 이들은 그들이 처참한 과거를 지닌 노예였다는 것과 메이드장 유카리가 행하는 상상을 초월할 정도로 수준 높은 교육, 거기에 투자되는 막대한 예산 등을 모르기에 이해할 수가 없었다.

그들이 놀란 점은 그것만이 아니었다. 파티장의 외관과 내관, 그리고 요리와 시중도 전부 나무랄 데 없는 최고의 수준이었다. 만능 메이드 부대 에스대의 멤버들이 악기를 연주하기 시작하자, 주인인 세컨드조차도 놀랐다. 유카리의 깜짝 축하쇼였는지, 놀란 세컨드의 모습을 본 유카리의 언제나 얼음장 같은 얼굴에 기쁨이 어렸다.

그리고 연회가 무르익었을 즈음, 그들은 가장 큰 충격을 받았다.

빙고대회— 보통은 「대단하다」 싶은 수준의 경품이 걸리지 않지만, 이번만은 그 상식이 통하지 않았다.

경품 일람을 본 글래머 안경 엘프인 알파는 경악했다.

"앗!"

그것은 최하위의 경품이 발표된 순간이었다. 예전에 세컨드에게 『조언』을 받았던 그녀는 그 유용성을 잘 알고 있었다.

"호오, 이건."

"흠……."

그런 반응을 보인 건 알파만이 아니었다. 카사카리와 가람도 세컨드의 조언을 원하고 있었다. 두 사람 다 강렬한 형태로 조언을 받았다.

노리는 건 최하위. 이게 「대박」이라는 걸 아는 세 사람은 물밑에서 경합을 벌이게 됐다.

한편, 비정상적으로 흥분한 남자가 한 명 있었다…….

"우, 우오, 우오오오오오오! 스킬을?! 뭐든?! 거짓말?!"

안경에 김이 서릴 정도로 땀 범벅인 거한, 무라티였다. 그는 스킬의 습득 방법을 뭐든 가르쳐준다는 말을 들은 순간, 머릿속으로 뭘 가르쳐달라고 할지 생각하기 시작했다. 너무 고민이 되었던 것이다.

『번개 속성 마술』이 좋을까, 『마마술』이 좋을까…… 그에게 있어서는 그야말로 궁극의 선택이었다.

"체리, 너는 무엇을 원하니?"

"할머님?"

"나는 곧 은퇴할 거란다. 그러니 네가 원하는 걸 받게 된다면 양보해주고 싶구나."

"정말요? 그리고 은퇴하시기엔 아직 이르시지 않을까요?"

"아니, 적당한 때란다. 앞으로의 예장전은 새로운 시대를 맞이할 거잖니. 나처럼 늙은이가 따라가는 건 무리겠지."

체스터는 독한 술을 홀짝이면서 그윽한 눈길로 그렇게 말했다.

체리는 긍정도 부정도 하지 않았다. 세컨드의 등장으로 예장전의 상식은 뒤바뀌려 하고 있다. 노인이 기초부터 새롭게 단련하며 그를 뒤쫓아가는 게 어렵다는 것도 안다. 그러니 그녀는 다음 세대에게 무언가를 남겨주려 하는 것이다. 그것을 눈치챈 체리는 심호흡을 한 번 한 후, 입을 열었다.

"……할머님. 저는 마물의 정보를 원해요."

"호오. 습득 방법이 아니라도 괜찮겠니?"

"네. 그리고 할머님. 아니, 체스터 님. 저에게 불 속성 5형을 가르쳐주시지 않겠어요?"

지금 자신에게 가장 필요한 것은 경험치 벌이다. 불 속성은 아직 1형밖에 익히지 않았지만, 거부감 같은 것을 떠내서 앞으로 전부 익혀나가면 된다. 그것은 세컨드가 만들어갈 새로운 시대에 뒤처지지 않고 쫓아가겠다는, 그녀의 각오를 명쾌하게 드러내는 선언이었다.

"네가 내 최후의 제자구나……."

체스터는 감회에 젖은 목소리로 그렇게 중얼거리더니, 상냥한 표정으로 고개를 끄덕인 후에 또 묵묵히 술을 홀짝였다.

이리하여, 체리는 체스터의 제자가 됐다. 사상 최초로 빙고대회

중에 제자가 된 여자와 빙고대회 중에 제자를 받아들인 스승이 탄생한 것이다.

"—그리고 1등이 『각교환 미스릴 귀걸이』라고 적혀 있어요."

"그런가. 도와줘서 고맙네, 카피트 군."

다른 테이블에는 뜻밖의 멤버가 모여 있었다. 앞이 안 보이는 알프레드에게 빙고 경품의 내용을 설명해주는 카피트, 이 두 사람만이라면 특이할 게 없지만 문제는 다른 두 사람이다. 바로 믹스 자매다. 귀천장 에른테에게 버림을 받고만 그녀들은 새롭게 스승이 된 알프레드의 지시에 따라, 영문도 모른 채 이 파티에 참가했다. 파티가 시작되고 한 시간 이상 흘렀지만, 그녀들과 남자 두 명 사이에서는 별다른 대화가 오가지 않았다.

"아뇨. 참고로 저는 2등을 노릴 거예요. 알프레드 씨는요?"

"나는…… 17등이려나."

알프레드는 카피트의 질문에 그렇게 답하더니, 눈을 감은 채 미소를 머금으며 믹스 자매 쪽을 향해 고개를 돌렸다. 디와 제이는 치기 어린 반항을 하듯 빙고 쪽은 눈길도 주지 않은 채, 요리만 조용히 먹고 있었다.

"그럼 제가 17등이 되면 교환할까요?"

"좋은 생각이군. 그럼 나도 2등이나 3등이 되기를 바라도록 할까."

"아하하하."

카피트는 웃으면서 믹스 자매 쪽을 살폈다. 그가 이 테이블에 배

치된 것은 넘치는 배려심으로 알프레드와 믹스 자매 사이의 윤활유 역할을 해줬으면 해서였다. 세컨드가 사전에 그 이야기를 꺼내자, 카피트는 바로 고개를 끄덕였다. 시원시원한 개 수인이라 불리는 인물다웠다. 그리고, 그는 슬그머니 행동을 개시했다.

"저기~. 디 씨, 제이 씨. 빙고를 안 할 거면, 그 빙고 카드를 저한테 주지 않겠어요?"

"……좋을 대로 해."

"저도 필요 없어요."

"어, 정말요?!"

카피트는 과장스러운 리액션을 보였다.

알프레드는 카피트의 의도를 눈치챈 건지, 그의 뒤를 이어 입을 열었다.

"디, 제이. 괜히 고집 피우지 마라. 자포자기하지 마라. 너희도 이 경품의 가치는 알 텐데? 하다못해 빙고가 끝날 때는 가지고 있어라."

"스승 행세하지 말아줄래? 저 남자의 여자 부하한테도 져놓고 말이야."

"그러는 두 사람의 예전 스승은 출전자도 아닌데다 핸디캡도 짊어진 남자한테 꼴사납게 박살 났잖아요?"

"……윽……그건……."

카피트와 알프레드는 이해하고 있다. 믹스 자매에게는 자신을 돌아볼 시간이, 생각할 시간이 필요하다. 하지만 이대로 내버려 뒀다간 두 사람은 생각 자체를 하지 않을 것이다. 그러니 어떻게든 생각을 해보도록 만들어야만 한다. 그 첫걸음으로서, 빙고대회는 매우 좋은 기회였다.

"너희는 에른테보다 강해져야만 해. 하계 타이틀전까지 말이야."

"……무리야. 사부님은 강해. 말하는 것과 실행에 옮기는 건, 달라."

"잘 생각해봐라. 그 영감을 간단히 박살낸 남자가 경품을 나눠주는 거다. 그것도 인원수에 맞춰 딱 열일곱 개를 말이지. 모르겠느냐? 어제 그의 연설을 들었다면, 답은 이미 나온 거나 다름없지."

"하지만, 그래도 사부님에게 이길 수는……."

믹스 자매는 에른테가 언급되면 바로 심약해진다. 수십 년 동안 그런 교육을 받아왔다는 걸 쉽게 짐작할 수 있었다.

알프레드는 어금니를 깨물며 에른테를 향한 증오를 곱씹더니, 진지한 목소리로 말했다.

"반년만이라도 좋아. 나를, 그를, 조금만 믿어보지 않겠나? ……부탁이다."

"저도, 부탁할게요. 알프레드 씨도, 세컨드 씨도, 거짓말을 할 사람이 아니라고 생각해요."

두 사람은, 고개를 숙였다.

왜, 인정하지는 않았다고 해도 스승의 위치에 있는 사람이 고개를 숙이는 걸까. 왜, 전혀 상관없는 영왕전 출전자인 드래곤 테이머가 고개를 숙이는 것일까. 믹스 자매는 전혀 이해할 수 없었다. 하지만 단 두 가지 사실만은 알 수 있었다. 지금, 이제까지의 인생에서 처음 느껴보는 감각에 휩싸여 있다는 점. 그리고 어찌된 건지, 숨쉬기 어렵다는 점. 그것들은, 싫지 않은 감각이었다.

"……흥."

디는 언짢은 듯이, 빙고 카드의 한가운데에 검지를 대서 구멍을 뚫었다.

그런 언니의 행동을 본 제이도, 내키지 않는다는 듯이 같은 행동을 취했다.

"고맙다."

두 사람이 구멍을 내는 소리를 들은 알프레드가, 진심으로 기쁘다는 듯이 미소 지었다.

카피트는 목적을 달성했다는 듯이, 조용히 그 자리를 벗어났다.

겸연쩍어하는 자매와, 미소 짓고 있는 맹인 남성.

오늘 이 순간부터, 그와 그녀들의 특이한 사제 관계가 시작됐다.

"저기, 오라버님. 2등이나 3등이 되면 나한테 넘겨."

"싫어."

"왜야. 그 정도는 괜찮잖아?"

"나도 알고 싶은 스킬이 있거든. 자력으로 획득해."

"……흥."

"끄억?! 뭐 하는 거야! 아프다고!"

"오라버니 따위 정말 싫어."

"어리광 좀 적당히 부려, 셰리!"

"뭐어?! 동생한테 그 정도도 못 해줘?! 오라버니는 출전 조건을 채웠잖아!"

"지금 너한테 부족한 건 경험치야! 마물에 관한 정보를 줄테니까 2등이나 3등이 나오면 나한테 넘기란 소리를 하고 싶거든?!"

"나도 익히고 싶은 스킬이 있단 말이야! 그리고 요즘 들어 소환술만으로는 한계를 느끼고 있거든?!"

"나도 검술만으로는 한계라는 결론에 도달했어! 이것만은 양보 못 해!"

"우와아…… 같은 테이블의 남매가 무지 시끄러운 건에 대해서……."

럼버잭 남매와 같은 테이블에 앉게 된 무라티는 작은 목소리로 그렇게 중얼거리면서 질색했다. 세컨드는 낯가림이 심한 그를 생각해서 비교적 말을 걸기 쉬운 이 남매와 한 자리에 앉혔지만, 완전히 역효과였다. 남매가 너무 시끄러웠던 것이다. 메이드인 마리포사가 없다면, 이 남매는 항상 이 모양일 것이다.

하지만 덕분에 무라티는 평정심을 되찾았다. 심사숙고 끝에 2등 혹은 3등이 된다면 마마술의 습득 방법을 가르쳐달라고 하기로 결심한 그는 이제 하늘에 달렸다는 생각에 믿지도 않는 카멜교의 카멜 신에게 기도를 드렸다.

"2등 아니면 3등, 2등 아니면 3등, 2등 아니면 3등……."

땀으로 범벅이 된 거한이 몸을 웅크린 채 안경에 김이 서릴 만큼 심각한 표정으로 중얼거리는 모습은, 솔직히 말해 징그러웠다.

"우, 우와아……."

"으음, 저건 좀……."

정신을 차리고 보니, 무라티와 셰리와 헤레스의 테이블은 약 한 사람의 범상치 않은 열의에 압도당한 것처럼 기묘한 정적에 휩싸여 있었다.

"이야아, 정말 통이 크군요."

"표정이 꽤 여유로운걸, 로스만. 몇 등을 노리는지 물어봐도 될까?"

"그럼 저는 1등을 노리도록 할까요. 당신은 어쩔 겁니까?"

"그래. 그럼 나도 1등을 노리겠어."

"하하하, 모처럼이니까요."

"응, 모처럼이니 말이야. 우후후."

"……."

이 테이블 또한, 기묘한 분위기에 휩싸여 있었다.

멤버는 이색적이라 해도 과언이 아니었다. 전 일섬좌 로스만과 전 영왕 보그, 그리고 어찌된 건지 닐 바이스로이가 앉아있다. 닐은 조용히 기 싸움을 벌이는 호걸과 여걸 사이에서 언짢은 표정으로 거북한 침묵에 잠겨있었다.

"아, 두 분 다 1등을 노리십니까. 그럼 저는 2등 혹은 3등을 노리니, 만약의 경우에는 교환하지 않겠습니까?"

바로 그때, 로큰체어 현 금강이 모습을 보였다. 그는 이제까지 에코와 【방패술】에 관해 이야기를 나눈 후에 겨우 테이블로 돌아왔다.

"물론 좋습니다. 그렇지요?"

"아, 나는 남에게 받은 걸 교환하지 않는 편이야."

"……그런가요. 그럼 저도 당신에게 맞춰 교환은 하지 않도록 하겠습니다."

"후후, 그렇습니까. 유감이군요."

로스만과 보그는 어린애처럼 고집을 부렸다. 두 사람은 애초에 1등 경품을 원하지 않는 것이다. 「아무튼 자기가 1등이 아니면 납득 안 된다」라는 이상한 자존심을 굽히지 못할 뿐이다. 본심을 털어놓자면 2등 혹은 3등을 원할 것이다. 하지만 솔직해질 수 없다. 그것이 오랜 세월 동안 정점에 군림해온 대가 같은 것이다.

그런 두 사람의 심정을 이해하면서도, 로큰체어는 놀리듯 그렇게 흔들어봤다. 닐은 그런 그를 보더니, 이 남자에게는 절대 맞서지 말자고 결심했다.

"제 얼굴에 뭐라도 묻었습니까?"

"윽…… 아, 아냐. 애초에 네놈의 얼굴을 쳐다본 게 아니다."

"이거 실례했습니다. 그건 그렇고, 오늘 아침의 카레는 맛있었죠. 나중에 카사카리 씨에게 감사 인사를 하러 가지 않겠습니까?"

"흥, 그럭저럭 먹을 만했을 뿐이야. 내가 일부러 인사를 하러 갈 필요 따윈 없어."

"후후후후. 그렇군요."

"……쳇."

마음을 읽힌 것처럼 부끄러워진 닐은 혀를 차더니, 로큰체어에게서 고개를 돌리며 빙고에 집중했다. 그 와중에 알파의 얼굴이 눈에 들어오자, 가슴이 옥죄어들었다.

「마음을 상대에게 전할 노력조차 하지 않으면서, 이해해줄 거라고 생각하면 그건 착각이야」—갑자기, 아침에 세컨드가 한 말이 머릿속에 떠올랐다.

닐은 테이블에 놓인, 평소 마시던 것보다 독한 술을 들이켜면서 생각했다.

"……."

알파는, 몇 등을 노릴까……?

◇◇◇

빙고대회는 격렬하기 그지없었다. 내 예상대로 2등과 3등이 매우 인기 있었으며, 다들 한 칸만 남은 자의 곁에 모여서 교환이니 뭐니 하고 떠들고 있었다.

대체 어떤 수법으로 교섭하는 건지는 모르겠지만, 꽤나 고도의 정보전이 펼쳐지고 있는 것 같았다. 하지만 술이 들어가서 그런지 꽤 시끄러웠다.

"너는 교환 안 해도 돼?"

"네. 이런 행사에서는 욕심을 부리는 자가 패배하는 법입니다."

나는 구석에서 클라우스와 느긋하게 술을 마시고 있었다.

역시 전 제1왕자라 그런지 꽤나 심오한 말을 아무렇지 않게 늘어놨다.

“네가 존댓말을 쓰니 위화감이 느껴지네.”

“……옛날 일은, 용서해주셨으면 합니다.”

“뭐, 심각하긴 했지.”

“부끄러울 뿐입니다.”

어마어마한 변모다. 나를 향해 오만한 어조로「제1기사단에 넣어주겠다」고 떠들던 때와는 딴 사람 같았다.

“딱히 무리해가면서 공손하게 굴 필요는 없어.”

“그래……. 그럼 세컨드 3관의 말에 따르도록 할까.”

“응, 그렇게 해. 약간 너다워졌는걸.”

역시 무리하고 있었던 것 같았다.

“잠깐만. 착각하지는 마라. 사실 나는 당신을 매우 존경해. 그저, 오랫동안 몸에 밴 오만한 말투가 좀처럼 입에서 떨어지지 않아서 그런 거다.”

“그거 기쁜걸. 뭐, 네 입장을 생각하면 어쩔 수 없긴 할 거야.”

“어쩔 수 없는 건가. 하하하. 하지만 폐하는 왕자라고는 해도 어릴 적부터 예의범절을 지키셨지.”

“네 덕분일 거야. 형이 엄격하게 대해주니까, 동생이 어엿하게 자란 거 아니겠어?”

“……그렇게 말해주니 고마운걸.”

마인을 괴롭힌 것을 후회하고 있을 것이다. 클라우스는 쓰디쓴 표정을 지으며 술을 한 모금 마셨다. 그리고, 화제를 바꾸려는 듯이 입을 열었다.

"그런데 세컨드 3관. 나는 당신에게 검술을 배우고 싶어. 제자로 삼아주지 않겠나?"

"진짜야? 제자를 받을 생각을 안 한 건 아닌데……."

꽤 갑작스러운 이야기다.

"일섬좌전을 보고, 나는 감명을 받았어. 폐하께서도 허가해주셨지. 당신의 기술을 조금이라도 익혀서, 호위로서 더욱 실력을 갈고닦을까 해."

솔직히 말해 제자를 받은 적이 한 번도 없었으니 제대로 가르칠 자신이 없다. 실비아와 에코를 짧은 기간 동안 제자로서 육성한 적이 있지만, 결국 타이틀을 거머쥐게 해주지 못했다. 하지만 클라우스는 그래도 상관없으니 제자로 삼아달라는 말하고 있는 것이다. 그 열의가, 나에게도 전해져왔다.

"그럼…… 조건이 세 가지 있어."

"좋아."

"첫 번째, 검술 스킬을 전부 9단까지 올려. 마검술도 쓸 수 있지? 무슨 속성이야?"

"물 속성과 바람 속성을 3형까지 익혔어."

"그럼 물·3형의 복합으로 로이스 던전을 돌아. 거기는 불 속성 마물만 잔뜩 있거든. 보스를 쓰러뜨릴 자신이 없다면 깊은 곳까지 안 들어가도 돼."

"알겠다."

"용마와 용왕의 습득 방법은 알아?"

"그래. 왕가에 전해져 내려오지."

"그럼 됐어. 여유가 있을 때 도전해봐. 신중하게 말이지."

첫 번째 조건은 괜찮을 것 같다. 이러다 죽으면 꿈자리가 뒤숭숭할 것 같으니, 빙고 경품을 떠나 조언을 해주기로 했다.

"두 번째 조건은 일섬좌전에 출전해. 마인을 호위하기 위해서란 이유가 마음에 안 들어."

"……그건……."

"내 기술은 세계 1위에 군림하기 위한 것이지, 누군가를 지키기 위한 게 아냐. 배우기로 한 이상, 강 건너 불구경만 하는 건 허락 못 해. 너도 불구덩이 속에 뛰어들라고."

"알겠다. 각오하지."

두 번째 조건도 받아들였다. 그럼 마지막이다.

"세 번째 조건은 너의 부끄러운 비밀을 알려줘. 그러면 나도 부끄러운 비밀을 알려주겠어. 그걸로 너와 나는 사제의 연을 맺은 거야."

"뭐……? 부, 부끄러운, 비밀을……?"

"그래. 아무한테도 말하지 못할 비밀말이야."

"……큭."

과거의 일이 있는 만큼, 아직 클라우스를 신용할 수 없다. 그러니 그의 부끄러운 비밀을 듣기로 했다. 클라우스의 성격을 생각하면, 이 세 번째 조건이 가장 어려울 것이다.

그리고 나도 예의상 비밀을 밝히기로 했다. 남자끼리의 인연이란 그런 것이다. 그리고 개인적으로 사제관계에서 가장 중요한 것은 신뢰라고 생각했다.

"……크……!"

클라우스는 고민했다. 제자가 되고 싶다. 하지만 비밀은 밝히고 싶지 않다. 그런 고뇌를 하고 있는 것이다. 이 녀석은 안다. 어중간한 비밀로는 안 된다는 것을 말이다. 그렇게 진지하게 고민하는 시점에서 나는 그를 신용하게 됐지만, 그건 그거고 이건 이거다. 딱히 비밀을 듣고 싶은 건 아니다. 비밀을 밝히지 않으면 계약을 맺을 수 없다. 결코, 비밀을 듣고 싶어서 이러는 게 아니다.

"……좋다. 말해주지."

수십 초 후, 클라우스는 각오를 다졌다. 도박판에 발을 들이는 사내 같은 표정을 짓고 있었다.

"좋아, 말해봐."

"……."

하지만, 그는 말을 잇지 못했다.

클라우스의 얼굴이 점점 벌게지는 건, 아마 술기운 탓이 아니리라.

"나, 나, 는……."

그리고 모기만 한 목소리로, 말했다.

"……프, 프론 제2왕비, 님, 을……."

"알았어. 더는 말 안 해도 돼."

……엄청난 폭탄이었다.

"내, 내 비밀을 알려주겠어!"

나는 무턱대고 그렇게 외쳤다. 내가 지금 어떤 표정을 짓고 있는지 알 수 없었다. 클라우스의 표정을 보아하니, 내 표정도 장난 아니라는 게 짐작됐다.

"그럼 말한다?"

"응."

관둘 걸 그랬다. 이딴 건 아무한테도 득이 되지 않아…….

"……네 동생, 너무 귀여운 거 아냐? 확 덮치고 싶을 정도야."

"……."

우와아. 나도 지금 클라우스가 짓고 있는 것과 비슷한 표정을 지었겠네. 내일 운석이 떨어져서 인류가 멸망할 거라고 말하는 편이 차라리 나았다 싶을 정도다.

"하, 하하하, 하하하하하!"

"하, 하하하, 하하하하하!"

우리는 누가 먼저랄 것 없이 웃었다. 웃을 수밖에 없었다.

기묘한 우정이 피어났다. 이렇게, 새로운 제자 후보가 탄생했다.

"젠자아아앙! 세컨드으으으으! 크아아아아아!"

"우왓."

빙고 대회가 끝난 후, 내가 각 테이블을 돌기 시작하자마자 일이 터졌다.

"이 녀석, 왜 이래?"

닐이 분노를 터뜨리고 있었다. 그것도 질질 짜면서 말이다.

"알파 양에게 차였나 봅니다. 그리고 제가 본 것만 해도 다섯 잔은 마시더군요."

로큰체어가 설명해줬다. 여자한테 차이고 홧술을 마시는 건가…….

"내 말 좀 들어봐! 몇 등을 노리는지 물어봤을 뿐인데, 무시하는 건 너무한 거 아니냐?!"

"아니, 너는 무시당해도 어쩔 수 없는 짓거리를 했잖아……."

"빌어먹으으으으으을!!"

닐은 꽤 센 술을 물처럼 벌컥벌컥 들이켰다. 이거, 오늘은 우리 집에서 자고 가게 되겠는걸.

"그런데 너희는 몇 등이었어? 괜찮은 걸 받았어?"

나는 난동을 부리는 닐을 무시한 후, 다른 세 사람에게 말을 건넸다. 로큰체어와 로스만, 보그다. 이 세 사람에게는 기대하고 있다. 분명 더 성장할 것이다. 하계 타이틀전까지 얼마나 준비해올지, 벌써부터 기대된다.

"저는 유감스럽게도 4등이었지요."

"나는 5등이야. 유감이네."

왠지 분위기가 나빴다. 이 두 사람, 사이가 좋지 않은 걸까.

"신경전을 벌이는 것뿐입니다."

로큰체어가 몰래 가르쳐줬다. 오호라, 두 사람 다 어린애 같은 구석이 있는 건가. 알겠다~. 나도 지는 걸 싫어하는 편이거든. 1위로 있던 시간이 길면, 이렇게 지기 싫어지는 법이다.

"참고로 저는 1등이었습니다."

로큰체어의 귀에 달린 『각교환 미스릴 귀걸이』가 반짝였다.

"이야! 해냈네."

"네. 그리고 세컨드 3관이 하고 싶은 말이 뭔지도 이해했습니다."

"그래. 그럼 네가 1등을 해서 다행이야."

"저 두 사람 또한, 말은 저러지만 아마 이해했을 테죠."

로큰체어는 정중하게 감사 인사를 한 후, 다른 테이블로 향하는 나를 배웅했다.

각교환 미스릴 귀걸이를 받은 이에게 전하고 싶었던 것은 바로 하나다. 장비의 《성능 강화》와 《부여 마술》의 중요성. 즉, 대장장이의 필요성이다.

이 피어스는 사실 3단계 중 3단계까지 강화됐다. 덤 정도라고는 해도 상승하는 스테이터스는 무시할 수 있는 수치가 아니다. 게다가 『각교환』은 원래 마물이 드랍하는 물건에 부여되는 것이다. 하지만 미스릴 귀걸이는 드랍되는 액세서리가 아니다. 즉, 「인공적으로 특정 효과를 부여하는 방법」이 있다는 증거다. 만약 모든 장비에 『각교환』을 부여할 경우, 상승되는 크리티컬 확률은 어마어마하다.

1등이 된 이가 로큰체어라서 정말 다행이다. 그의 말투로 볼 때, 아마 그는 「부여·해체·제작 루프」를 어렴풋이 눈치챘다. 그리고 그것에 막대한 돈이 든다는 것도 말이다. 처음으로 금강을 획득한 인간인 만큼, 그에게도 다소 돈이 들어올 것이다. 분명 이 정보를 잘 활용해줄 것이다. 게다가 로스만과 보그도 진의를 눈치챈 것 같았다. 4등부터 16등까지의 경품에 담긴 의미는 단순하다. 「안전하면서도 효율적으로 마물을 사냥해서 경험치를 벌어라」가 전부다. 내가 가르쳐준 마물에만 한정되는 게 아니다. 직접 조사하고, 안전을 확보해, 매일 사냥을 하는 것의 중요함을 깨달아줬으면 한다. 너희가 지금까지 게을리한 그것을, 나란 존재가 나타난 바람에 다시 열심히 해야만 하게 됐다. 잘 됐지? 더 즐길 수 있어. 뫼비온은 그 정도로 심오하다고.

"—기다리고 있었습니다, 세컨드 씨! 자아, 마마술! 소생에게 마마술을 가르쳐주시지요!"

"들러붙지 마! 징그러우니까 좀 떨어져!"

방심했다. 생각에 잠긴 사이에 다음 테이블에 도착한 것 같았다. 자칫하면 무라티와 키스를 할 뻔했다.

"잠깐만. 그러면 네가 2등 혹은 3등을 한 거야?"

"이그젝틀리! 소생, 죽을힘을 다해 2등을 겟했사옵니다."

"그렇구나. 그럼 나중에 가르쳐줄 테니까, 다음에 보자고."

"어라, 왠지 매몰찬 건에 대해…… 하지만 그래도 좋아~!"

무라티의 텐션이 천원돌파를 한 탓에, 그에게 어울려줄 수가 없었다. 생각해보니 무라티는 나와 이야기를 나눌 때면 항상 폭주 상태였다. 어울리기 쉬운 상대인지 어려운 상대인지 이제 감이 안 오는걸.

"오, 왔구나. 아침에 보고 처음 보네."

"나와는 오래간만에 보는 거지? 세컨드."

무라티에게서 돌아서보니, 그곳에는 럼버잭 남매가 있었다. 이 두 사람이 조용한 것을 보면, 3등을 못한 것 같았다.

“여어, 헤레스. 카레 가게 이후로 다시 보네. 셰리도 응원해줘서 고마워. 네 목소리, 똑똑히 들렸어. 두 사람 다 반응을 보니 노리던 경품을 못 땄나보네?”

“뭐, 그렇기는 하지만 다른 것도 평범한 게임이라면 대박 그 자체거든. 안 그래?”

“응. 비정상적일 만큼 호화로운 경품이야. 이제까지 내가 해온 노력이 바보처럼 느껴질 정도라니깐.”

“오히려 앞으로 더 노력해야 할 거라고 생각하지만…… 뭐, 됐어. 기뻐해주니 나도 좋네. 앞으로 경험치 벌이에 힘쓰라고.”

“나만 믿어. 다음 일섬좌전까지는 따라잡아주지.”

“흥. 항상 발길 닿는 대로 방랑하는 오라버니한테는 무리야. 세컨드는 내가 영왕전에서 쓰러뜨릴 거니까, 두고 봐!”

“하하. 아직 출전 자격도 못 얻은 녀석이 무슨 소리를 하는 거야?”

“그러는 오라버니도 순식간에 박살 났었잖아!”

“뭐어!”

……또 남매 싸움이 시작될 것 같았기에, 나는 재빨리 도망쳤다.

다음은 체리 양과 그녀의 할머니인 체스터, 그리고 알파가 있는 테이블이다.

“오. 왔구나, 미남.”

“안녕하세요, 누님.”

"아하하! 좋구먼. 체리, 알파, 들었니? 방금 누님이라고 불렸단다!"

"……너무 노골적인 빈말은 자제하는 편이 좋지 않을까요."

"아하하! ……어, 아, 저기, 네. 그럴지도 모르겠네요."

이 테이블은 꽤 화사한걸. 알파도 다른 두 사람과 가까워진 것 같아 다행이다.

"다들 꽝이었어?"

"으음, 그게……."

내가 묻자, 알파는 머뭇거리며 손을 들었다.

"3등, 했어요."

맙소사.

"……하, 하하하!"

"에, 에헤헤……?"

무심코 웃음을 터뜨렸다. 내가 가장 「2등이나 3등을 뽑았으면 좋겠다」고 생각한 사람이 바로 알파다. 알파도 덩달아 웃음을 흘렸다. 여전히 안경과 머리카락 때문에 표정을 읽기 어렵지만, 그 웃음으로 기뻐하고 있다는 걸 알 수 있었다.

"저기, 내 제자가 되지 않겠어?"

"—윽!"

내가 그렇게 말하자, 알파는 한껏 웅크린 몸을 부르르 떨었다.

"지, 진심인가요……? 저따위를 제자로……?"

"물론 진심이야. 눈치 못 챘을지도 모르지만, 너는 뛰어난 센스를 지녔어."

1형을 이용한 히트 앤드 어웨이를 겨우 이틀만에 자기 것으로 만든 데다 시합 중에 지도해준 『포복 영창』을 바로 응용하는 등, 뛰어난 센스를 유감없이 발휘했다. 특히 후자가 정말 대단했다. 「수상한 한 수로 국면을 난해하게 만들어 기회를 이끌어낸다」란 감각은 아마 타고난 재능일 것이다. 중요한 순간의 승부력이 어마어마했다. 센스만 본다면, 그녀가 넘버원이다.

"괜찮다면, 내 제자가 되지 않겠어?"

"……가문에, 물어봐야……."

"가문 같은 건 제쳐둬. 너는 어쩌고 싶은데?"

"윽!"

알파가 닐과 그런 대결을 펼치게 된 건, 닐의 잘못이기도 하지만 그녀가 주체성이 없는 점도 영향을 끼쳤다. 아니면 가문이 그녀에게 끼치는 영향력이 너무 강한 걸지도 모른다.

프롬나드 가문이 어떤 교육방침을 지녔는지는 모르지만, 설령 알파가 내 제자가 되고 싶어 하는 데도 방해한다면 강경 수단도 쓸 생각이다.

그렇게 생각하며 그녀의 대답을 기다리고 있을 때, 알파는 결의를 다진 것처럼 침묵을 깼다.

"저는, 당신의…… 당신의 제자가 되고 싶어요."

"그럼, 이야기가 정리되고 나면 이 집으로 와."

"네!"

이렇게, 클라우스에 이어 새로운 제자가 탄생했다. 등 뒤에서 「역시 가슴인가요」라고 말하는 체리 양의 무례하기 그지없는 딴죽이 들려오는 가운데, 나는 다음 테이블로 향했다.

"오셨군요. 신 일섬좌 님."

"오래간만입니다, 세컨드 3관."

"안녕하세요…… 세컨드 씨~."

나를 맞이한 이는 술기운이 오른 듯한 아저씨 두 명과 완전히 취해버린 젊은이 한 명이었다. 카사카리와 가람, 그리고 카피트였다.

"카사카리. 아침에 다른 사람과 함께 카라이란 카레 가게에 갔어. 정말 맛있더라고. 가르쳐줘서 고마워."

"네, 들었습니다. 입에 맞았다니 다행이군요. 그럼 답례로 고향의 춤을……."

"됐어. 그다지 보고 싶지 않거든."

일단 말렸지만, 카사카리는 들은 척도 하지 않으며 춤을 추기 시작했다. 이래서 주정뱅이는 문제라니깐…….

"가람은 무기를 장검으로 바꿨구나."

"네. 어디 사는 누군가에게 지적을 받고 말이지요."

"호오. 그 누군가는 뭘 좀 아네. 꽤 강한 남자이겠는걸."

"말도 안 되는 사내입니다. 타이틀전 첫 출전에서 전인미답의 3관을 차지했으니까요."

"그거 대단하네. 꼭 만나보고 싶은걸."

"하하하하, 이참에 사과드리겠습니다. 일전에는 정말 실례를 범했어요."

"괜찮아. 오히려 고맙게 생각해. 덕분에 실비아와 에코가 성장했거든."

"그 두 분도 멋지게 성장했더군요. 이제 1 대 1로는 이길 수 없을 것 같습니다."

"이제부터야. 나도 너도 그 녀석들도 말이지."

"맞는 말입니다."

한 잔만 마신 후, 자리에서 일어났다. 세 사람 다 빙고 결과는 별로였던 것 같았다.

큐베로에게 테이블에 널브러진는 카피트를 돌봐달라고 말해뒀다. 파티장에서 토하게 둘 수는 없으니 말이다. 빨리 해독 포션을 먹이거나 위를 비우게 해서, 개운하게 만들어줬으면 한다.

자아, 마지막 테이블은…….

"기다리고 있었습니다, 세컨드 3관."

내가 다가가자, 아직 말도 걸지 않았는데 한 남자가 나를 쳐다보지도 않으며 인사를 건넸다. 맹인 궁술사 알프레드였다. 앞이 안 보여서 그런지 감각이 날카로웠다. 발소리, 지면의 진동, 혹은 공기의 흐름을 섬세하게 감지했을 것이다.

"응. 늦어서 미안해."

나는 인사를 건네면서 알프레드의 옆에 있는 믹스 자매를 쳐다봤다.

언니인 디는 겁을 먹으며 표정을 딱딱하게 굳혔고, 동생인 제이는 얼굴에 적의를 드러냈다.

내가 무릎을 꿇렸던 일 때문이리라. 당연한 반응일지도 모른다.

"자아, 17등은 누가 뽑았지?"

이 안에 있다는 것을 알기에, 나는 바로 그렇게 물었다.

그러자 알프레드가 쓴웃음을 흘리며 입을 열었다.

"접니다. 하지만, 부탁이 하나 있습니다."

"말해봐."

"세컨드 3관에게는 예의 건으로 신세를 질 겁니다. 그러니 저는 이미 큰 은혜를 졌습니다. 그러니 조언은 믹스 자매 두 명에게 해 주지 않겠습니까?"

알프레드는 고개를 숙이며 애원했다.

"자매들에게, 라……."

오호라. 예의 건이란 눈을 고칠 【회복마술】에 관한 것이다. 내가 카멜 신국에 가서 조사해 오기로 약속했던 것이다. 그런데다 조언까지 받는 것을 지나친 은혜라 여기는 것도 무리는 아니다. 그렇다고 17등이 된 빙고 카드를 믹스 자매 중 누군가와 교환하는 것도 불공평하다. 알프레드는 에른테가 버리고 간 그녀들을 거둬서 스승이 됐을 것이다. 스승이기에 그럴 수 없다. 그러니 자신이 17등인 빙고 카드를 차지해서, 두 사람이 조언을 받을 가능성을 남겨둔 건가. 꽤나 교활한 짓이지만, 싫지는 않았다.

"좋아. 다음에 셋이 함께 이 집으로 와."

"……감사합니다. 귀하께는 정말 신세만 지는군요."

"괜찮아."

자기가 가르치는 것보다 나에게 직접 조언을 듣는 편이 믹스 자매에게 도움이 되리라고 생각했기에, 알프레드는 고개를 숙인 것이다. 원래부터 그는 에른테에게 복수하기 위해, 그리고 에른테에게서 믹스 자매를 구하기 위해 귀천장전에 출전했다. 타인을 위해 그렇게까지 할 수 있는 그는 존중받아 마땅했다.

"맞다, 예의 그 건 말인데……."

나는 다른 곳으로 가기 전에, 알프레드에게 작은 목소리로 말했다.

"이런저런 일 때문에 출발이 조금 늦어질지도 몰라. 뜻밖의 일이라도 일어나지 않는 한 말이지."

"알겠습니다. 행운을 빌지요."

무라티는 내일이라도 바로 쳐들어올 기세였다. 카멜 신국은 그런 일들을 다 정리한 후에 갈 생각이다.

……자아.

"다녀왔어."

"어서 와라. 좀 지친 것이냐?"

"그래. 그러는 너는 어때?"

"나도 좀 피곤하구나."

파티장을 한 바퀴 돌아본 후, 정면에 있는 내 테이블로 돌아왔다. 나를 맞이한 실비아는 약간 지친 표정으로 미소지었다. 그녀도 나와 마찬가지로 인사를 돈 후에 방금 자리로 돌아왔다. 상대는 하나같이 쟁쟁한 멤버인 만큼, 지치는 것도 무리는 아니다.

"다녀왔어~!"

바로 그때, 기운 넘치는 이가 돌아왔다. 에코는 요리가 잔뜩 담은 접시를 들고 자리에 앉더니, 기뻐 죽겠다는 표정으로 먹어대기 시작했다.

"에코는 항상 기운이 넘쳐서 좋구나."

실비아는 열일곱 살 여자애면서 아줌마 같은 소리를 중얼거렸다.

"주인님, 음식을 가져왔습니다."

"땡큐~."

유카리가 나와 실비아에게 요리를 건네줬다. 내 눈앞에 놓인 접시에는 내가 좋아하는 음식만 담겨 있었다. 저녁 식탁에 정력에 좋은 요리가 많으면 그녀가 보내는 신호지만, 오늘 밤은 그냥 넘어가려는 것 같았다. 솔직히 말해 가슴을 쓸어내렸다.

……점점, 평소의 느낌으로 되돌아갔다.

자기 자신에게 거짓말을 하지 않는다. 나는 이런 풍경을 좋아한다.

세계 1위와 양립해야만 한다. 한때는 일상생활을 버리며 정점에 도전했지만, 이번에는 일상생활을 영위하면서 도전해야만 한다.

적은 없다. 하지만, 아직 정점은 멀다. 그 시절의 정점은 말이다.

"바쁜걸."

"음, 바쁘구나."

"음~."

"에코, 먹으면 말하면 안 됩니다."

육성해야만 한다. 서브 캐릭터였던 세컨드를, 팀 멤버를, 하인을, 제자를, 출전자를, 그리고, 이 세상의 모든 캐릭터를…….

정말, 바쁘다. 이렇게 바쁘면서, 즐거운 일상을 보내는 건, 태어나서 처음이다―.

■작가 후기

사와무라 하루타로입니다. 『전 세계1위의 서브 캐릭터 육성일기』 줄여서 「세계서브」 5권을 구매해 주셔서 감사합니다! 여러분 덕분에 염원하던 5권이 발간됐습니다! 자아, 여러분은 이미 일러스트를 보셨으려나요? 네, 그렇습니다. 정말 최고죠?! 이번에도 마로 선생님께서 멋진 일러스트를 그려주셨습니다! 하나같이 정말 멋진 일러스트입니다만, 특히 끝내주는 건 커버입니다.

푸른 하늘과 저녁노을의 그라데이션, 세컨드와 두 여성의 대비가 정말 아름답습니다. 언뜻 보면 차가운 파란색과 뜨거운 빨간색입니다만, 푸른 불꽃이 붉은 불꽃보다 온도가 더 높은 건 엄연한 사실이며, 이 순간을 저녁으로 볼지 새벽으로 볼지에 따라 의미하는 바가 달라지죠…….

그런 식으로, 고찰할 것이 참 많고 심오한 일러스트라고 느꼈습니다. 마로 선생님은 신의 환생이란 사실에는 의심할 여지가 없군요. 그리고 신은 한 분 더 계십니다.

바로 「세계서브」 코믹스를 그려주시는 마에다 리소 선생님이십니다. 그런 선생님이 그리신 코믹스 제2권이 곧 발매될 예정입니다!! 만화로만 표현할 수 있는, 새로운 세컨드 일행의 세계를 즐겨주시면 감사하겠습니다. 제가 추천하는 포인트는 바로 캐릭터의 표정입니다. 다들 정말 생동감이 넘치며, 만화경처럼 시시각각 변하는 그 표정은 몇 시간이고 쳐다볼 수 있을 정도입니다. 부디 꼭 읽어봐 주시길! 그럼 이만 줄이겠습니다. 그럼 다음 권을 통해 다시 뵙는 날까지, 잘 지내시길!

■역자 후기

안녕하십니까. 근로청년 번역가 이승원입니다.

『전 세계 1위의 서브 캐릭터 육성 일기』 5권을 구매해주셔서 진심으로 감사드립니다.

2023년도 어느새 가을에 접어들고 있습니다.

독자 여러분은 여름 잘 보내셨는지요.

저는 누수와의 싸움을 이어갔습니다.^^

장마 때마다 물이 새는 게 3년 동안 이어졌습니다. 돈은 돈대로 들고, 물은 새어서 스트레스가 엄청났는데, 이번에 2층 마당 지면의 콘크리트 사이에 빈 공간이 생겨서 그렇다는 걸 알았습니다. 문제는 그 공간이 거의 마당 전체라, 전부 부수고 새로 콘크리트를 깔아야 하는…….

돈이 들어도 되니, 이번에야말로 누수와 작별 좀 하고 싶습니다.ㅠㅜ

3년 동안 누수 공사하느라 든 비용 합치면…… AHAHA.

독자 여러분은 누수 걱정 없이 무사히 여름 보내셨길 진심으로 빕니다!

그럼 본편에 관한 이야기를 해볼까 합니다.

스포일러가 포함되어 있을 수도 있으니 본편을 읽지 않으신 분들은 유의해주시길!

세컨드가 그렇게 열망해온 타이틀전이 5권에서 개최됩니다!

쟁쟁한 타이틀전 출전자들을 상대로 건곤일척의 대결을 펼치는 것을 세컨드는 바랍니다만…… 아쉽게도 이 세상의 타이틀전은 그가 알던 타이틀전에 비해 수준이 낮았습니다.

그 사실에 세컨드는 충격을 받지만, 그는 생각을 바꿉니다. 이렇게 됐으니 타이틀전의 수준을 끌어올리기로 말입니다.

재능 있는 자에게 가르침을 내리고, 실력을 감추고 있는 강자들이 타이틀전에 참가하도록 도발했습니다. 그렇게 이번 타이틀전은 아쉬움 속에서 끝납니다만, 다음 타이틀전에 대한 기대감을 남겼습니다. 세컨드가 만족할 승부가 하계 타이틀전에서 치러지기를, 진심으로 기대합니다!

그럼 이만 줄이겠습니다.

L노벨 편집부 여러분, 항상 재미있는 작품을 맡겨주셔서 감사합니다. 앞으로도 최선을 다하겠습니다.

마감 지옥 중인 역자 집에 쳐들어온 서울 악우여. 제발 좀 미리 연락하고 와라. 하다못해 청소라도 좀 해뒀을 거 아냐. 침낭 들고 쳐들어와서 작업실 구석에 들어가서 휴대용 게임기하며 뒹굴거리

지 말라고.ㅠㅜ

마지막으로 언제나 제게 버팀목이 되어주시는 어머니와 『전 세계 1위의 서브 캐릭터 육성 일기』를 읽어주신 모든 분께 진심으로 감사드립니다.

활동 영역을 카멜 신국으로 넓히는 『전 세계 1위의 서브 캐릭터 육성 일기』 6권 역자 후기 코너에서 다시 뵙겠습니다!

2023년 9월 초

역자 이승원 올림

전 세계 1위의 서브 캐릭터 육성 일기 5
~폐인 플레이어, 이세계를 공략 중!~

초판 1쇄 발행 2023년 10월 20일

지은이_ Harutaro Sawamura
일러스트_ Maro
옮긴이_ 이승원

발행인_ 최원영
편집장_ 김승신
편집진행_ 권세라 · 최혁수 · 김경민 · 최정민
커버디자인_ 양우연
관리 · 영업_ 김민원

펴낸곳_ (주)디앤씨미디어
등록_ 2002년 4월 25일 제20-260호
주소_ 서울시 구로구 디지털로 26길 111 JnK디지털타워 503호
전화_ 02-333-2513(대표)
팩시밀리_ 02-333-2514
이메일_ lnovellove@naver.com
L노벨 공식 카페_ http://cafe.naver.com/lnovel11

MOTO · SEKAI 1I NO SUBCHARA IKUSEI NIKKI Vol.5
~HAI PLAYER, ISEKAI WO KORYAKU CHU ! ~

ISBN 979-11-278-7205-2 04830
ISBN 979-11-278-5446-1 (세트)

값 11,000원

스파이 교실 1~8권, 단편집 1~2권

타케마치 지음 | 토마리 일러스트 | 송재희 옮김

아지랑이 팰리스 공동생활 규칙.
하나, 일곱 명이 협력하여 생활할 것.
하나, 외출 시에는 진심으로 놀 것.
하나, **온갖 수단으로 나를 쓰러뜨릴 것.**

—각국이 스파이로 그림자 전쟁을 벌이는 세계.
임무 성공률 100%, 그러나 성격에 난점이 있는 뛰어난 스파이, 클라우스는
사망률 90%를 넘는 「불가능 임무」 전문 기관 「등불」을 창설한다.
하지만 선출된 멤버는 실전 경험이 없는 소녀 일곱 명.
독살, 함정, 미인계— 임무를 달성하기 위해 소녀들에게 남은 유일한 수단은
클라우스를 속여 이기는 것이다!

1대7 스파이 심리전! 통쾌한 스파이 판타지!!

BOOKS

라이트노벨의 새로운 빛! L북스의 신간은 매월 20일에 발매됩니다. http://cafe.naver.com/lnovel11